Den Nye Regjeringen

A Lite og Darke Novel

Av: *ML Ruscsak*

Cover Design av: *ML Ruscsak*

Redigert av: *Chyenne Lyons*

M.L.Ruscsak

Den Nye Regjeringen
En Lite og Darke Roman
M L Kuscak

Denne boka er et skjønnlitterært verk. Navn, karakterer, steder og hendelser er forfatterens fantasi og skal ikke tolkes som ekte. Enhver likhet med faktiske hendelser, lokaliteter, organisasjoner eller personer som lever eller døde, er helt tilfeldig.

OPPHAVSRETT

Bortsett fra det originale historiematerialet skrevet av forfatteren, alle sanger, sangtitler og tekster nevnt i romanenDen Nye Regjeringen er den eksklusive eiendommen til de respektive artistene, låtskrivere og copyrightinnehavere

Trient Press

3375 S Rainbow Blvd

81710, SMB 13135

Las Vegas, NV 89180

BESTILLINGSINFORMASJON:

Mengdesalg. Spesielle rabatter er tilgjengelig på antall kjøp fra selskaper, foreninger og andre. For informasjon, kontakt utgiveren på adressen ovenfor.

Bestillinger fra amerikanske handelsbokhandlere og grossister. Ta kontakt med Trient Press: Tlf: (775) 996-3844; eller besøkwww.trientpress.com.

Trykt i USA

Publisher's Cataloging-in-Publication data Ruscsak, ML

En tittel på en bok: Den Nye Regjeringen

ISBN Hard Cover:9781953975249

   Paperback: 9781953975256

E-bok: 9781953975263

CASTLE OF FIRE
CASTLE OF WIND
CASTLE EARTH
CASTLE OF DAWN
SUN TEAR
Manicora Reserve
Captiol City of Light Fey
CASTLE GOLDEN SUN
Primitiva's Meadows
Healing River
SPIRE
Draken Capitol City
Mystic Woods
CASTLE OF NIGHT
capitol City of the Eostre
City of Glass
(Last Human Village)
Captiol City of Dark Fey
(City of Night)
Dark Marsh Lands
Marsh Lands
N
W E
S
Star Pillars
Beacon for Falling Fey
and Draining Houses

For datteren min som har vært redaktør for meg hvert steg. Moren min som har lest hvert ord før noen andre. Og for Pap som jeg kjenner, smiler over meg. Og for familien min som har gitt meg vingene til å fly.

KjGre leser,

Takk for interessen din for "Den Nye Regjeringen." Som jeg hFper du liker denne fYrste boka i serien, er det noen ting jeg vil pF peke. Gjennom denne fYrste boka er det flere plotthull, stavefeil og misbrukte ord.

Jeg forstFr, som leser, kan dette vGre ganske frustrerende F lese, men jeg lover at disse feilene er helt forsettlige. Irriterende ja, men det er en grunn. For alt skrevet er det ogsF en dypere betydning som vil bli avslYrt i senere bYker.

SpYrsmFl, kommentarer eller anmeldelser er alltid velkomne. Og jeg gleder meg til F lese dem.

For mer informasjon om serien, inkludert et kart over riket, besYk meg pF TrientPress.com

Lykkelig lesing,
M.L. Ruscsak

16

Prolog

De mørkerøde stearinlysene flimret i arbeidsstudiet hans dypt under beinet, som så mange netter før han studerte studerte de levende levendes verden. Studerte på stjernebygningene og lette etter profetien som skulle oppfylles. Med seerens stein på bordet foran seg, satte Karnack fjæren tilbake i blekkhuset. I mer enn tre tusen år hadde han gjort i døden det han hadde gjort i livet ... å se historien utfolde seg og føre en detaljert redegjørelse for dronningen sin.

En dronning som han selv ikke hadde sett siden den store krigen. Nei, det var ikke helt sant. Han hadde sett henne, men bare en håndfull ganger, og bare for å tigge om hennes hjelp. Selv da raseri hennes over å bli forstyrret ...

Han sukket. Det var ingenting han kunne gjøre for dronningen. Minst ikke ennå.

Øynene lukkes et øyeblikk før han nok en gang så inn i seerens stein og igjen ventet på at barnet skulle bli født som dronningen hans hadde sett så mange år før. En dronning som ville være i stand til å beseire en trussel som fortsatt var i skyggen av de store stjernene.

Likevel så han og ventet på at barnet skulle bli født som dronningen hans hadde sett så mange år før. Et barn som ville bli født som skaper. En dronning som ville være i stand til å beseire en trussel som fortsatt var i skyggen av de store stjernene.

Resten av den første Fey, som hadde bosatt dette landet, hadde allerede gitt opp å finne barnet. Nicco hadde skiftet navn to eller tre ganger de siste tre århundrene. Som Ean hadde. Og Donny ... ah den store krigeren ... han forseglet seg helt fra verden kort tid etter at Myrddin hadde falt fra stjernene.

Av de fire av dem hadde ingen noen gang kunnet finne ut hva som noensinne hadde skjedd med dronningens eneste barn. En baby kun kjent som Ari. Hans far hadde vært årsaken til at dronningen deres trakk seg ut av rikene.

Likevel håpet han at han en dag ville finne denne valgte dronningen og gi henne kronen til de døde. En krone som ville gi henne makten til å stå og møte en trussel som bare hun ville være i stand til å beseire.

Et symbolsk trykk på arbeidsdøren som han ignorerte. Så en myk, luftig kvinnestemme, "Karnack? Ser du fremdeles på steinen? "

Han så knapt over skulderen til en kvinne som var like vakker i dag som hun var den første han hadde sett øynene på henne.Og fortsatt like dødelig. Han vendte seg litt og så henne lene seg på dørkarmen. Hans øye smalnet sammen mens han suset, "Jeg er skriftlæren til dronningen, og det er jeg som skal se den valgte dronningen lenge før noen annen." Da hun ikke sa noe lenger, vendte han seg tilbake til hovedboken sin og begynte å skrive en ny linje.

Hun trakk en kniv fra beltet og bøyde seg på veggen og så ham skrive noe tankeløs dribling som ingen noen gang ville lese. Et mykt smil berørte hennes blodrøde lepper. "Når du finner henne, fortell meg. Jeg skal sørge for at det aldri kommer skade på henne. "

Da vendte han seg og kjempet hardt for å minne seg selv på at feyen som sto foran ham var en venn. Kjempet vanskeligere å huske at hun aldri virkelig ville skade ham. "Freya, kjære, hvis det jeg vet faktisk kommer til å skje, vil du til og med trenge hjelp til å beskytte henne."

Hun hælte støvlene klikket på steingulvet mens hun nærmet seg. Da hun nådde arbeidsbordet hans, bøyde hun seg inn og hvisket: "Du lot meg bekymre meg for det."

Del 1

FOR 280 ÅR SIDEN

LARNA: PRINSESSE AV FEYEN

"En dag vil komme når man ikke kommer til makten ved fødselen, men gjennom blod. Når den dagen oppstår, vil det bare være begynnelsen ..."

- Gamle ruller av Feyen

Kapittel 1: Larna

Natten snek seg over slottet. De eneste lydene var de fra vannet som falt over klippene. Under føttene sirklet Memoks føttene og ventet på å bli matet.

Larna kaster et blikk utover vinduet på den overskyede månen. Det ville ikke være noe lys som strømmer inn i slottet i kveld. Et ondt glis trukket de røde røde leppene hennes mens hun snappet journal.

"Det er på tide."

Dartende fra rommet hennes strømmet bolter av svart tåke fra fingrene hennes. Vakter som falt før han hadde passert dem. Kroppene deres forvrengte i unaturlige stillinger før døden endelig tok dem.

Dørene til de kongelige barna ... søsknene hennes åpnet seg. Hennes yngste bror sto der lammet og så på henne. Et hjerte slo lenger og kroppen hans ble revet fra hverandre.

Hun hadde ikke trengt å drepe ham. En enkel tankestav ville ha virket. Men igjen, hvem skal si at noen ikke hadde funnet det ut? Hvis de gjorde det ...

Nei, det var ikke verdt bryet å redde livet til en liten brat.

Larna kikket inn på soverommet til kronprinsessen. Hennes myke pust fra en tung søvn. Beskyttelsesskjold som høres ut av sengen en myk blåglød som gir vei til mørket.

Neven kneb seg. Tullingen ville ha kastet Feyen bort og gitt kronen til en annen. Å la noe gallevesen styre hva som var deres med rett.

Raseri boblet inne i henne og brøt ut med skjoldet som skulle ha beskyttet hennes kjære søster.

Ikke blod fra en sann kongelig sprøytet over sengetøyet og skjoldet. Teppene igjen.

En mørk latter som hun prøvde å holde stille, "Fighter som staver ut, kjære søster."

Larna så på ryggen. Så mange bortkastet kjøtt ble lagt bak henne. Vakter som aldri hadde noen sjanse. Noen kunne ha vist seg nyttige de neste dagene.

Spiller ingen rolle. Det var andre. Hvem ville bry seg om de kom fra Feyen eller fra byen til hennes kjære venn. Ville noen noen gang vite forskjellen?

Han trakk kappen rundt ansiktet og tvang kammerdøren til dronningens soverom opp. Likevel stanset hun og ventet på at den siste Feyen-krigeren skulle møte henne.

Kledd i nattskjorte og bukser sto han kampklar. Et gyldent sverd sies å være det til den store kongen Magmas grep tett i hendene på ham. "Vis deg." knurret han.

Hun gikk inn i lyset på kappen og holdt hemmeligheten et øyeblikk lenger.

"Vis ansiktet ditt som en ekte kriger."

Hånden løftet seg og hun senket hetten. Utseendet til raseri og frykt krysset foreldrenes ansikt. «Overrasket far? Ikke vær. "

For raskt falt et skjold mellom dem da hun løftet sitt svarte onyx-sverd.

Alistas øyne vidnet av frykt kanskje for første gang. I en kvalt hvisking gispet hun: "Obsidians sverd ... Hvordan?"

Før faren hennes rykket opp fyrte fyr opp i Larnas øyne: "Ikke hele Obsidian ble ødelagt"

Hun sto ruvende over morens kropp. Hennes sorte krystallsverd satte seg inn i hjertet til kvinnen som hadde gitt livet. Øynene hennes smalt i små spalter mens hun holdt de gjennomsiktige sorte vingene stille. Når hun lyttet til den eneste lyden av hennes eget hjerte som banket mot stillheten, vendte hodet seg sakte for å se over skulderen hennes, farens livløse hode på gulvet, men noen få meter fra der kroppen hans hadde falt. Han hadde vært den siste Feyen-krigeren som falt.

Det siste før moren. I det minste hadde hun funnet en verdig motstander å møte. I hvert fall til hun også hadde vaklet og døde.

Et grusomt smil dannet på de mørke, karmosinrøde fargede leppene mens hun sto der stille og så mors blod begynne å svømme rundt den livløse kroppen hennes. Ikke den røde livsnerven som de fleste Fey hadde, å neivindu og nattens mørke. Alt så stille. Så stille. Med daggry ville hun være dronning.nesten umulig. "Vær så snill, du må hjelpe moren min."

Hans solide grep mislyktes til slutt, da det var alt han trengte å høre. Larna så bare delvis forbløffet på da en eneste lynstråling blinket fra fingertuppene og tente signalbrannen. Ikke et øyeblikk senere sto mer enn et dusin væpnede vakter rundt dem. Alle øynene deres er klare og skanner etter årsaken til at signalet lyser. Likevel flyttet ingen et øyeblikk og ventet på at kapteinen skulle bli med dem.

Et hjerte slo to og den væpnede vakten som holdt henne; den snyktige prinsessen, tok kommandoen. "Vi vil varsle kapteinen senere. Den kongelige familien blir angrepet. Dronningen er førsteprioritet." Med et blikk nedover på henne fortsatte han: "Prinsesse Larna, vær så snill å bli med meg. Vakttårnet vil være trygt. Du har mitt ord."

Hun var ikke i tvil om det. Tross alt, hvordan ville han noen gang vite at det hadde vært hun som drepte familien hennes? Men selv om han på en eller annen måte fant ut det, ville ikke en sjel noensinne kunne gjøre noe med det etter at hun ble kronet.

Hun sto ruvende over morens kropp. Hennes sorte krystallsverd satte seg inn i hjertet til kvinnen som hadde gitt livet. Mens hun holdt de gjennomsiktige, svarte vingene stille, kikket hun over skulderen, farens livløse hode på gulvet, men noen få meter unna der kroppen hans hadde falt. Han hadde vært den siste Feyen-krigeren som falt.

Det siste før moren. I det minste hadde hun funnet en verdig motstander å møte. I hvert fall til hun også hadde vaklet og døde.

Et grusomt smil dannet seg på de mørke, karmosinrøde fargede leppene da hun sto stille og så mors blod begynte å svømme rundt hennes livløse kropp. Ikke det røde livsblodet som de fleste Fey hadde, å nei, morens livsblod var midnattblått. En raritet for seg selv. Når hun så blodet sive ut av kroppen hennes, kunne Larna ha spyttet på morens ansikt for å få henne til å ta dette drastiske tiltaket. Men hvis hun gjorde det, ville det ødelegge planene hennes, og at hun ikke ville gjøre uansett pris. "Du burde ha lyttet til meg, mor. Se nå på hva som har blitt av deg. Ikke lenger vil du kunne lytte til noen. En rettferdighet som tjener deg rett for aldri å høre sannheten som ble lagt for øynene dine."

Hun trakk det sorte krystallbladet fra mors hjerte og brukte det til å klippe stoffet i den gylne kjolen. Metodisk sørget hun for at kuttene på stoffet speilet kuttene på hennes egen hud. Hun måtte sørge for at kuttene var grunne nok til ikke å hindre bevegelsene hennes, men dypt nok til å se ut som om hun hadde rømt slaktingen. Rømmer som den siste gjenlevende arvingen ... den siste av morens blodlinje. Og rømmer som den eneste levende Royal Fey i hele Feyen.

Tross alt var den som hadde sett noe allerede bundet til henne. Minnene deres var hva hun bestemte seg for at de skulle være. Akkurat nå, i dette øyeblikket, valgte hun at alle skulle tro at en hettemann hadde stormet inn i slottet som kom fra ingensteds og slaktet alt som hadde stått i veien for ham. En sky, en tåke hadde skjult ham helt til han drepte sitt første offer.

Ja, det ville gjort fint. Og når det gjelder mannen ... Åja, hun hadde planlagt det også. Myrddin skulle enten gifte seg med henne, eller enhver Feyen-borger ville tro at han hadde stått bak massakren. Tross alt var det ikke en eneste person i live som ikke visste hvor mektig han virkelig var eller hvor farlig. Heller ikke alle spørsmålene hans motiver. Makt, grådighet, lyst? Det ville ikke ha noe å si hva de valgte å spekulere i, hans nektelse ville bare fremme deres overbevisning i hans skyld.

Et grusomt smil dannet på det lange tynne ansiktet hennes. Men hun ville gi ham en annen løsning. Hun ville gi hånden i ekteskap, tross alt var han akkurat det hun trengte. En Feyen-mann med mer naturlig evne og mørk kraft da hele kongefamilien til Feyen. Eller hun skal si den nå døde kongefamilien.

Men i morgen ville det være snart nok til å jobbe med det ... I kveld derimot ... Hun måtte fullføre dette. Sniffing til tårene begynte å renne varmt nedover ansiktet hennes, pustet hun dypt og tok deretter av i en livredd sprint ned de blodige slottshallene. Hennes revet kjole og samlet blod fra de falne vaktene mens hun løp. Det var ikke noen i live i denne delen av slottet eller i det minste ikke noen som ville være til nytte for planen hennes om å jobbe. Så skriking om hjelp ville ikke ha noe for henne i det minste, ikke før hun så lyset komme fra hovedporten ... Så ... og først da slapp hun ut et skrikende skrik, "HJELP! Hjelp meg!"

Hun så en enkelt vakt ved hovedporten og visste nesten umiddelbart hvem han var. Et medlem av ikke bare den kongelige garde, men også en som også tjente som en elite kriger. Siden det aldri var mer enn et dusin i gruppen, kjente hun hver av dem ganske godt. Imidlertid kan denne være et problem for henne.

Når hun ble kronet, måtte hun kanskje også sørge for at han døde. Ikke bedre ennå, til hans henrettelse. Ikke et langt sprang at han kan ha noe å gjøre med drapene. Hun måtte bare se hva som spilte ut.

I det øyeblikket han vendte seg mot henne, visste hun to ting. For det første søkte han området etter problemer, og for det andre kjente han henne igjen som et medlem av den kongelige familien. I det pusten løp han delvis og fløy delvis for å møte henne halvveis inne i den store salen. Akkurat da han kom til henne, kollapset hun seg i armene hans og hulket rant nedover ansiktet hennes mens hun gispet etter luft, "Prinsesse ... Hva ..." spurte han nesten forundret.

Da hun pustet fra seg, tvang hun ut: "En inntrenger med hette ... Moren min, du må ..." Clawing på den hvite og gulluniformen hun prøvde å skyve bort. Forsøkte å unnslippe hans sterke grep at selv om hun virkelig hadde prøvd, ville hun finne nesten umulig. "Vær så snill, du må hjelpe moren min."

Hans solide grep mislyktes til slutt, da det var alt han trengte å høre. Larna så bare delvis forbløffet på da en eneste lynstråling blinket fra fingertuppene og tente signalbrannen. Ikke et øyeblikk senere sto mer enn et dusin væpnede vakter rundt dem. Alle øynene deres er klare og skanner etter årsaken til at signalet lyser. Likevel flyttet ingen et øyeblikk og ventet på at kapteinen skulle bli med dem.

Et hjerte slo to og den væpnede vakten som holdt henne; den snyktige prinsessen, tok kommandoen. "Vi vil varsle kapteinen senere. Den kongelige familien blir angrepet. Dronningen er førsteprioritet."

Med et blikk nedover på henne fortsatte han:
"Prinsesse Larna, vær så snill å bli med meg.
Vakttårnet vil være trygt. Du har mitt ord."

Hun var ikke i tvil om det. Tross alt, hvordan ville han
noen gang vite at det hadde vært hun som drepte
familien hennes? Men selv om han på en eller annen
måte fant ut det, ville ikke en sjel noensinne kunne
gjøre noe med det etter at hun ble kronet.

Kapittel 2:
Galeron

Det var ingen tegn til problemer før de nådde hjertet av slottet. Ingen tegn på kamp bortsett fra de blodige fotsporene som prinsessen hadde etterlatt seg. Så en kropp. En ung vokter navnet hans ennå ikke kjent for alle som arbeidet på palassområdet ... kroppen hans skjæres nesten i to. I en utkjøring, ikke bare noen få meter unna, spaltet en annen vakt, Gavan, halsen bakfra. Den som hadde gjort dette, måtte ha gått gjennom veggen bak ham. En jævla tåpelig ting å gjøre med mindre man ble trent. Selv da var det ikke mange som hadde evnen til å gjøre det uten å bli fanget i steinen. Av disse hadde ingen vært i nærheten av slottet nylig.

Det var ingen tegn til problemer før de nådde hjertet av slottet. Ingen tegn på kamp bortsett fra de blodige fotsporene som prinsessen hadde etterlatt seg. Så en kropp. En ung vokter navnet hans ennå ikke kjent for alle som arbeidet på palassområdet ... kroppen hans skjæres nesten i to. I en utkjøring, ikke bare noen få meter unna, spaltet en annen vakt, Gavan, halsen bakfra. Den som hadde gjort dette, måtte ha gått gjennom veggen bak ham. En jævla tåpelig ting å gjøre med mindre man ble trent. Selv da var det ikke mange som hadde evnen til å gjøre det uten å bli fanget i steinen. Av disse hadde ingen vært i nærheten av slottet nylig. Og det hadde inkludert mannen som ble satt opp for denne grusomheten.

Forsiktig med de gylne vingene som nå flagrer i full fart, fløy han nedover korridorene. Øynene hans så kroppene til de falne kameratene. Ingenting om deres død ga mening. Med mindre alle sov ... noe som var høyst usannsynlig og helt umulig ... skulle en av dem ha ringt om hjelp. Man burde ha signalisert for forsterkning eller brukt sinnstale for å ringe etter hjelp. Likevel gjorde ingen det. Og ingen så ut til å ha kjempet mot den ukjente angriperen. Ikke et våpen ble trukket og heller ikke en magi. Ikke noe som hadde skjedd her var ikke bare en enkel angriper. De hadde et formål.

Galeron stoppet bare noen meter fra det kongelige høyborg og kjempet for ikke å bli syk. Kailen, den yngste prinsen, lå delvis på rommet sitt og delvis i hallen. Hans lilla blod sprøytet over døren hans. To dører nedover arvingen hadde blitt revet fra hverandre i sengen hennes. Det beskyttende skjoldet rundt sengen og rommet hennes er fortsatt helt intakt. De tre andre kongebarna drepte så grundig at det ikke var noen grunn til å sende dem til underriket ... Ikke engang som fôr til de som fremdeles kan bo der.

Sakte og forsiktig tok han seg til dronningens soverom. Kongens hodeløse kropp ble lagt i døren. Hans hånd krøllet fremdeles rundt hylten til det gylne sverdet. Selve sverdet brøt rent i to. I umulig prestasjon ... men noen hadde klart å gjøre det. Mengden styrke som kreves for å gjøre det? Så få kunne ha gjort det. Og de som hadde den ferdigheten, var nå døde.

Ved å skyve dobbeltdøren åpen nok til å passere uten å forstyrre kongen, fant øynene dronningen. Kroppen hennes livløs på gulvet, det blå blodet som strømmer rundt henne siver fra sår som ikke var synlige. Selve blodet trekker mot kongens hode. Det siste showet av bloded som de hadde avlagt.

Et øyeblikk svaiet han med å nå innse at kongefamilien var utslettet. I et pustespenn fokuserte hans sinn på de eneste to menneskene i hele Feyen som kunne ha oppnådd dette uten å slå alarm ... og av gudene var det ikke Myrddin. Til tross for forsøket på å få det til å se ut som det hadde vært ... visste han bedre. Dronningens vindu var åpent og det ville ikke være tid når daggry ankom ... Ingen tid etter at rapporten hans hadde blitt laget eller når andre fant likene til den kongelige familien. Så han duv fra vinduet og fløy over byen Golden Sun og hjem til vennen sin.

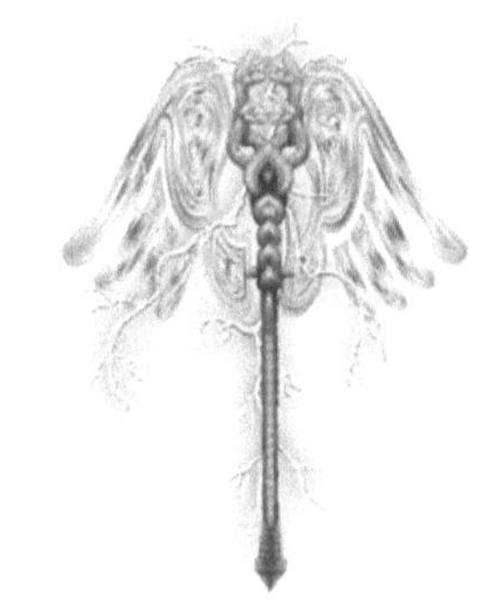

Lander i en bakgate Galeron skyndte seg nedover de mange svingene i indre byen til han kom til døren til vennen sin. Han løftet neven og banket på den enkle tredøren: "Myrddin åpner den forbannede døren. Eller jeg bryter den ned."

Da den endelig åpnet, var det ikke Myrddin, men prinsesse Adrianna som sto foran ham. Det lange, mørke håret hennes tøs fra søvnen. Øynene hennes åpnet ennå ikke da hun søvnig spurte: "Galeron, hva er det i navnet Darke?"

"Vi må snakke." Han presset forbi henne og så Myrddin bare binde beltet til den svarte kappen. "Det er startet."

Et øyeblikk sto Myrddin bare følelsesløs. Til slutt hvisket han: "Damn it. Vi burde hatt mer tid til å forberede oss."

Ved å lukke døren så Adrianna forvirret fra forlovede til venninnen. Hun tørket øynene for å våkne helt og spurte: "Hva har startet?"

Myrddin stokket over til den lange mørke sofaen og trakk pusten dypt, "Addy du vet du holder hjertet mitt."

Adrianna kastet seg for å sitte sammen med Myrddin, og tok hånden i henne og sa: "Ja, og jeg vet at vi skal gifte oss ... Så hva ..." Hun så dypt inn i øynene på Galeron. Det var en bekymring der i stemmen hans, men mer enn det var det et brennende sinne i disse øynene. "Dronning Elista?"

"Mordet. Og den som gjorde det, sørget for at det så ut som noe Myrddin var i stand til å gjøre. Eller i det minste noen som hadde en sterk naturlig evne i mørkekunsten."

Addy reiste seg fra sofaen og snudde seg bort. Hun hadde bare kommet hit i fjor for å lære noen av Feyen-dronningen hvordan hun skal styre ekte Fey. Og det hadde hun. Men hun hadde også funnet mange venner og mannen som holdt hjertet hennes. Mer enn det hadde hun jobbet med en traktat som skulle binde husene deres sammen. En traktat som ville falle fra hverandre hvis den som nå styrte ikke så visdommen i den. "Hva skal skje nå?"

Myrddin satte seg tilbake og fnystet, "Prinsesse Larna blir dronning. Jeg er sikker på at alle Feyen vil bli revet over den, men ikke nok til å gjøre noe med det. I det minste ikke med noen motivasjon."

Pusten snakket hun som den eneste personen i rommet med autoritet til å snakke sannheten uten frykt for straff. "Som en Fey er hennes krefter og evner ennå ikke testet. Hun vil ha noen år ennå før hun modnes nok til å håndtere gavene som hun for øyeblikket har enn si å være i stand til å håndtere folkene sine uten å bli gal."

En kort latter da knurret Myrddin, "Hun kan være det allerede?"

Addy løftet et øyenbryn i spørsmålet, "Myrddin?"

"Hun har lært mørkekunsten." Nå stirret både Addy og vennen rett på ham.

"Hva?" Begge sa nesten i kor.

"Larna spurte om jeg kunne lære henne. Som en av bare to personer i hele Feyen som var i stand, konsulterte jeg dronning Elista. Etter en veldig detaljert samtale om hva jeg var, villig til å undervise den lille brat og lytte til hva brat ønsket å lære, gikk jeg med på. Som en del av avtalen ga dronningen sin velsignelse til vårt fagforbund. "

I lang tid snakket ingen. Addy stok sakte tilbake til sin elskede, "Vi kunne dra i kveld."

"Nei." Et øyeblikk satt han bare der. Øynene hans fokuserte på noe langt utenfor hjemmet hans. Da han til slutt reiste seg, tok han noen få skritt mot vinduet sitt og sa: "Adrianna, jeg trenger at du drar. Gå til Draken og ta søsteren min med deg. "

Hun hoppet tilbake med en gang, og hun knurret: "Som helvete jeg er. Jeg lar henne ikke komme unna med dette. Jeg lar deg heller ikke ta fallet for henne."

I en dyp knurring, snappet han. Stemmen raslende over vinduene og fikk både vennen og kjæresten til å hoppe. "Adrianna, dette er ikke til debatt." Sakte kom han tilbake til henne og tok hånden hennes. Han trakk pusten dypt og trengte å resonnere med henne. Han håpet bare at hun lyttet, bare denne gangen. "Du vil være den neste dronningen av Darke. Og jeg sverger at jeg skal være gift med deg i god tid før det noen gang skjer. Men, jeg trenger at du drar. Larna er på vei over hodet på henne, og jeg er den eneste sterke nok til å rette ting opp. Eller i det minste, sørg for at hun er begrenset med muligheter. "

"Fint. Jeg drar og tar til og med Tenanye og Faerydae med meg. Tross alt er jeg sikker på at Tenanye gjerne vil se henne forlovet. Men jeg blir forbannet hvis jeg drar herfra uten at dere begge er blod bundet til meg. "

"Vent et sekund ..."

"Ikke begynn med meg Galeron. Jeg vet ikke hvilket spill den lille prinsessen spiller. Og ærlig talt bryr jeg meg ikke. Men jeg vil ikke la henne bruke noen av dere til bønder. Dessuten Den eneste måten hun kan ikke binde, det ville være å være bundet til noen sterkere. "

"Hun har rett, vet du."

"Bare fordi din fremtidige kone har rett i noe, betyr ikke det at jeg må like det." Galeron hveser mens han går inn i stuen.

Hun begrenset de mørke fargede øynene og snakket: "Nei, men du er ikke dum. Så hva blir det Galeron ... Vær kapteinen til vaktene mine og første leder i mitt råd, eller tjen henne og aldri leve lenge nok å bli far? "

Kapittel 3:
Myrddin

Da de første strålene på morgenen begynte å lyse de brosteinsbelagte gatene, startet Myrddins dag med væpnede borgervakter som banket på døren hans. Hvis han ikke hadde blitt advart i går kveld, hadde Adrianna vært her og naturlig anklaget for drapene. Selvfølgelig hadde han reddet henne fra det ... nå for å gjøre det han kunne og håpe det var nok. Sakte åpnet han døren og så dypt inn i vaktenes sjøgrønne øyne. "Jeg antar at det er en grunn til at du prøver å bryte døren inn?"

Frykten løp over mannens ansikt. En alv ikke en fe å dømme etter mangelen på vinger. "Vel, eller vil du kaste bort hele dagen min?"

Vakten rystet seg fra bedøvelsen og tvang ut: "Jeg ... du er ønsket på slottet for avhør."

"Jeg skjønner. Så la oss gjøre dette. Jeg er allerede sen for nok et viktig engasjement." Ikke egentlig, men å være sammen med Addy hadde lært ham en ting eller to. Som å være Feyen og det eneste mørke noe utenfor Darke ... hadde han autoriteten til å være kort og vanskelig. Mer enn det ... når han giftet seg med den fremtidige dronningen, kunne han sende alle de som fornærmet ham til underriket ... kanskje i live ... kanskje ikke. Uansett var det underholdende å se døren åpne og de døde som sto langt under åpningen og ventet på å hilse på deres neste måltid eller deretter de nyeste kameratene.

Skritt ut hvis Myrddin hjemme så seg rundt på nesten to dusin bevæpnede vakter. Fe. Alv. Lysbærere. Så strålte øynene til den valgte turen til slottet. Ikke en fin vogn, men en vogn for troll. Før han tok et nytt skritt, brukte han bare litt enkelt håndverk ... vel, enkelt hvis du var en mester i flere slags håndverk ... Svart røyk så et mykt tak før et høyt smell og en skikkelig vogn sto foran ham. "Hvis jeg skal til slottet, vil jeg gå i en stil som passer min prestisje. Men absolutt ikke i en dårlig laget trollvogn."

"Hvor er..."

Ved å begrense de mørke sjeløse øynene, vendte Myrddin seg sakte mot den unge nissen som igjen hadde funnet stemmen hans. "Hvor er hvem?"

"Prinsessen av Darke. Vi ble fortalt ..."

"Hmp. Damen hadde andre avtaler. Jeg tror hun reiste fra dagen i går." Det burde være nok til å holde Addy utenfor trøbbel. Så igjen, med henne, kunne han ikke være så sikker. Tross alt så det ut til at problemer fulgte Addy hvor hun våget å reise. Det var noe tvillingen hennes hadde vært klar til å påpeke flere ganger i løpet av det siste året.

I det minste trengte han ikke å bekymre seg for Celeste i alt dette. Heldigvis hadde hun reist til spiret for noen dager siden for å introdusere litt dårlig saft til moren. En annen gang kan han finne Blakes nåværende situasjon morsomt hvis den hadde falt om morgenen etter hans kjære venns død.

Da han så opp fra boken sin hvor han prøvde å finne noe nyttig Lord Eros, banket han på boken igjen og sukket. Så mange lover og tradisjoner, men ingen for å krone et barn etter tapet av familien. Men begravelsesgangene var veldig tydelige og trengte å bli tatt vare på umiddelbart. "Prinsesse vi må se til begravelsene til ..."

Hun måtte spille den opprørte datteren som mistet foreldrene. Problemet var at hun kjedet seg. Hun brydde seg heller ikke hva de gjorde med kroppene. Brenn dem, begrav dem. Send det som var igjen til underriket. Det gjorde liten forskjell for henne på noen måte. Selvfølgelig kunne hun ikke si det. Imidlertid kunne hun snuse en gang og slå tilbake falske tårer. "Å, kan rådet takke ..." Hun sniffet og snudde på hodet, "Jeg ... jeg kan bare ikke."

Han rakte henne den sorte silke lommekanten, klappet henne beroligende. "Selvfølgelig, kjære. Jeg burde ha vurdert ... Kanskje rådet burde snakke med Lord Devros."

"Nei ..." snappet Larna. Da hun innså feilen sin, begynte hun igjen: "Nei, jeg vil gjerne se de som kunne ha gjort dette for å m-familien min."

De store gyldne dørene til tronerommet blåste opp og krasjet inn i veggene bak dem. Myrddin strøk i sin svarte kappe som markerte ham som en høytfødt dekket det meste av hans naturlige muskler og faktiske størrelse. De gjorde ingenting for å maskere den mørke kraften som kunne føles av hans irritasjon. "Jeg antar at det er en grunn til at slottsvakten har ført meg hit."

"Du vil holde tunga, Lord Devros."

Da Myrddin smalnet sine ravnfargede øyne, stirret han på den første stolen i Feyen-rådet: "Da jeg er Darke-ambassadør og jeg krever svar Lord Eros. Og jeg vil ha svarene, ellers kan du gi dem til dronningen min."

"Mine herrer, vær så snill, dette er en dyster dag." Da det ikke gjorde noe for å få noen av mennene til å snakke ned, snuste Larna. "Vær så snill, jeg vil gjerne snakke med Lord Devros privat."

"Jeg skulle ikke tro -" protesterte Lord Eros.

"Dette er min vilje, Lord Eros. Vær så snill ... Jeg vil tro at foreldrene mine vil bli lagt til hvile."

"Som du vil prinsesse." Da han vendte seg tilbake til Myrddin, hvisket han: "Jeg vil se deg sendt til underriket for dine forbrytelser."

En gang alene sirklet Myrddin rundt teatret. "Hva er spillet, Larna?"

De bleke leppene krøllet inn i et uhyggelig smil. "Å ingen spill Myrddin. Bare et forslag."

"Åh?" Sakte kom han til å stå foran henne. "Si meg, hva det er du forventer? Din fremtid fortalte kanskje?"

"Åh, kom nå. Vi vet begge at det ikke er en mørk kunst Myrddin."

Han trakk på skuldrene. "Kanskje ikke. Så, la oss fortsette med det. Hva var så viktig for deg å drepe familien din og prøve å klandre meg?"

"Skjønte det, gjorde du? Bør ha visst at du ville ha en spion i vaktene." Hun satte seg tilbake på tronen. "Uansett, jeg vet hvem snart nok."

Han satte den ene foten på scenen og bøyde seg mot henne. "Skal du fortelle meg hvorfor jeg er her, eller skal jeg gjette?"

"Å, jeg antar at jeg vil fortelle deg det. Du kommer til å gifte deg med meg."

Som helvete jeg er. Det brant i halsen, men han klarte å si er en svanesang, "Er jeg? Nå, hvorfor skulle jeg gifte meg med et barn som har lite i veien for naturlig evne?"

Hvis han ikke tårnet over henne, ville hun ha boltet seg fra tronen, men siden hun ikke kunne, krysset hun armene. "Jeg er ikke et barn. Jeg er nesten to hundre år gammel. Og jeg har mange naturlige evner."

Da han vendte seg bort fra henne, begynte han på døren. "Du har ikke svart på spørsmålet mitt Larna. Og spillet ditt begynner å kjede meg."

"Enten gift deg med meg eller så vil du og prinsesse Adrianna holdes ansvarlige for drapet på den kongelige familien. Og hvem som noen gang advarte deg om at du vil bli med deg for din død."

Etter å ha visst hvordan dette ville spille ut, ble han ikke forbløffet. "Jeg vil gifte meg med deg på tre betingelser. Da jeg liker lyden av å være gift med en dronning." Selv om den eneste dronningen han ville gifte seg ikke var i dette rommet. Eller i dette riket for den saks skyld.

Larna mumlet, allerede for opptatt av kraften hun ville ha når de giftet seg, "Ambisjon passer deg. Hva er dine vilkår nå?"

"Ikke noe mye. For det første burde kongefamilien til Draken være til stede. Siden søsteren min vil gifte seg med kronprinsen neste år."

Grådighet tente de fiolette øynene hennes. "Ferdig."

"For det andre vil du erklære at ethvert barn av meg vil være din arving med mindre du har et barn med noen andre som holder hjertet ditt."

"Selvfølgelig ville barnet ditt være min arving. For en dum ting å kreve."

Uh ha. Vi får se på det. "Og til slutt, som tradisjonen er, vil du gi meg ditt hjerte."

"Igjen, Myrddin som ville blitt sagt i løftene uansett. Er det nå noe annet?"

"Nei." Han tok et steg opp på pallen og tårnet over henne: "Vi skal gifte oss om tre dager."

"Tre ..." Hun gispet allerede og så inn i øynene hans.

Han smilte mens øynene hennes låste med blikket, og tillot dem å brenne til en hypnotisk blå tåke. "Du vil ikke ha landet ditt uten dronning lenger."

Larnas øyne lyste i samme farge som hans. "Nei ... det antar jeg ikke."

Kapittel 4:
Adrianna

"Addy, er du sikker på at du vil være her? Jeg mener broren min ..."

Addy vendte seg bort fra vennen sin og lot seg se utover rommet ... utover det de fleste så. Så godt utover de kremfargede blomstene og rader med høye ryggstoler. Så godt utover melkhvite vegger. Tillot seg et tilbakeblikk de siste tre dagene i dette rommet. Hvisket så, "Myrddin vet hva han gjør, og jeg planlegger å være her for å finne ut nøyaktig hva ... Det, og jeg planlegger å kvele ham i det øyeblikket jeg kan for å få meg til å være vitne til dette til å begynne med."

Tenanye smilte da hun så den forlovede prinsen Craykren og broren hennes diskutere noe som fikk begge menn lekende til å skyve hverandre. "Jeg forventet dette til bryllupsdagen din, men ..."

Signering av Addy ristet på hodet: "Vi bør skille dem før dette blir til et slagsmål. Dessuten vil det gi meg unnskyldningene for å snakke med ham og muligens finne ut noe nyttig."

"Bare vær forsiktig Addy. Det er de her som tror at du er den som drepte dronningen."

"Aye, jeg vet. Jeg kan føle uroen deres som stikk på huden min. Men det hjelper at moren min og søsteren min er her. De ville ikke våge å krysse mamma. Hun er allerede i et dårlig humør, og jeg tviler så på at hun vil være i stand til å kontrollere seg selv mye lenger. "

Å klappe vennens hånd, smilte Tenanye. "Moren din er alltid i humør. Men jeg er enig med henne om hun skulle bestemme seg for å ødelegge denne farsen. Imidlertid vil ingen her våge å krysse meg heller nå når Craykren har gitt meg et navn som høres mer draken ut. Jeg tviler på at noe ville være venstre fra Feyen hvis de gjorde det. "

Hun tok armen til Tenanye og smilte. "Å, du har ikke fortalt meg det, jeg må rett og slett vite hva Cray bestemte seg for for bruden sin."

"Alyisope. Det var bestemorens navn. Jeg liker det, men jeg tror de som har kjent meg hele livet, vil fortsette å kalle meg Tenanye." Da hun gikk over til den forlovede, hvisket hun: "Craykren, jeg sverger at hvis du oppfører deg slik på bryllupsdagen vår, vil jeg nekte å gifte meg med deg."

Han snurret rundt med en kattes nåde til tross for sin store størrelse. Hans pansrede vekter så ut som om han tilhørte et reptilløp, men hornene hans ... de var mer storfe. Så igjen gadd han ikke å plassere glamour-magi på de svarte klørne han hadde for fingrene eller den lange halen som holdt en giftstikker. "Det er vanlig å kjempe før man gifter seg."

"Ja, og du vil kjempe kvelden før bryllupet vårt. Ikke dagen. Gjør jeg meg klar?"

Han vendte seg bare mot Myrddin. "Jeg burde spise deg."

Myrddin krysset sine bare muskuløse armer og ga vennen sin tid til å vurdere muligheten for en ekte kamp i stedet for den lekne dyttingen. Så ga et vridd smil. "Hvis du spiser meg, hvem vil fortsette å lære deg å snakke ordentlig?"

"Jeg burde spise deg for å introdusere meg for ... til ... søster."

Hun trakk i armen til Craykren og sa: "Kom hit før du lager problemer."

Addy smilte da hun så venninnen gå bort, "Er det noe jeg burde vite."

"Adrianna søte, du vet allerede alt du trenger. Så jeg ber deg om å la dette spille.

"Fordi jeg stoler på deg, vil jeg gjøre som du ber. Ikke forvent at søsteren din skal forbli sivil for dronning Larna etter at hun har giftet seg med Craykren."

"Dette er søsteren min vi snakker om ... Jeg tviler på at hun vil forbli sivil med alle jeg velger å gifte meg med." Han smilte og rørte ved hennes sinn. Ved siden av deg.

Hun returnerte smilet. "Jeg antar at du har rett. Hun er aldri sivil for noen med mindre de kan best henne i kampene." Et mykt klokkesignal ringte mykt og signaliserte at seremonien skulle begynne.

Sukkende spurte hun: "Skal jeg sitte med familien min eller din?"

"Addy, du er prinsessen til Darke. Du må alltid sitte etter din status. Søsteren min har Cray for å hindre henne i å gjøre noe utslett. I det minste for øyeblikket."

Adrianna nikket skarpt en gang. "Fint. Jeg skal prøve å hindre Celeste i å gjøre" bruden "din til en utsmykket blomst. Men jeg gir ingen løfter. Både hun og mor er i sjelden form i dag."

Adrianna satt elegant i en hvit høy ryggstol ved siden av søsteren og tok hånden hennes. "Hva har du hørt?"

Hun trakk en streng med gyldent hår bak øret hennes. "Mor er ved siden av seg selv. Ikke forvent at hun skal være på sitt beste hvis Myrddin går gjennom denne bryllupsfarsten."

Hun så litt bak seg og så på at moren stod stivt nær bakveggen. "Mor har sjelden sin beste oppførsel når hun er omgitt av de som ønsker familien hennes skade. Og hun er aldri på sitt beste når Papa ikke er i nærheten for å berolige henne."

"Sant. Men hun har aldri hatt å takle et tap av en kjær venn og barn som hun har kjent fra fødselen."

Da hun nådde søsterens sinn, bestemte hun seg for å ha resten av denne samtalen privat. Og vet mor hva som skjedde den kvelden?

Du vet like godt som jeg at hun gjør det. Men uten bevis er hun maktesløs til å gjøre noe med det. Så igjen som aldri hadde stoppet henne før når hun hadde å gjøre med bråkmakere.

Når Adrianna snudde seg tilbake til døren, smalt øynene og så på morderen sakte komme seg ned midtgangen. Kjolen hennes ser mer ut som noe hun burde ha på seg til bryllupsnatten og ikke til selve bryllupet. Jeg tviler på at hun kommer unna med dette.

Celeste krøllet nesa i avsky for kjolen. Eller mangel på kjole. Forstår hun at hun ser latterlig ut med å gifte seg med en mann som er to ganger hennes alder og dobbelt så høy? For ikke å nevne den tingen som skulle være en kjole ... Jeg sverger at skredderalven hennes glemte mer enn halvparten av den.

Addy rullet øynene. Jeg tviler på at hun bryr seg om annet enn kraften hun tror han kan gi henne.

Det burde være interessant å se henne lære at hun kanskje har kjøpt hånden hans, men hun vil aldri ha hans hjerte eller hans kraft.

Kapittel 5: Larna

Larna tok de to trinnene opp til pallen, og så aldri på gjestene som hadde vist å se henne bli dronning av Feyen ... Men det var så deilig at Dronningen av Lite og Darke hadde valgt å komme, men forbli lengst fra festlighetene. Vel, så lenge den gamle hagen ikke forårsaket noen problemer, ville hun ikke trenge å få Myrddin til å kvitte seg med henne. Så igjen, ville det ikke være morsomt å styre alle landene som holdt Fey-blod?

I morgen begynte hun å planlegge hvordan hun skal gjøre nettopp det ... som i dag ...

Stemmen hennes ble fylt med falske tårer da hun sagt sagt: "Lord Eros, før vi begynner vil jeg si noe."

Bukket deretter, smilte han. "Selvfølgelig din nåde."

Nå vendte hun seg til gjesten. "Jeg vet at dette ikke var det dere alle forestilte dere for arven etter Feyen-linjen, men jeg håper å gjøre min mor stolt."

De gyldne dørene til tronrommet knirket åpnet, og en eldre kvinne tok sakte vei til pallen. Enda tregere senket hun hetten på den karmosinrøde kappen. "Da du ikke har gitt oss noe valg, barn. Gå videre med det. Jeg kom ikke hele veien for å se deg blabber på."

Øynene hennes utvidet seg i sjokk. "Mormor?!?"

Den gamle dronningen lente seg tungt på krystallrøret da hun tok et eneste skritt inn i rommet. "Hva er det kjære? Forventet du at jeg var lenge død?"

"Jeg ..." Hun pustet dypt. Bestemoren hennes hadde ikke blitt sett på nesten et århundre. Ikke siden hun ble syk med noe som ingen Fey noen gang hadde klart å kurere ... og likevel sto hun nå foran henne. Sølv i håret sikkert, men ser ikke litt uvel ut. Hun tvang seg til å være rolig og pustet dypt. "Jeg er glad du kunne være her. Takk."

"Vel, fortsett med det."

Hun hadde aldri møtt bestemoren og var nå takknemlig for at hun aldri snakket med den bitre gamle flaggermusen. "Som jeg sa før gutten dronningen ankom, i brudd med tradisjonen med å være gift før han ble krone, ber jeg min første leder av Feyen-rådet om å legge denne læren til meg." Hun kalte inn et signert stykke pergament og ga det til Lord Eros.

Han tok pergamentet og begynte å rulle det ut. Mens han leste, stammet han: "Er du sikker?"

"Jeg er."

"Veldig bra, din nåde. Som i dag vil ethvert barn som Lord Devros har, bli kalt som arving til Feyen ... Med mindre dronning Larna finner en annen mann som kan holde henne i hjertet."

Adrianna lente seg tilbake og prøvde å ikke smile. Hun hadde kjent Myrddin i litt over et år, og han hadde lært henne en ting fremfor alt annet ... alltid være presis når du har å gjøre med Fey. Mer når det dreier seg om en Dark Fey som bruker hvert ord til sin egen fordel.

Kapittel 6:
Myrddin

Larna stod i full høyde nå som hun hadde på seg sølvkronen til Feyen. En slik enkel sirkel, men kraften som hun nå kunne utnytte ... for en fantastisk følelse.

"Dronningen min, er du klar for ekteskapsløftene?"

"Du kan fortsette, Lord Eros."

"Veldig bra." Han trakk pusten dypt og prøvde å smile. "Gir du, dronning Larna, datter av Elista, denne mannen, Lord Myrddin Devros, alle deler av deg. Din hånd, ditt hjerte og alt du vil lage sammen?"

"Jeg, dronning Larna, gir fritt mitt hjerte til Lord Devros å ha for all tid."

Myrddin hadde stått der stille og egentlig ikke tatt hensyn til noe før dette øyeblikket ... nå, nå som hun hadde sagt det han hadde forventet ... Han smilte og slikket de vinrøde leppene. "Gir du meg virkelig ditt hjerte Dronning Larna?"

"Ja, jeg gir deg hjertet mitt." Det var da hun skjønte feilen sin da hånden hans nådde seg dypt inn i brystet hennes og trakk frem det fortsatt bankende hjertet.

Han så ned på det svarte blodet som dekket hånden, og deretter ringte inn en sølvboks. "Jeg vil beholde ditt kalde, svarte hjerte. Siden du har gitt det til meg i tillit. Og til gjengjeld skal du leve til noen som kan holde hjertet ditt, er i stand til å gi det tilbake til deg." Nå vendte han seg til dowager-dronningen. "Dronning Alista, som du har styrt Feyen og er den som er mest dyktig, vennligst gjør det en gang til. Det ser ut til at barnebarnet ditt bare er et skall av det hun hadde håpet på."

Alista smalnet de gamle fiolette øynene sine. "Veldig bra. Barnebarnet mitt vil bare herske i navn, og de i dette rommet er forbudt å diskutere hva som hadde blitt av henne til min død."

"Jeg tror jeg kan snakke for alle her når jeg sier at ingen skal snakke et ord."

"Planla du dette?"

Ved å hjelpe Adrianna inn i en svart trener kunne han ikke annet enn å smile. "Kjære, må du alltid spørre ting du allerede vet svaret på?"

"Kanskje jeg vil høre deg si det jeg allerede vet."

Han slo seg inn ved siden av henne. "Hvis du må vite, ba jeg moren din om å avhende dronningen når løftene var fullført. Men med dronning Alistas ankomst ... improviserte jeg. Tross alt mistet hun bare hele familien. Det ville være grusomt for henne til å miste den siste lenken til datteren sin. I det minste til hun bestemmer seg for hva hun skal gjøre med henne. "

"Så veldig snill av deg." Ser over til sølvboksen som satt overfor henne, "Og den ..."

"Om et århundre eller to vil jeg returnere det." Myrddin så på sølvboksen og så på nytt, "Muligens returnere den. Eller et hvilket som helst barn som vi har kan velge. Men ingenting kan ødelegge boksen." Eller innholdet innenfor.

Øynene hennes så på boksen nesten fascinerte. "Fortryllende."

"Ja, og hvis du er en god liten lærling, lærer jeg deg hvordan det fungerer."

Sittende tilbake, krysset hun armene. "Du antar at jeg ikke allerede gjør det."

Han ga henne et lidenskapelig kyss og smilte. "Besvergelse, min kjære, ikke makt. Og ingenting som er nær dine nåværende evner."

62

Del 2

FOR ATTEN   R SIDEN.

64

"*Det er en uro blant folket mitt. Hvorfor kan jeg ikke si noe sikkert. Hvisking blir uttalt, men selv jeg kan ikke høre alt som blir sagt. Jeg håper bare over all grunn at det som er galt, ikke vil avsløre seg for meg før datteren min er født. Jeg ber om at jeg får ha litt tid med henne før jeg må være dronningen av Darke.*

Likevel tviler jeg på en eller annen måte at jeg noen gang vil få sjansen til å se datteren min vokse til sine gaver."

-Den private journal til dronning Adrianna. Dronning av Darke

66

Kapittel 7:
Adrianna

Adrianna kikket ned på den nyfødte babyen sin og smilte. Veldig forsiktig tok hun henne opp fra den røyksvarte vuggen. "Jeg vet ikke hva jeg skal gjøre med deg. Jeg kan ikke kalle deg min lille kjære resten av livet ditt." Hun tok en pause og la ut en liten latter. "Vel, det kunne jeg, men det er ikke et godt navn for en dronning som en dag vil herske over hele Darke." Et lett fnise fikk henne til å vende seg mot døren.

"Kjære søster, har du gitt niesen min et navn ennå?"

Ser på kvinnen som strømmet inn i rommet, kunne Adrianna ikke annet enn å smile. Hennes tvilling. Ikke en identisk tvilling, men heller hennes helt motsatte. Der tvillingen hennes hadde flytende gyldent hår, var hennes egen nattens farge. Selv om begge var høye og slanke og så ut til å flagre når de gikk, men Celeste legemliggjorde alle ting lyse og gyldne. "Jeg kan bare ikke tenke på en som vil gjøre henne rettferdig." Hun presset leppene sammen til de ikke var mer enn en tynn strek før hun fortsatte. "Det er ikke et navn jeg kan tenke meg som vil legemliggjøre den neste dronningen som vil gi fiendene en pause."

"Å kjære. Døtrene våre er ennå ikke tre dager gamle, og du snakker allerede fiender. Jeg sverger at jeg burde la mannen din ta deg for å se hjemlandet hans. Jeg tror alt mørket og mørket i ditt eget rike endelig har gjort deg til et liten kjedelig. "

Hun vendte seg bort fra søsteren og skjelte henne lett: "Veldig morsomt. Du vet like godt som jeg at jeg ikke bare kan besøke Feyen-riket. Du derimot ... de ønsker deg velkommen."

Celeste rullet øynene og rakte ut de melkeaktige bleke armene. "Ja vel ... Gi meg niesen min. Jeg burde ha litt tid med henne før jeg drar til mitt eget rike."

Da hun plasserte sin dyrebare lille datter i armene til søsteren, tok Adrianna en pause. Noe i mørket ble hvisket. Alle de som hun styrte snakket om det, men hva nytter det å hviske i mørket når hun ikke kunne høre alt som ble sagt? "Jeg vil at du skal ta henne med deg."

"Hva?" Celeste snurret rundt for å møte søsteren. Hun visste at blikket i øynene noen ... eller noe fortalte henne noe. Hva det kan være, kunne hun aldri gjette, men forårsaket nok bekymring til at søsteren hennes lignet mer på en eventyrlig kriger som var klar til å kjempe enn en mor som nettopp hadde født. "Hva er det, søster?"

Svart, virvlende tåke gjemte bena og krøp opp ryggen; kjærtegner det lange, ravnefargede håret. "Hviskingen er ikke klar. Uansett, jeg vil ha alt det er avgjort snart nok. Eller min kjære mann vil. I begge tilfeller vil jeg at du kan ta barna våre til Castle Sun-Tear. Jeg kommer når det er trygt."

Sun-Tear var den lengste av slottene i Lite, men den nærmeste Feyen Kingdom. Så hvorfor av alle stedene ønsket Adrianna at datteren hennes skulle bli ført dit? Ikke et spørsmål hun kunne stille. I det minste ikke mens søsteren fortsatt hadde en samtale om at bare hun kunne henne. Men en forespørsel formulert som et ultimatum? Ikke bare kunne hun, men det ville ikke være første gang hun gjorde det. "Jeg vil bare hvis du navngir datteren din. Eller jeg sender begge døtrene våre sammen med moren vår, og du kan forklare henne hvorfor jeg går med deg."

Adrianna så på søsteren gjennom trange øyne og deretter ned til babyen. "Fey heter barna sine etter ting som de kan henvende seg til. Eller, i det minste, det er den kjæreste mannen min sier." Hun lukket øynene og lot mørke rader av tåke lekke fra seg og rundt datteren. Hun trakk dem tilbake og smilte. "Hun vil bli kalt Nisha, nattens datter."

Adrianna sto i gaten i sin store by forferdet over at hun så. Bygninger falt ned rundt henne. Brann både naturlig og som hadde blitt trollet frem på magisk vis fylt vinduer som fanget innbyggerne hennes bak røykvegger.

For mange som ringer etter hjelp. For mange som ville menes hvis han ikke gjorde noe.

Hun la hånden over hjertet og prøvde å forstå hva hun så, " ADRIANNA

"Hva i navnet Darke hadde skjedd her? Min elskede by er ikke bare i brann, men flere steder, det er tegn på eksplosjoner. Det gir ingen mening med mindre innbyggerne i sumpen hadde kommet så langt nord for å starte en krig. Men hvorfor nå? "

Sakte nærmet Myrddin henne med Galeron og hans kone som sto bare noen få skritt tilbake.

Å stille erkjenne mannen hennes Adrianna ristet på hodet. Akkurat nå trengte hun å være dronningen. Akkurat nå trengte folket hennes kule hode for å få dem alle gjennom dette.

"Dea du og Galeron tar sørsiden av byen, Myrddin og jeg tar nordover. Vi møtes opp i slottet. Alle som gjør ting verre, gjør som du vil. "

Myrddin la hånden på armen hennes, og øynene hans så forbi bålet. "Addy, er du sikker på dette?"

Øynene hennes smalt i bittesmå spalter mens hun suste "Vi har to valg. En vi gjør ingenting og ser hjemmet vårt brenne. Eller vi tar oss av dette og tar med datteren vår hjem. "

Han hev seg som pusten, "Eller vi ber søsteren din om hjelp."

Adrianna stoppet bare et øyeblikk og ristet på hodet: "Nei. Uansett hva dette er ... Jeg vil ikke ha henne her. Det er noe som fortsatt er unnvikende for meg, og til jeg finner ut hva det er ... ingen fra Lite tråkker fot i mitt rike.

Kapittel 8:
Celeste

Det var godt over midnatt da ordet hadde nådd den gang. Og minst en time til før sjokket hadde slitt nok til at tårene kunne fylle øynene hennes. Likevel hadde hun ikke klart å forbli i sitt tronerom. I stedet måtte hun forklare niesen sin. Men hvordan skulle hun noen gang finne ordene å si til henne? Hvordan ville hun noen gang forklare Nisha at moren hennes hadde dødd? Nei, ikke bare moren, men også faren og utallige andre som ennå ikke hadde fått navn.

For bare noen timer siden hadde hun bestilt et barnehage å sette sammen for niesen sin. For bare noen timer siden hadde hun klemt søsteren sin med all sin makt i tillit til at hun ville se henne om en dag, kanskje to senest. Hvis hun bare visste at det hadde vært siste gang ...

...Hvis...

Hun hadde ikke råd til å tenke på "hvis". Det var for mye å gjøre før morgenen. Og mye, mye mer å gjøre etter dagpausen.

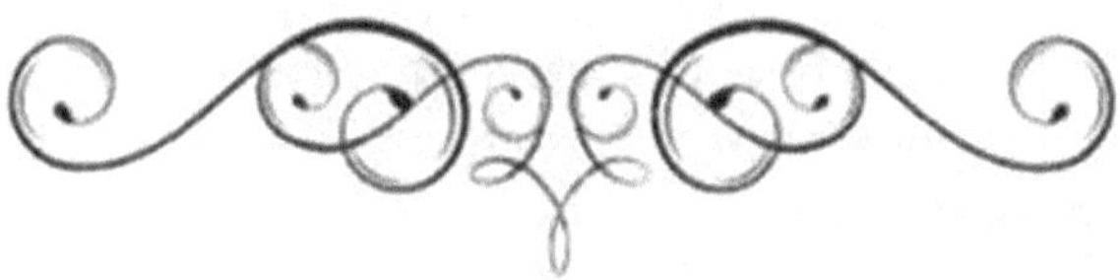

Så med et tungt hjerte gled hun inn i niesens barnehage som raskt var satt sammen med en mengde møbler som passer sammen. Lenende over den vanlige trevuggen, skalv Celeste da hun berørte nieseens myke, melkeaktige bleke ansikt. Hennes egne tårer blir igjen tvunget tilbake. "Hvordan kan jeg fortelle deg at moren din er borte?"

"Kjære, stopp."

Hun trakk seg til full høyde og vendte seg mot mannen som stjal hjertet hennes; hennes mann. "Blake?" Hans solkyssede blonde hår fremdeles pent på plass til tross for at de ble vekket midt på natten.

"Kom, kjære, du må sørge, og jeg må sørge for at resten av den lille familien vår er trygg."

Selvfølgelig ville han, da han var kaptein for vaktene hennes; han ville trenge å gjøre noe for et angrep og finne de svarene han kunne finne. Så ville han tillate seg å være mannen hennes og tilby henne alle klemmer og forsikringer han kunne. Men ikke før han var sikker på at deres eget rike var trygt. "Tror du..."

Blake tok et fullt skritt inn i rommet og lukket armene rundt kona. "Jeg har snakket med moren din. Brannen som tok søsteren din og mannen hennes var ingen tilfeldighet. Foreløpig tror jeg ikke det er lurt å flytte Nisha nærmere Darke. Ingen av dem synes heller det er lurt for deg, Queen of Lite, å gå fot i det mørkere riket. "

Det var mer hun nesten kunne høre det, men hun kunne ikke trykke ham ... ikke i kveld ... ikke når hjertet hennes verket av sorg. Hun trøste seg i omfavnelsen hans. "Addy visste. Damn henne! Hun visste at hun ikke ville se datteren vokse."

Han holdt på henne mens hun lot tårene falle. Holdt henne til han var sikker på at hun ikke ville smuldre når han snakket. "Ah kjærlighet, det kan du ikke være sikker på."

Hun trakk seg akkurat nok til å vurdere hans sjøgrønne øyne. "Jeg kjenner søsteren min. Vi har hatt forskjeller, men jeg kjenner henne. Jeg kan bare ikke bestemme om hun ville at jeg skulle oppdra datteren sin her, eller å be Fey om hjelp."

Tanken alene om å be Fey om noe sendte en kogger nedover ryggen på ham. "Fey er veldig vanskelige mennesker du kjenner dette."

"Det gjør jeg. Og jeg vet at niesen min er en del av Fey. Og før du sier det, vet jeg at hennes makt vil formørke enhver dronning i alle kongedømmene til sammen når hun er myndig."

Et øyeblikk pustet han ikke. Torde ikke. Inntil nå var det bare Celeste og søsteren som kunne hevde at de var de mektigste og mest begavede i sine egne kongeriker. "Er du sikker?"

"Jeg er sikker. Jeg kom hit for å fortelle henne om moren. Ikke at hun ville forstå og ... Det var ... var ... søsteren min kalte dem skygger eller hvisking. De ... Det .. ... forsvant når jeg kom inn. Jeg vet ikke, men jeg tror det smakte hennes blod. Hvis det til og med er mulig. " Så viste hun mannen sin den lille nålestikket skjult på Nishas lille hånd. En eneste dråpe blått blod som allerede reformerte seg. Likevel hadde niesen hennes ikke laget en eneste lyd bortsett fra en veldig glad baby.

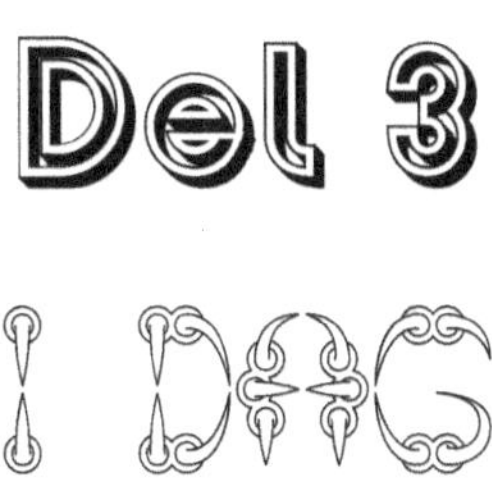
Del 3
I DAG

78

"En dag vil det være en dronning født av både Lite og Darke. Hun vil være kraftigere enn noen gang før henne. Vokt dere dagen da hun blir kronet som dronning for alle, vil endre seg. Langt glemte sannheter vil igjen bli avslørt. Og ut av skyggene vil komme slutten på alt vi holder av. "

-Legenden om Darke and the Cursed

Kapittel 9: Nisha

Nisha trakk de gyldne garderobedørene åpne og trakk pusten dypt i dag, og var hennes siste dag i Lite. Den siste dagen med familien i det hele tatt ... Vel, egentlig ikke, men det ville være siste gang hun kom hit som en prinsesse. Nei, neste gang hun kom inn i Lite, ville hun være en dronning av to riker.

I atten år hadde hun bodd her. Lære både av sine egne krefter og de av kusinen Lilly. De hadde begge presset hverandre for å være flere ... for å være best. Begge visste hvordan de skulle spille av hverandre. Begge visste at de ville være dronninger. Og begge nekter å lytte til at de var bestemt til å være fiender. Tross alt, hvordan kunne hun noen gang vende seg mot den ene personen som forsto henne selv på sitt verste? Nok et dypt pust, og hun så på garderoben som hang pent på bøylene, "Hva har man på seg når man ser hjemmet deres for første gang?" Hun stilte spørsmålet mer til seg selv, men det var en sliten stemme bak henne som svarte.

"Farger er dempet i Darke. Mørke farger er best. Moren din bruker også til å klage på kulde og mangel på naturlig lys."

"Ravnfjærjakken min og den røde blusen er det." Nisha dro jakken av gullhengeren, så trakk hun på skuldrene. "Jeg elsket dette da jeg først laget det, men Lilly og jeg er nå enige om at det får meg til å se ..."

Etter å ha fullført sin nieses setning sa Celeste andpusten: "Som dronningen av Darke." Tar noen skritt over til niesen hennes og sukket. "Du skremte meg første gang du hadde på deg det. Etter å ha sett flere ravner uten fjær og fremdeles veldig mye i live, ga vi oss selvfølgelig noe å le av."

Nisha trakk på skuldrene mens hun la på jakken. "De bestemte alle at jeg ville se nydelig ut som en fugl. Og det ga meg grunn til å begynne å strikke."

Celeste blinket. Hun burde minne niesen sin om at fugler ikke snakker ... selvfølgelig, så ville de ha en diskusjon som ville handle om alt som ikke var viktig. Så når hun biter tilbake kommentaren, kom hun inn i rommet. "Du vet, nå som jeg ser på det, tror jeg skuldrene trenger noe mer." Et enkelt trykk på fingrene og en ung tjenestepike med rødt hår skyndte seg inn med en vanlig hvit boks med svart fløyelsbånd. "Dette var bestemoren din. Jeg tror hun ville være fornøyd hvis du hadde det."

Nisha tillot en mørk tåke å strekke seg ut mot boksen, "Kan jeg?"

"Kjære, du må lære å ikke be om ting. Du er dronningen av Darke, du forteller de som tjener deg hva du vil."

"Åh, jeg tror ikke de vil ha det. Shadow reagerer bedre når jeg spør i stedet for å fortelle ham noe. Og hviskingen er chattier når jeg fortsetter en samtale i stedet for bare å be om informasjon. Jeg kan ikke engang beskrive hva de døde gjør når jeg gir ordre. De er imidlertid veldig glade når jeg ber om hjelp. "

"Den .... Døde!?! Når var du ...." Åpne noen korte pusten klarte hun å roe seg ned, "Nei, ikke fortell meg. De døde har sin egen plass de ikke skal være vandrer rundt i gatene i Lite. " Hun polstret bakover til sengen for å sitte før hun besvimte. Forhåpentligvis, etter at niesen hennes ble kronet, stoppet disse små samtalene ...

... Og sauer kan vokse vinger i morgen.

"Åh, de streifer ikke ... eller i det minste ikke her. Under Kingdom er veldig kjedelig. Jeg gir dem ting for å livne det litt opp, og de gjorde meg til deres dronning. Det var enstemmig ... tror jeg. Jeg er ikke helt sikker. De som kronet meg nektet å diskutere det mens jeg var der for å delta i samtalen. "

I flere lange sekunder glemte Celeste å puste. I sannhet, hvis hodet ikke hadde begynt å surre, hadde hun ikke husket noe så verdslig. "De ... deres .... Jeg vil ikke høre om dette. Egentlig ber jeg ydmykt om at du aldri nevner dette for noen som ikke er familie."

Å trekke båndet fra boksen Nisha trakk på skuldrene og la ikke tante sin oppmerksomhet lenger. "Er det feil?"

"Mitt kjære barn, ingen har styrt underriket i nesten en million år. Innbyggerne bestemte seg for at etter å ha levd under en hersker i livet ville de ikke ha en til døden." Eller i det minste var det det som ble fortalt i hver lærebok og klasserom i alle rike. Det var faktisk en av de få tingene som alle kunne være enige om.

"Å. Vel, jeg antar at de ombestemte seg." Nisha stoppet igjen. "Men jeg trodde du visste at Freya ikke er fra de levende? Ser at hun ikke trenger søvn og heller ikke trenger mat for å overleve."

"Freya er også en Fey så vel som en utdannet kriger. Jeg hadde ikke tenkt å avvise hjelp til å holde deg og kusinen din trygg." Som på den tiden hørtes ut som veldig gode råd ... men ... ser tilbake ...? Det var et halvt dusin andre ting hun kunne ha prøvd først. Bør ha prøvd først. Etter å ha akseptert Freya som vakt, var det allerede for sent å prøve noe, inkludert å ta Nisha til dronning Alista for å få hjelp.

"Å. Vel, da bør du også vite at mange av innbyggerne i underriket også er høyt trente krigere og ikke vil la noe skje med familien vår. De sverget en ed på det."

Et øyeblikk hang Celestes munn åpen. Så mange spørsmål hun kunne stille ... de mulige svarene skremte henne. "Boksen. Ja, vær så snill å åpne boksen."

"Å tsk. Hva morsomt er det å ha en niese hvis jeg ikke kan være ærlig med deg?" Ved å skyve lokket smilte hun til de to store fjærklørne. "Hva slags fugl kom disse fra? De er helt perfekte."

"Jeg husker ikke, fra størrelsen på fjærene vil jeg si en ganske stor fugl." Eller i det minste noe som lignet på en fugl. Tross alt har Darke dyr som ingen andre land noen gang har hørt om, enn si har noen gang sett. Så igjen, dyret kunne ha blitt trollet av moren bare for klørne ... det var en mulighet. Moren hennes hadde tross alt vært mer enn i stand til å gjøre nettopp det.

Hun la skulderputene på jakken hennes. "Jeg lurer på om jeg får se noen?"

Åh, jeg håper ikke. "Jeg vet ikke kjære. Kom nå. Vi må gå gjennom noen ting før du drar."

Myke tendrils strømmet rundt henne og løftet håret i forskjellige mønstre i løpet av et minutt var håret bundet og en liten krone av svart polert stein satt på hodet hennes. Tre poeng slipt alle en skarp kant. "Å se. Jeg antar at jeg har en krone å ha på Darke. Jeg var bekymret for at ingen ville vite hvem jeg var."

Med en fast stemme sa Celeste igjen: "Nisha, vær så snill å sitte." De trengte å ha denne samtalen selv om hun måtte trekke Lilly inn hit for å gjøre det.

Leppene krøllet seg inn i et smil som var alt annet enn betryggende. "Ja, tante."

"Først forberedes en kurv som du kan ta. Ikke spis noe der før du har en stav som er blodbundet til deg."

"Marta kommer som kokk. Datteren hennes Marigold skal være min personlige hushjelp. Og jeg har Emmett, Edgar og Shadow som er mine personlige vakter." Pluss, Freya og mange utøde. Ikke at hun ville si det da hun allerede hadde skremt tanten sin nok for en dag.

"Veldig bra. Vennligst be Shadow om å holde seg nær til kroningen. Han ... den ... er god til å vite når du er i fare og bryr deg ikke så mye om hvem som er den som setter deg i den stillingen." Som de nesten hadde lært for sent da det nesten hadde drept David fordi han prøvde å lære Nisha hvordan hun skulle forsvare seg og hadde blitt båret bort.

Nisha smalnet de fiolette øynene og hvisket i en tone som var mye mørkere enn en jente på hennes alder skulle ha. "Det og alle vet at skygger ikke kan drepes, men kan drepe noe annet, inkludert Drakens, troll og andre."

Hvordan kunne jeg glemme? "Ja, det vet alle. Og Darke har andre der som det også er vanskelig å drepe. Husker du hvilke typer borgere du vil herske over?"

"Selvfølgelig." Hun begynte å telle på fingrene. "Det er de høytfødte, som består av Spectre som kan lage mørke tendrils av skyggene. De kan enten være underdanige eller bare slemme. Branndansere, som kan se ut som alle andre borgere i Darke , men kan vende kjøttet til glør eller skape branner hvor de enn tråkker eller berører. Og så blir telepatene fortalt at de ligner en borger av Feyen med spisse ører og skrå øyne. . "

Han nikket i enighet Celeste spurte: "Og de andre innbyggerne?"

"Alle andre har mindre evner. Som å kunne gå gjennom vegger. Få ting til å forsvinne og dukke opp igjen etter eget ønske. Jeg er sikker på at det er mange andre som jeg fremdeles må lære om." Likevel ble det ikke sagt at ingen Fey bodde innenfor grensene til Darke. Ingen har gått så mye inn i landet siden før den store brannen som tok så mange. Og det var noe annet hun måtte undersøke siden Fey var lover for seg selv og bare svarte til Feyen-dronningen eller en dronning at de valgte å tjene villig.

"Veldig sant. Nå når du godtar septeret til Darke, blir alle dine evner låst opp." Og må lyset beskytte meg når de gjør det.

"Jeg får evner som jeg ikke allerede vet om? Hvor spennende. Vil Lilly også få nye evner ved kroningen?"

Celeste klemte broen mellom nesen og følte allerede hodepinen som alltid kom fra at disse samtalene begynte å komme på. Når hun visste at niesen hennes reiste til spiret, ville hodet være klart til å eksplodere. "Ja kjære."

Nisha klappet i hendene av begeistring. "Vi må møtes noen få uker for å øve sammen. Den ene gangen her i Lite og den neste i Darke. Det vil være fantastisk."

"Nisha, vær så snill."

"Beklager, tante Celeste."

"Når du først er kronet som dronning, vil du være i stand til å utnytte alle evner i faget ditt på toppen av de du allerede har. Og med all den kraften kommer ansvaret. Det vil være de som vil trykke deg for å bruke gavene dine til sine egne midler. Og andre som vil frykte deg og vil prøve å skade deg. "

I et langt øyeblikk satt Nisha der stille. Hver gang hun hadde tenkt på hvordan moren hennes hadde dødd, brant raseriet inne i henne. Svært kaldt svarte hun: "Ikke bekymre deg. Jeg er ikke moren min. Jeg stoler ikke på at de levende beskytter meg. Heller ikke bare stole på mine evner."

"Ja, det er det jeg er redd for. Derfor valgte moren din en ektemann til deg før du ble født. Han var bundet til deg dagen du ble født. Moren din og bestemoren din hadde tilsyn med bindingen. Du kan være sikker det var nøyaktig og presist i vilkårene. "

Nisha hoppet opp fra sengen. "Hva? Du forteller meg bare om dette nå? Lilly fikk velge sin mann. Slags. Vel, i det minste fikk hun velge hvilken sønn av Draken hun skulle gifte seg. Og han har bodd her hos oss i nesten ti år! "

"Jeg vet at det virker urettferdig. Og jeg har prøvd å få ham ført flere ganger. Hver gang onkelen har nektet av grunner som jeg ikke kan forstå. Imidlertid vil han møte deg på spiret. Ta deg tid og snakk med ham . Jeg ble fortalt at faren din hadde valgt ham fra et hvilket som helst annet mannlig barn som hadde blitt født innen ett år etter fødselen din. "

Det var mer i denne samtalen. Noe som nå hviskes dypt inne i skyggene. Knurrede samtaler og en advarsel om å trå forsiktig. Skyggene stolte ikke på tanten hennes med sannheten. Imidlertid kunne hun bruke dette eneste øyeblikket til å spørre om noe annet. "Min far?" Så det hadde aldri blitt fortalt litt om henne om ham. Nå...?

Ville hun få et ærlig svar? Eller måtte hun spørre den store feien fra gamle dager?

Da han så spørsmålene til niesens ansikt, fortsatte Celeste: "Han var fra Feyen. Og ble sagt å være en seer foruten vesener som kan bli usynlige." Hun la en lang pause og valgte å fortelle litt mer om søsterens mann. "Jeg møtte ham bare to ganger. En gang i bryllupet til moren din. Han tok hånden min og fortalte meg at datteren min ville være like vakker som Lite selv og vil være lykkelig gift med en sønn av Draken." Det var mer hun kunne fortelle henne, men det kunne vente til etter kroningen.

Med et sukk trakk Nisha seg av for å møte denne valgte frieren, "Fint, jeg møter ham, men hvis han ikke er så kjekk som David, vil jeg nekte å gifte meg med ham. Og hvis han protesterer, vil jeg gjøre ham til en frosk."

"Han er bundet til deg. Hvis du forteller ham at du ikke skal være gift, vil han ikke protestere. Hans onkel kan derimot godt. Og siden han har regert som fullmektig, kan han på grunn av denne foreningen lage en mektig fiende. "

"Fint, jeg vil gjøre onkelen hans til mat for David. Jeg tror Drakens elsker fersk kanin."

Å, velsign det. "Jeg tviler på at kaniner finnes i Darke."

Kvadratere skuldrene hennes satte Nisha seg på kanten av sengen og lot stemmen hennes ta en kald mørk tone mens hun sa: "Vel, det vil være en hvis denne fullmektigen tror han kan gi meg ordre."

90

Kapittel 10:
Ethan

Vann falt fra taket over.

Plopp.

Plopp. Plopp.

Lyden var en beroligende drone som han hadde lært å bruke for å slappe av til tross for smertene i armene og svie i ryggen. Det var nok til å tillate noen øyeblikk å hvile. Noen få dyrebare minutter for å gjenvinne kreftene for det onkelen hans hadde planlagt neste dag.

"Våkn opp, hund." En dyp stemme ekko gjennom den kalde, fuktige kjelleren.

Sakte lot Ethan øynene tilpasse seg mørket og lyden fra den dype mannstemmen. Lord Edrich. Onkelen hans. Hvis han svarte, ville han bli slått. Hvis han ikke gjorde det, noe mye verre. Da han bestemte seg for at han ikke ville heller, lot han kjettingene som bundet ham til taket, og håpet det ikke var nok ulydighet for å tjene ham.

En glød av stearinlys kom til syne, det samme gjorde onkelen og spekulasjonen som han brukte akkurat som de kom ned de siste trinnene. Begge hadde på seg de mest forseggjorte kjoleklærne. Onkelen hadde på seg svarte kjolebukser og matchende jakke med en knust rød skjorte og svart slips. Gull mansjettknapper og en prikk gull på slipsen for å hindre at den beveger seg var den eneste fargen. Spekteret? En blodrød kjole som blødde inn i den virvlende grå tåken som var føttene hennes. Ingen av dem så ut som de var her for å slå ham før han gikk ut. Så igjen ... med dem, kunne han aldri være sikker. Tross alt var det å tortere ham deres favoritt siste gang. Eller i det minste så det ut til å være.

Lord Edrich stoppet like utenfor fangens rekkevidde og knurret: "Det er på tide at du tjener deg til å beholde, din verdiløse hund."

Han så ikke hva som hadde skjedd, men brennende nesten brennende smerter løp over ryggen hans. Kvelte et skrik og prøvde å holde øynene på onkelen. Forsøkte å lytte til ordene han sa da speilet prøvde å tvinge et skrik. Noe hun hadde prøvd å produsere det siste året. Og noe han ville nekte henne i dag.

Edrich tok tak i Ethan i haken og hvisket: "I dag får du møte den lille prinsessen. Ikke bekymre deg. Jeg er sikker på at du ber om min godhet lenge før bryllupet." Et grusomt smil dannet på leppene hans da han bøyde seg nærmere. "Jeg hører at hun har en tendens til grusomhet mer enn moren hennes noen gang hadde drømt om."

Bryllup? Vennlighet? Ethan kunne ikke snakke. Han visste bedre enn å la et ord gli forbi de tørre, tynne leppene. Han var ikke taleverdig. Ikke verdig noe. Eller i det minste var det det han var oppdratt til å tro. Han bodde bare i onkelens hus fordi foreldrene hans døde uten pengesak og skyldte ham en stor gjeld. Og han som deres eneste levende sønn, han hadde blitt tvunget til å betale den gjelden. En tjener om dagen og et piskepost om natten, eller verre, mynt for onkelen til å betale gjelden.

"Du vil gå til spiret og hente den lille prinsessen. Gå så tilbake til palasset. Ikke nøl ved spiret, ellers blir kjøttet ditt fjernet fra kroppen din om morgenen."

Han nikket. Kroppen hans skjelver allerede av smerte.

Edrich sa til spekteret: "La ham gå ned. Han må stå for å nå spiret." Så til Ethan, "Og hvis jeg hører at du har en dråpe blod på vognen min, vil jeg sørge for at det er siste gang du gjør det.

Han visste trusselen. Onkelen ville aldri slå ham ut. Noen stor skandale hvis han gjorde det. Ikke så mye hvis han drepte en ensom tjener. Mindre hvis han matet ham til et troll.

Vannet var kaldt, luktet og ble til grått slim fra maskene som nå bodde i bollen. Hvis han vasket seg inn i dette, ville han i beste fall fornærme prinsessen, i verste fall ville sårene hans bli smittet. Hvis han ikke gjorde det, ville klærne hans klebe seg til ham og rive den ømme huden når de ble fjernet. Da han lukket øynene, gled han på en hvit skjorte uten å prøve å vaske. Forfra så det ut som fin silke, men ryggen og armene var av materiale som klødde og klø. Etter tre års bruk hadde han lært seg å ignorere følelsen.

Jakken var imidlertid en hyggelig overraskelse. Det var av utmerket kvalitet. Selv foret med silke. Svart ... men da var alt mørkt eller hvitt. Men mest svart og rødt.

Han passerte et ensomt hallspeil og stjal et raskt blikk. Hans kullsvarte hår begynte å vokse ut. Bare en fingerbredde nå. Øynene hans hadde en uvanlig farge fra andre borgere i Darke ... så sjeldne at det ikke en gang hadde et ord han kjente. Huden hans bleket fra hvilken som helst farge den måtte ha. En dag håpet han at han kunne se porselenskremhuden som han vagt kunne huske.

Håpet at han en dag kunne se øynene uten det trette blikket til dem. Men mest av alt håpet han at han en dag kunne flykte fra onkelen sin. Kanskje nå Lite eller Draken og tigge om asyl. En dag da han hadde krefter til å forlate dette stedet. Da han hadde en ide om hvor han skulle henvende seg for å få hjelp.

Han visste at det var en svak drøm. Prinsessen hadde returnert til Darke og om to uker ville han være død. En gave til bryllupsdagen hennes. Et offer for å berike kreftene hennes. Eller i det minste var det onkelen hans hadde fortalt ham. Og onkelen hans hadde ingen grunn til å lyve for en verdiløs tjener.

Ethan så opp på spiret. Halvparten i Lite og halvparten i Darke. Siden av Lite var laget av hvit stein som glitret i solen. Hvor siden som bodde i Darke var av svart polert stein halvt skjult i skyggen. Dette var grensen mellom de to landene. Stedet da to generasjoner tilbake hadde en enkelt dronning hersket begge. Døtrene hennes tok da hver kontroll over den ene eller den andre. Det ble sagt at Celeste var laget av selve solen. Så rent at ingen onde kunne berøre huden hennes. Mens Adrianna var ren ond. Hun misbrukte makten sin og døde på grunn av den. Nå er datteren hennes som ryktes å være så mektig at hun hadde blitt oppdraget av en skygge og en demon i et tårn som ble trollbundet av Fey slik at hun ikke kunne skade utenfor det hun ville styre.

Og her var han … den som ville ta henne tilbake til nattpalasset. Han ville lede henne til bryllupet og kroningen. Dø så for egen hånd foran alle som ønsket å delta på seremonien.

Ethan så over grensen til Lite. Han kunne gå noen meter over spiren og inn i Lite. Han kunne tigge om å se dronning Celeste ... Han kunne ...

... Nei, han kunne ikke. Han var mange ting, men en feig var ikke en av dem. Kanskje han kunne tilbringe de neste to ukene i tjeneste for den snart dronningen. Hvis han gjorde det, kunne han gjøre seg uvurderlig for henne, da ville hun ikke drepe ham.

Han trakk pusten dypt og gikk av vognens bakside.

Dette ville være hans eneste håp. Hans eneste sjanse ... og han måtte gjøre det uten at onkelen fant ut at han hadde gjort dette uten tillatelse.

Sakte tok han seg opp den store trappen som tok ham til hoveddøren. Steinene som var trinnene så glatt nok ut til å være glatte og våte, men forhindret ham på en eller annen måte å skli. Dobbeltdøren nådde to etasjer og var laget av mørkt tre. Bare å stå foran dem følte øynene som så på deg. Kjenn at du puster på nakken og vet at hvis du snudde deg, ville ingen stå der.

Han svelget hardt, løftet neven og banket på døren. Han hadde gjort det så mykt, men det forhindret ikke bankingen i å banke inn i et ekko brøl.

Han hadde akkurat holdt på å skynde seg ned trappene og komme seg rundt spiret og til siden som bodde i Lite da døren knakket opp.

Et øyeblikk låste øynene på Feyen Warrior som heldigvis var ubevæpnet. Etter at hjertet igjen hadde lagt seg i brystet, bøyde han seg. "Jeg er her for å eskortere prinsessen." Det føltes galt å snakke, men han måtte. Selvfølgelig ville han bli straffet senere ... men akkurat det gjorde ikke noe. Kunne ikke ha noe å si. Han måtte oppgi hvorfor han var der eller være død uten å snakke noen gang.

Feyen-krigeren smilte da hun trakk sine røykgrå vinger til sidene: "Følg meg. Prinsessen vil være nede snart."

Kapittel 11:
Nisha

Hvis de brukte vognene til å reise til spiret, kan det ta flere timer. Likevel ville de være der i god tid før planlagt ankomsttid. Imidlertid, hvis hun brukte de dødes port, ville det bare ta noen hjerteslag. Og det betydde ...

"Freya!" Nisha slo ut en spent squeal.

"Din nåde?" Denne forsiktige tonen fra denne stålkrigeren var nok til å vite at minst et av hennes undersåtter visste når hun skulle gjøre noe skremmende og fantastisk.

"Vennligst fortell de som blir med meg i Darke at de ikke skal forsinke. Jeg har en annen avtale som prioriterer. Jeg skal møte dere alle på spiret til avtalt tid. "

Freya dyppet hodet litt. Tross alt var hun en av få personer som forsto hvem som ville kreve et møte med dronningen. "Vær så snill å fortryde at jeg ikke ble med deg."

Et ondt smil blomstret på Nishas unge ansikt. "Jeg prøver å ikke kaste onkel Magmas opp for mye i ditt fravær."

Dypt inne i de dødes by satt Nisha i en liten bolig av seg selv. Et stort rundt bord med flere ravfargede stoler med høy rygg. En for hver av mennene som utgjorde veienes råd. En for bestemor og Alista. Og to som forble tomme på rådets forespørsel.

Magmas hadde lært henne alle gavene som tilhører den kongelige feyen i stjernebyene. Donavan hadde vært hennes trener i alle ting som ble ansett som enten mørke evner eller trening for å kjempe. Både Flint og Karnack hadde brukt utallige timer på å gå gjennom lover i både stjernebyene og Darke. Og både bestemor og Alista hadde gitt henne leksjoner om hvordan hun skulle være en god dronning og sann leder.

Likevel hadde ingen av dem fortalt henne noe om faren. Hun hadde heller ikke spurt, før nå.

Hun satt rolig og smilte da Magmas gikk inn og eskorterte datteren sin til setet sitt. Flint og Donnavan følger etter dem med bestemoren sin som går sist inn. Likevel var det Appollo som holdt seg i døren og holdt vingene helt stille mens han målte temperamentet hennes.

"Onkel Appollo, vil du ikke bli med oss   ved bordet?"

Øynene hans smalt i små spalter. "Jeg har kjent deg i bare noen få lyssykluser, men når du smiler sånn ..." Han ristet på hodet og ga henne et veldig oppriktig smil. "Det er ingenting som kan få meg til å flytte fra dette stedet."

"Å, tsk. Hva moro er det å ha en æresniese hvis jeg ikke kan skremme dritten av deg noen ganger? "

Magmas lot en hoste som hørtes nær en latter gli forbi leppene. "Veldig bra. Appollo kan beskytte døråpningen. Imidlertid ba du om at vi alle skulle komme, og vi er her. Så hvorfor var det når du skulle være på vei til å omfavne skjebnen din at du trengte å ha et øyeblikk med en haug med gamle, sprøe fey. "

Smilet hennes bleknet. "Jeg har spørsmål, og jeg forlater ikke dette rommet før de blir besvart."

Flint nikket en gang. "Forstått? Nå hvilke spørsmål trenger du svar på? "

"Jeg trenger å vite om faren min. Min forlovede. Og det er kjent at maktene har. "

Da han kom tilbake til spiret, trakk Nisha pusten dypt og byttet fra sitt lange svarte skjørt og knuste røde bluse. Forsvant hennes ravne farfarne jakke og tillot en egen kjole til sin tynne kropp. Hvitt og svart speiler de døde skogene. Det var perfekt for innstillingen av spiret. Perfekt for å løfte humøret hennes.

Hun hadde trengt å finne ut sannheten om ikke bare familien, men også den som var forlovet. Og hun hadde, men nå, svirret det spørsmål i tankene hennes.

Pustet dypt, dyttet hun tankene til side og bestemte seg for å ta inn Spires sjeldne skjønnhet. Ta inn alt hun aldri hadde sett før. Dette var hennes ene mulighet til å se stedet hvor moren hennes var oppvokst. Stedet der bestemor hadde hersket over ikke bare lite, men også Darke.

Dette var hennes sjanse til å utforske den største mengden makt og hemmeligheter i alle de kjente landene.

Humming da hun gikk i spirene. Finner det fascinerende. Salene som parret de to halvdelene, ble samlet sammen som et stort puslespill. En klatt av svart og grå stein som virvler til hvit og kremstein. Bli sammen og arbeide i harmoni, men i stand til å stå alene.

"Prinsesse?"

Kvinnen som sto foran henne kjente hun i årevis. Høy og tynn. Blågrønne øyne som så ut som små elver rundt litt tåkete sort marmor. Kakaobrunt hår som endte like under skuldrene. Hennes delikate spisse ører som så mer ut som en alv enn av en Fey, stakk ut fra håret hun for tiden hadde på seg. Et krystallsverd hang nå løst ved siden av henne. Sverdet gjorde henne ikke til en kriger, men det var farten og dyktigheten til hva hun kunne gjøre med ingenting mer enn hendene. "Freya."

Med et nikk som var det mest Freya ville tillate for seg selv å gjøre for å vise respekt, snakket hun sakte: "Din forlovede er kommet."

Klemmer nesebroen og forbereder seg på det verre Nisha hvisket: "Er han virkelig avskyelig? Si meg at han ikke er en stygg hårete trollsnegl"

Freya smilte lavt. "Jeg tror du vil bli hyggelig overrasket."

At hun ikke ventet, eller kanskje hun hadde gjort det. "Å, bra. Da må du sende etter Lilly. Jeg kan ikke gifte meg uten min kjære fetter og David antar jeg også."

"Selvfølgelig, din majestet. Jeg vil be dem om å komme på morgenen. Og hvis jeg kan?"

De har hatt denne diskusjonen flere ganger, så det var virkelig en vane da hun rullet øynene og sa: "Freya, du trenger ikke spørre. Du er min kjære venn. Snakk fritt."

"Du bør prøve å kalle prinsen ved hans virkelige navn. Det kan gi ham en pause. I det minste et øyeblikk. Han er tross alt pratsom for en Draken."

"Å ja. La oss se hans fulle navn. Prins Davkren, sønn av kong Craykren og dronning Alyisope av Feyen. Tredje i rekken til kronen til Draken. Eller andre hvis søsteren hans får sin vei."

"Ja, jeg ser poenget ditt. David er så mye enklere."

En liten latter gled forbi leppene hennes. "Jeg vet det. Jeg er så glad Lilly fant på det."

Stoppende midtsteg Nisha så på den høye unge mannen som sto nervøst og så ut av vinduet som vendte mot Lite. Noe ved ham minnet henne om en rev som hun og Lilly tilfeldigvis hadde krysset stier med for en tid tilbake. På den tiden hadde reven glatt rundt engkanten og likevel sett på dem som om de var klare for angrep. Reven hadde blitt såret og hadde behov for hjelp. Hun hadde visst det innen et øyeblikk etter å ha oppdaget den stakkars skapningen ... Men det hadde vært Lilly som hadde klart å helbrede poten. Når det gjelder den unge mannen? Hun trodde ikke det var en vond labbe som plaget ham ... nei. Hvis hun leste ham riktig, prøvde han ikke å vise at han hadde vondt, men likevel ventet langt verre.

Da hun holdt seg i døren, fjernet hun steinkronen og lot den mørke tåken ta den med overalt hvor de tok ting å oppbevare. Akkurat nå ønsket hun å være Nisha, en ung healer i trening. Ikke Nisha kronprinsesse av Darke og dronningen av underriket. "Um ... Unnskyld meg?" Stemmen hennes skalv bare litt ... mer fra nerver, men lyden skulle være nok til at den unge mannen ikke tenkte på henne som en trussel.

Ved lyden av stemmen hennes snudde han seg på hælene. Høye kinnben og en meislet kjeve. Tynne, bleke, sprukne lepper ... men det var øynene hans som holdt henne. Resten av ham sa at han hadde det bra, men ventet på instruksjon ... men øynene skrek av smerten han gjemte seg.

Et lite pust og han prøvde å smile, men turte ikke å snakke.

"Venter du på noen?"

Øynene hans så henne ta et skritt inn i rommet. Til slutt hvisket han: "Jeg skal eskortere prinsesse Nisha til nattens slott. Lord Edrich venter på hennes ankomst."

"Jeg skjønner." Hun tok et nytt skritt mot ham og så fryktregisteret i øynene hans. Selv om hun bare var lærling her på Spire, ville klærne hennes skrike høytfødte. Hans skrikede tjener og definitivt ikke av dem som hennes forlovede skulle ha på seg. Kanskje Freya hadde tatt feil om hvem som hadde kommet til spiret.

Nei, Freya ville ha vært sikker før hun kom til å finne henne. Å la seg føle at hun også følte bindingen som moren hennes hadde brukt. Likevel kunne hun fortelle at han hadde noe av ham. Ikke galt ... bare av. Nesten som om han ikke visste at han tilhørte henne. Eller muligens hvis han gjorde det, forstod han ikke hva det var han følte nå. Bare en måte å finne ut av og spille en healer, ville aldri få henne det svaret.

"Jeg trodde vi ikke skulle bli påkrevd på slottet til middagstid i beste fall."

Veldig raskt falt han ned til det ene kneet. "Prinsesse, jeg er ...."

Svarte riller sirklet rundt ham, og kjærtegnet huden hans mykt. Da de opphevet, kjente hun hvert sår han hadde og hvert merke som allerede viste tegn på helbredelse. I dag ville hun være en passiv besøkende. I morgen ville hun få en bedre ide om hvordan lovene i Darke fungerte. Og da ville hun ha Lilly her for å hjelpe henne med å takle den som hadde forårsaket sårene. "Kanskje vi skulle dra. Jeg vil gjerne snakke med Lord ... ed ... Edrich."

Frykten var borte for øyeblikket, men tristhet tok nå tak. "Vognen er på vei."

Hun snudde seg og stoppet på døren. "Et øyeblikk, vær så snill. Jeg må gi råd til det personlige personalet mitt om at vi drar. Du vil ikke tro hvor rufsete de blir hvis de ikke får beskjed om ting på forhånd." Og det ville gi henne et øyeblikk før hun bestemte seg for hvordan hun skulle håndtere den forlovede.

Han var ikke det hun hadde trodd han ville bli. Hvis det hun stolte på, kunne stole på, hadde han i det minste noe Feyen-blod i seg. Ikke halvparten så mye som hun gjorde, men nok til å innse at han har noen. Det var et puslespill for en annen dag siden det ikke var noen oversikt over noen levende Fey i hele Darke. Faktisk visste de døde ikke om noen som til og med var en del av Fey innenfor grensene ... i det minste ikke siden brannen.

En pust dypt og hun noterte seg enda en ting hun måtte tenke på. At hun måtte vente på ...

... og legg til den stadig voksende listen over ting hun trenger for å finne svar på og fikse.

For i dag måtte hun finne ut hvorfor den forlovede var kledd som en tjener når han tilhørte et høytfødt hus. Ikke bare det, moren hans hadde vært en dame som ventet på sin egen mor, men hun hadde også eid flere virksomheter i både Darke og Lite. For ikke å nevne at faren hans hadde vært den første stolen i kongelig råd. En mann som på et tidspunkt hadde vært kaptein på morens vakter før han gikk til side for en annen.

Alt dette hadde hun lært seg selv en gang å komme til spiret og be Seneschal om informasjon om hennes forlovede og hans familie.

Den eneste informasjonen hun ikke brydde seg mye om, var Lord Edrich. Han hadde vært den eneste levende voksne fra brannen som hadde tatt så mange atten år siden. Den eneste høytfødte voksne som hadde overlevd en brann som hadde utslettet nesten halvparten av befolkningen i byen og Darke slott.

En raritet. Men mer enn det bare å lese den ... noe hørtes ikke riktig ut og prikket henne i advarsel. Noe annet hadde vært borte med det hun hadde lest ... Moren hennes hadde vært i stand til å skape og manipulere ild blant annet. Så hvis hun virkelig hadde omkommet i flammene ...

... Hvorfor følte Ethan seg makt som bare en Feyen-dronning muligens kunne ha? Han følte en kraft som burde ha forsvunnet med hennes død.

Så mange forvirrende ting ... og så mye mer at hun måtte finne ut før hun kunne gifte seg med Ethan og ta plassen som dronning. Og så mange flere spørsmål som måtte besvares etter at hun ble kronet.

Nisha skyndte seg nedover de mørke steintrappene og stoppet kort, bare skritt fra vognen som skulle føre henne til slottet. Vognen var liten, dyster og luktet av råte. Før hun tenkte på hva hun skulle si, slo hun ut: "Jeg tråkker ikke foten i den råtne skitten."

Ethan stammet for å svare: "Dette er det beste ..."

Hun brydde seg ikke om hun hørtes ut som et sutrende barn eller en bortskjemt prinsesse ... hun satt ikke i skitt. "Hvis dette er det beste palasset mitt har, vil jeg gjøre endringer fra dette øyeblikket."

Ethan forsøkte å danne ord, noen ord for å være behjelpelig og ikke se ut som en pludrende idiot, og prøvde å si: "Ikke palasset. Onkelen min ... Han ... Dette er hans."

I det minste eide hun ikke et så ekkelt, råttent skitt som ikke en gang ville passe som en vogn for de fattige. "Jeg skjønner. Da er Lord Edrich en dårlig unnskyldning for en fullmektig." Hun snudde seg skarpt tilbake for å møte spiret. "Freya?"

Allerede stående ved dronningens side smilte hun. "Din nåde?"

Et dypt pust og hun firkantet skuldrene mens hun hadde sett tanten gjøre utallige ganger før da hun henvendte seg til noen for en viktig oppgave. En holdning som aldri ønsket å bruke når han henvendte seg til Freya. "Send beskjed til tanten min. Jeg trenger tross alt hennes hjelp. I morgen er det snart nok for hennes ankomst. Rett også invitasjonen til min onkel Blake." Ikke at han ikke ville være med på invitasjoner eller ikke, men hun kunne like godt få det til å se ut som hun ba ham også. Dessuten hvis Lord Edrich var like rumpa at hun mistenkte at hun ville trenge onkelen sin for å takle ham. Eller i det minste takle ham mens hun taklet tilstanden til sitt rike.

"Veldig bra. Jeg vil ha en side som søker henne." Freya stoppet og så tilbake på spiret, "En skikkelig vogn og Pegasi blir brakt rundt. Begge tilhørte bestemoren din. De er av fineste kvalitet."

"Takk, Freya. Blir den også stor nok for personalet?"

"Personalet ditt vil følge i en ny vogn. Det er ikke riktig for dem å sitte sammen med deg. Din nåde."

Shit, hvis hun brukte tittelen ... ikke en gang, men to ganger ... så hadde hun allerede forårsaket nok av en scene for øyeblikket. "Å, ok. Jeg skal prøve å ikke starte en stor skandale over hvilken vogn det personlige personalet mitt sitter i. I det minste ikke i dag. Jeg gir ingen løfter om i morgen." Hennes eneste svar var Ethans ansikt som mistet all farge, og Freya rullet øynene da hun skyndte seg inn i spiret.

Treneren var stor nok til å romme minst ti personer og har fremdeles god plass til å strekke seg ut i. De mørkeblå fløyelsetene med gullbekledning hadde bestemorens store preg av posh, men likevel så gjennomsnittlig ut blant andre trenere for høytfødte borgere. Det var helt til du kom nær nok til å se forseglingen til Darke gravert inn i dørene. Da og først da ville det ikke være noen feil som skulle kjøre i denne vognen.

... Og det var nå hennes.

I lang tid snakket Ethan ikke. Hvis hun ikke hadde sett rett på ham, hadde hun ikke visst at han engang satt der. "Så, skal du fortelle meg om hva vi passerer, eller skal jeg gi nettstedene nye navn og kreve at alle husker dem for meg?" Ikke det hun ville, men tanken alene fikk henne til å smile. Så hadde hun alltid ønsket å gi navn til en by. Kanskje hun kunne lage en bare for opplevelsen? Senere kunne hun tenke nærmere på det.

Et blikk av absolutt redsel falt på Ethans ansikt da han stammet: "Unnskyld, men jeg ble bedt om å ikke snakke."

"Vel, det er det mest absurde jeg noensinne har hørt. Og jeg sier deg at jeg har hørt flere ting som rett og slett er latterlige. Mer etter at ordene hadde blitt sagt høyt for meg å høre dem."

Frykten kom tilbake til øynene hans, men han hadde klart å virke rolig ellers. En kort pust og han lente seg slik at han virkelig kunne se hvor de var. "Vi er sør for spiret, nær den bunnløse innsjøen. Byen Manticora ligger i vest. Til tross for navnet har byen folkerike en god blanding av lavfødte og ikke mange Manticores. Selv om de fant landsbyen og derfor oppkalte den etter hjemlandet. "

Hun kunne ikke se landsbyen herfra, men hun kjente det. Hun låste øynene på et fjernt punkt og lot seg selv se hva øynene hennes ikke kunne ... Landsbyen så nedslitt, hus som falt for seg selv for langt borte for å redde ... andre hvordan noen bodde i dem, var langt utenfor hennes grep ... Et dypt pust som sakte ble sluppet ut ... Ikke et sted hun vil besøke, men et sted hun trenger å se en gang veldig snart. "Vet du hvilke lavfødte som bor der?"

"Uh ..." Han gned hodet lett med tap for ord. "Å være så nær sjøen, tror jeg du vil finne noen sirener, Charons kanskje. Charybdis bor i selve innsjøen. Ekkel dyr. De har overkjørt de fleste vannveiene i noen tid nå." Med mindre noen fant en måte å fjerne dem på. Noe som var høyst usannsynlig. "Hippocampi har en tendens til å holde seg nær vannet hvis ikke i det." Han pauset. "I nattens by kunne jeg fortelle deg om de høytfødte som bor der. Jeg vet om mange av dem."

Med et nikk smilte hun mens hun sa: "Vær så snill. Jeg var ikke sikker på om byen hadde blitt gjenoppbygd eller ikke. Tanten min hadde ikke klart å finne ut av det før hun sendte meg hit."

"Det er ikke så storslått som det var før brannen. Men det er for det meste blitt gjenoppbygd. De høytfødte har alle hjem i nærheten av slottet. De har en tendens til å kjempe om hvem som får sitt hjem nærmest. Det er ganske latterlig hvis du tenker på Siden status deres holdes ved å holde seg godt i din gode nåde og ikke ha noe å gjøre med hvor mye penger de har eller hvilke krefter de har. "

I en mumlet mer for seg selv enn for ham, la hun ut: "Jeg har ikke tenkt på det."

Å ta alt som ble sagt som noe som trengte svar, fortsatte Ethan: "Som tjener er jeg i stand til å se ting som de fleste later til ikke å legge merke til."

Merkelig valg for ord som ser at vi er forlovet. "Du er en tjener, men onkelen din er min fullmektig? Hvordan er det mulig?" Stemmen hennes ristet ikke med forbauselse, men med knapt kontrollert sinne.

"Foreldrene mine døde uten penger i følge onkelen min. Jeg betaler gjelden deres siden de ikke kan."

Hun trakk pusten dypt for ikke å rope på ham. Det var ikke hans feil at han ble løyet for. Men hun ville bli forbannet hvis hun lot løgnen fortsette etter i dag. "Jeg skjønner."

Da han følte at han på en eller annen måte hadde fornærmet henne, sa han veldig raskt: "Jeg beklager, du ville vite om hvem som bodde i byen." Med nikket lukket han øynene, "Det er en Empousa som driver matchmaking-tjenesten for de høyfødte. Selvfølgelig, hvis du ikke kan betale henne, kan hun prøve å lage middag til deg. "

"Empousa?" Hun visste om dem. Det hun hadde blitt fortalt fikk dem imidlertid til å høres ut som lavbårne. Ikke noen som driver butikk. Med mindre betalt av eieren for å gjøre det.

"En vampyrhybrid. Håret deres er vanligvis rødt som ild. Ben ser ut som en bronsestatue, og de har alle eselføtter. Selvfølgelig har de alle dårlige humør å gå med dem."

"Godt å vite. Så ingen reell evne da?"

"Nei, de liker bare fersk kjøtt og blod."

Rullende med øynene sa Nisha sakte mens hun satte seg tilbake i setet, "Flott."

"Det er en familie av Manticores. Du må se på dem. De skyter pigger fra halen på dem de passerer.

Jeg tror det er deres idé om underholdning. Ikke mye i hjernen, skjønt. Selvfølgelig er det heller ikke Minotauren Telkhines driver metallbutikkene. To tyfoner sitter i rådet nå. Ingen tør å krysse dem. Selv om jeg ikke vet hvorfor de er her i stedet for i Swamp Marsh.

"Så har du Spectre. De fleste er bare slemme i stedet for underdanige. Fire Dancers blir i steinhus og bryr seg ikke hvem de brenner når de er ute. Telepaths eier de fleste butikkene. Så har du onkelen min. Så vidt jeg vet er han den eneste levende Wendigo-hybrid. Men jeg vet ikke hva han er hybrid med. "

Wow. Hun blinket med å bare lære mer om noen få minutter fra Ethan, så hva hun hadde vært i stand til å lære i alle årene hun bodde hos tanten sin. "Med så mange som lever av friskt blod, er jeg overrasket over at de kan bo i samme by." Og bare noen få som vil vurdere høyfødte. Nok en raritet som ikke virkelig ga mening. Legg det til tyfonene som hadde blitt utestengt fra Darke for mer enn hundre år siden ... En annen ting å legge til på spørsmålslisten var det store antallet lavfødte borgere som stilte seg som høytfødte ... Å, hun ville trenge å snakke med Lilly før enn senere Helvete, på dette tidspunktet kunne hun åpne en dør til Under Kingdom og snakke med de lange døde dronningene og kanskje finne ut noen svar. Så igjen, hun kunne vente med å se hva tanten hennes hadde å si. En dag ville ikke gjøre mye av en forskjell. I det minste ikke for henne.

"Ja, vel, jeg sa ikke at de kom overens. Men jeg er sikker på at de vil finne ut av det nå som du har kommet hjem." Det var en merkelig blanding av håp i stemmen hans blandet med bare et snev av sorg.

Kapittel 12: Magmas

Lent seg tilbake i den høye ryggstolen, virvlet Magmas et glass honningnektar mer for noe å gjøre enn å se på volden i væsken som krasjer mot glasset.

Han kunne ha dratt etter at hans valgte dronning hadde dratt til spiret. Han kunne ha gledet tilbake til stjernebyene og rapportert til den store magnaren om grunnen til at Nisha innkalte rådet, men i stedet satt han i det nå tomme møterommet skjult i en så enkel bolig at barnedronningen foretrakk.

"Noe som plager deg, Mags?"

Han kjente stemmen. Hvordan kunne han ikke? Han løftet øynene fra glasset sitt og så yngre bror lene seg i døråpningen. Ikke i rommet, men ikke venter utenfor heller.

Flint var høy med en sene bygning og ble bygget for den skremmende oppgaven å være kontorist eller utstoppet og tilbringe utallige timer på å lese. Likevel var det fremdeles de som fremdeles husket at utseende i stor grad kunne lure. Siden dette var en Fey som kunne være så nådeløs og like dødelig som enhver stålkriger. Dette var en Fey som hadde hastigheten og kraften til å ødelegge alt han ønsket eller bygge noe han kunne drømme om. Nei, Flint var ikke en Fey som skulle tas lett på.

Så for ham å stå i døren kan bety mer enn enkel nysgjerrighet.

I et øyeblikk satt han bare der før han festet sine lavarøde øyne på Flints krystalldolk som hang løs ved siden av ham. Ingenting galt med at en kriger bærer våpenet åpent. Ingenting som skrek uro. Ennå...

Ja. der i Flints øyne. Bekymre. Også han forsto dronningen deres og spørsmålene hun nå stilte.

"Vi forberedte Nisha så godt vi kunne. Hun er sterk, begavet, talentfull og stoler ikke på ordene som kommer fra de rundt seg. Likevel lurer jeg på om vi burde ha kjempet hardere for å bringe gutten hit. Hvis han skulle ha blitt oppdratt i vår omsorg. Eller i det minste i omsorgen for noen vi stolte på. "

Langsomt presset Flint av dørkarmen og tok et jevnt skritt inn i det runde rommet. Han ignorerte veggene skåret ut av leire for å ligne bein. Akkurat som han ignorerte lavaen som rant i sprekker i gulvet som ga dette rommet varme.

I dag var ikke en dag å tenke over Nishas valg av innredning. Det var ikke en dag å kaste bort ord eller blande følelser i beslutninger som allerede var tatt år tidligere. Men i dag var det en god dag å uttrykke sannheter som selv Magmas ikke hadde vært kjent med. "Brannen natten ble Vasilissa spurt om gutten. Uansett hva hun så. Uansett hva hun vet ... har hun grunnene til at hun holder gutten hos onkelen og gjemt i Darke. Og den kvelden var Magnar enig. "

Det var mer i den historien han nesten kunne høre den med Flints jevne stemme. Likevel kunne han ikke sette spørsmålstegn ved den avgjørelsen. Men han ville gi uttrykk for sin bekymring. "Tok noen av dem hensyn til at gutten ville bli satt i krefter og evner som han ikke ville bli trent i? At han ikke ville ha noen kunnskap om at kreftene han har… som han kan utøve, til og med eksisterer? "

Å helle seg et glass nektar Flint tok en sjenerøs slurk før han svarte. "Han vil ha Nisha. Hun er en god dronning og hadde en god leder. "

"God dronning eller ikke, hun er kanskje ikke klar for det bastarden til Pallas har i vente."

Flint blinket med et benkjølende smil og trakk fram dolken og testet skarpheten på bladet mot huden. "Nei, men vi er det. Og han vil ikke møte et utrent barn på slagmarken, han vil møte en dyktig hær. " Han tok en pause og lente seg fremover. "Og han vil møte den store dragedronningen selv."

Magmas satte stolen ned på alle bena. Øynene hans smalner litt, 'Og endelig får jeg hevnen jeg skylder meg.'

Kapittel 1. 3:
Ethan

Hjertet hans smalt i brystet. Hun kunne egentlig ikke være seriøs med å gi nytt navn til alt ... kunne hun? Han måtte tenke og gjøre det raskt. Hvis han snakket, kunne han vinne hennes tillit, og kanskje ville hun holde ham i sin tjeneste ...

... så igjen hvis farbroren hans fant ut ... Nei, ikke hvis ... Når ...

... Nei, han ville ikke våge å tenke på det. Han holdt stemmen lav ... bare knapt en hvisking svarte han: "Unnskyld, men jeg ble bedt om å ikke snakke."

Hun hadde et pent ansikt. Nesten snill og hun så nesten underholdt når hun snakket. Kanskje hun ikke trodde ham, ikke trodde at han var en tjener. Så igjen, kanskje han moret henne.

Hope hovnet opp i ham.

Han var så fortapt i tanken at han nesten ikke la merke til at hun fortsatt ventet på svar. Veldig raskt kikket han ut av vinduet. De kunne ikke være her allerede ennå på en eller annen måte, de hadde reist to timers avstand på bare noen få minutter? "Vi er sør for Spire, nær den bunnløse innsjøen. Byen Manticora er i vest. Til tross for navnet har byen folkerike en god blanding av lavfødte og ikke mange Manticora." Han tok pusten og slappet av og håpet at det var slutten på samtalen. I et hjerteslag visste han at det ikke ville være.

"Vet du hvilke lavfødte som bor der?"

"Uh ..." Oh shit. Hvem bor her? Jeg vet ikke. Men jeg kan ikke si det. Nok et raskt pust, og han lukket øynene og gned hodet. "Å være så nær sjøen, tror jeg du vil finne noen sirener, Charons kanskje. Charybdis bor i selve innsjøen. Ekkel dyr. De har overkjørt de fleste vannveiene i noen tid nå." Med mindre noen fant en måte å fjerne dem på. Hvilket var fullt mulig, "Hippocampi har en tendens til å holde seg nær vannet hvis ikke i det." Han stoppet, "I byen Natt kunne jeg fortelle deg om de høyfødte som bor der . Jeg vet om mange av dem. "La meg bevise at jeg er en ressurs. Vær så snill.

Hun så ut som om hun tenkte. Veier valgene hennes, så ... "Vær så snill. Jeg var ikke sikker på om byen hadde blitt gjenoppbygd eller ikke. Tanten min hadde ikke klart å finne ut av det før hun sendte meg hit."

Takk skal du ha, "Det er ikke så storslått som det var før brannen." Eller i det minste ifølge de som husker det, var det ikke. "Men det var for det meste blitt ombygd. High-Born har alle hjem i nærheten av slottet. De har en tendens til å kjempe om hvem som får huset sitt nærmere. Det er ganske latterlig hvis du tenker på det. Siden statusen deres holdes ved å holde seg godt dine gode nåde og ikke å ha noe å gjøre med hvor mye penger de har eller hvilke krefter de har. " Å, søtt mørke, jeg vandrer.

"Jeg har ikke tenkt på det."

"Som tjener er jeg i stand til å se ting som de fleste later til å ikke legge merke til." Hvorfor sa jeg bare det? Tjenere ser alt og vet ingenting. Alle vet det og å innrømme noe annet ... Shit ... Jeg vil redde min egen hud ikke finne en mer forseggjort måte å dø på.

"Du er en tjener, men onkelen din er min fullmektig? Hvordan er det mulig?"

Hun hørtes mistenkelig ut om noe. Ikke verre, hun hørtes forbanna ut. Jeg må fikse dette ... Foreldrene mine kanskje ... "Foreldrene mine døde pengeløse i følge onkelen min. Jeg betaler gjelden deres siden de ikke kan."

"Jeg skjønner."

Dritt."Jeg beklager, du ville vite om hvem som bodde i byen." Med nikket lukket han øynene igjen. "Det er en Empousa som driver matchmaking-tjenesten for de høytfødte. Selvfølgelig, hvis du ikke kan betale henne, kan hun prøve å lage middag til deg."

"Empousa?"

"En vampyrhybrid. Håret er vanligvis rødt som ild. Ben ser ut som en bronsestatue, og de har alle eselføtter. Selvfølgelig har de alle dårlige humør å starte opp."

"Godt å vite. Så ingen reell evne da?"

"Nei, de liker bare fersk kjøtt og blod."

"Flott." Hennes tone hørtes ikke fornøyd ut. Likevel hørtes hun ikke sint ut heller. Nesten som hun tenkte på hva hun skulle gjøre med alle de som trengte ferskt blod for å overleve.

"Det er en familie av Manticores. Du må se på dem. De skyter pigger fra halen på dem de passerer. Jeg tror det er deres idé om underholdning. Ikke mye i hjernen, skjønt. Selvfølgelig er det heller ikke Minotauren Telkhines driver metallbutikkene. To Typhon sitter i rådet nå. Ingen tør å krysse dem. Selv om jeg ikke vet hvorfor de er her i stedet for i Swamp Marsh.

"Så har du Spectre. De fleste er bare slemme i stedet for underdanige. Fire Dancers blir i steinhus og bryr seg ikke hvem de brenner når de er ute. Telestiene eier de fleste butikkene. Så har du onkelen min. Så vidt jeg vet er han den eneste levende Wendigo-hybrid. Men jeg vet ikke hva han er hybrid med. "

"Så mange lever av friskt blod, jeg er overrasket over at de kan bo i samme by." Ja, han hadde hatt rett. Hun prøvde bare å finne ut av ting. Så kanskje han tross alt var nyttig for henne.

"Ja, vel, jeg sa ikke at de kom overens. Men jeg er sikker på at de vil finne ut av det nå som du har kommet hjem."

Da hun så henne rette oppmerksomheten ut av vinduet og bort fra ham, slapp han av. Eller i det minste avslappet nok til at hjertet hans kan slå seg litt ned. Han hadde fortalt henne alt han visste. Alt som en prinsesse burde vite. Han kunne imidlertid ikke fortelle henne hvordan butikkene drev. Hvordan det var en klasse med borgere som overgikk de lavfødte, men som egentlig ikke eksisterte. Han kunne ikke fortelle henne at han ikke bare var en tjener ... men en mindre enn en slave. Han hadde ingen sosial status. Ingenting han kunne kalle sitt eget. Ikke en skjorte eller seng. Alt han brukte tilhørte noen andre. I kveld ville hun vite det, og han ville bli straffet mye verre enn noe han noen gang hadde opplevd før, for for en hund å snakke eller til og med tenke på å snakke før en høyfødt ble straffet med tortur til den høyfødte var fornøyd med at lovbrudd ble utbedret.

Hun kunne gjøre noe med ham ... eller få noe gjort mot ham mens hun så på ... og han ville ikke være i stand til å skrike. Ikke så mye som å tenke på å skrike eller at straffen ville være verre. Langt verre enn det hun allerede hadde funnet på.

Kapittel
14: Nisha

De grå steinmurene i byen kom alt for raskt til syne. Hun burde ha bedt vognen gå saktere til temperamentet hadde kokt nok ned, der hun ikke ville si alt hun ville. Å, men hvordan hun ønsket å ta Lord Edrich til side og strippe kjøttet fra hans bein, så lagre hele det blodige rotet for David. Ikke at kusinen hennes noen gang ville spise noe han ikke hadde drept selv, men han ville gjøre noe med det bare for å vise forakt for den fornærmende rumpa.

Muligens ville David bruke skrotten til å trekke ut et troll for faren. Ja, det var definitivt noe David ville gjøre. Ved ettertanke var det noe hun kunne gjøre selv.

Nei, hun kunne ikke. I det minste ikke før etter kroningen. Tross alt måtte hun i det minste late som om hun var en veloppdragen prinsesse, selv om det bare var en dag eller to. Og i denne hastigheten ville det bare være en dag eller to.

Nok et dypt pust og hun så butikkene passere. Ingenting utenom det vanlige. Ikke virkelig fanget hennes oppmerksomhet. Med mindre du vurderte skitne fortau og skjulte dekkede vinduer utenom det vanlige. Så i nesten hvert vindu var det små håndskrevne tegn. Senere trengte hun å finne ut hva

de små skiltene som sa "hunder rundt ryggen"
betydde, men akkurat nå hadde hun nok å tenke på.
Hun hadde mer enn nok til å holde henne opptatt til
Lilly kom.

Ser tilbake på Ethan, så han mer redd og
bekymret ut enn han hadde sett på spiret. Så var det
en følelse i magen hennes som føltes som og en
illevarslende advarsel om at det som skulle skje ...
Hun ville trenge å handle raskt og forsiktig.
Selvfølgelig kunne hun beordre krigerne sine til å
okkupere byen ... det ville kjøpe tid for familien å
komme.

Nisha sukket for seg selv. Det måtte være en
annen måte. En som ikke involverte at udøde kom til
denne byen. En som kjøpte henne tid som hun
trengte for å håndtere alt hun så. Og en som ikke ville
få henne til å vise dybden av sin sanne kraft ...

... alt hun måtte gjøre var å klare seg gjennom
i dag.

Trekker seg foran et massivt svart steinslott, spratt hjertet hennes mot halsen. Ikke bare var slottet tre ganger så stort som Castle Sun-Tear, Spire og Draken vinterslott kombinert ... det var store steinvesener som så ned på henne. Glødende røde øyne. Og til tross for at hun var laget helt av polert stein, ville hun vedde på at tingene var i live ... og ikke en vennlig ...

.... Det var greit. Hun var trygg ...

... Shadow var med henne. Ingenting kunne berøre henne uten å bli drept først av ham. Ingenting inkludert en Draken. Ikke engang kongen av Drakens.

Da vogndøren åpnet seg, lot Nisha øynene flyte opp til den store trappen og til den store doble døren i stein til hun til slutt slo seg ned på en tynn, høy mann i en svart drakt som stirret ned fra toppen av trappen. Da gjenskinnet endelig hadde falt på Ethan, smalt øynene, men viste fremdeles det knapt kontrollerte raseriet.

"Prinsesse." Stemmen hans hørtes ut som det var blitt sagt med en munn full av steiner.

Pompøs rumpe. Vet du ikke hvem jeg er? Ikke at hun ville si det, i det minste ikke ennå. En kort hilsen, men ... "Lord Edrich, antar jeg."

Han nikket ikke, bare ignorerte henne og snakket med Ethan i stedet. "Jeg ventet vognen min for over en time siden." Da han la merke til at hun hadde krenket, la han til mens han la den benete hånden over hjertet hans. "Jeg var bekymret."

Som helvete du var. Jeg vet bedre, din verdiløse bit trollfett. Din skittkjørte vogn ville ikke ha gjort noe bedre tid enn det bestemoren min hadde. Faktisk tviler jeg på at det i det hele tatt ville ha klart det her. Ikke at hun ville si det til ham, men ordene brant i halsen hennes. Hun tok seg opp trappene og ignorerte at ingen hadde tilbudt å eskortere henne, og fortsatte i en tone som ville ha fått henne til å gyses, "Din vogn var utilstrekkelig. Men bestemor min var det ikke. Nå skal vi gå inn i min castle eller vil du diskutere avgjørelsen min om hvilken vogn jeg foretrekker å sitte i? "

Et øyeblikk stirret han på henne. Han hadde betalt en heftig pris for å sikre at prinsessen ville bli uføre   under turen. Hadde betalt mer for å få en blodprøve til slangeprinsen. Og nå ... han var sikker på at den loppehunden hadde noe med dette å gjøre. "Unnskyld prinsessen. La meg gi deg en rask omvisning."

"Det vil ikke være nødvendig. Siden dette er hjemmet mitt, vil jeg utforske det på fritiden. Nå tror jeg at du har tilberedt en bankett til i kveld." Da han ikke svarte, skled hun ham inn i hovedfoyeren. En annen stor trapp var foran henne med et sett med enorme røde doble dører på toppen. Buede døråpninger førte til venstre og høyre for å skjule flere andre dører og ganger. En labyrint. Hvor fantastisk. Hvis hun ikke allerede var forbanna, ville oppdagelsen av hennes egen labyrint ha begeistret henne. I morgen ville det være snart nok til å utforske ... Når det gjelder i dag ...

"Middagen er tradisjon for en konges attenårsdag."

Hun snudde ikke mot Edrich ennå, hun smalt øynene og prøvde å ikke vise raseriet som bygde seg inni henne. Hvis du snakket med meg i den tonen foran familien min, ville du vært middag for en Draken nå. Hun tenkte det, men klarte å si: "Og det holdes i rommet øverst på trappen. Ja, Lord Edrich ... jeg vet det." Pusten fortsatte hun, "Ethan, vil eskortere meg inn i rommet. Vennligst finn ham noe på grunn av sin vekst."

"Ethan? Å, men prinsesse ... vil du ikke mye heller ...?"

Nå snudde hun seg skarpt for å møte ham med øynene som flammet av sann sinne og kokende raseri. "Dette er ikke til debatt, monsieur. Dette er min vilje. Og siden det er min attende bursdag, er du ikke lenger min fullmektig." Hun snudde seg nok en gang og knuste tennene og suste: "Freya?"

"Din nåde?"

"Kom med meg. Jeg vil gjerne se noe av hjemmet mitt før jeg får min første offentlige opptreden i mitt rike."

Freya sørget veldig rolig for at hun hadde nok handlingsrom hvis Nisha lot humøret gli. Da svarte veldig høflig: "Selvfølgelig. Skal jeg fortelle damene dine hvor du skal ta med deg eiendelene dine?"

"Ikke nødvendig. Jeg vil ringe etter dem når jeg er klar."

"Overbærende, pompøs rumpe. Hvordan kan han noen gang være min fullmektig? Og se på dette?" Hun kjørte den sorte hanskede fingeren over kanten av et veggteppe, "Det er nesten ødelagt. Støv, midd og hvem vet hva annet har begynt å spise på det."

Fortsatt å gå et skritt bak dronningen Freya prøvde å resonnere med henne: "Han ble plassert i stillingen på grunn av nevøen, ikke fordi han var kvalifisert."

I et hustru snurret Nisha mot venninnen sin og spyttet ut: "Han er ikke kvalifisert til å være rettsspøk, enn si min fullmektig."

Freya nikket en gang og prøvde å ikke smile av ærligheten til den vurderingen. "Veldig sant, men det vil bety at du påpeker det før i morgen når familien din kommer."

Det ga henne pause. Om morgenen ville tanten hennes være her, og hun kunne spørre henne som en dronning til en annen om hvordan hun skulle håndtere rumpa. "Jeg antar at du har rett." Snu et hjørne og gikk nesten gjennom en husånd. "Unnskyld ..." Et øyeblikk stoppet hun og trakk øynene sammen. Noe gikk galt med denne husånden.

"Du bør være mer forsiktig der du går." Åsen til en gammel alv suste.

Det var ikke lattermildheten i stemmen, men selve stemmen som fortalte at hun hadde rett i at denne husånden ikke var som hun så ut til å være. "Du vet at det er veldig uklokt å gjemme seg bak en glamourtroll når du snakker til kronprinsessen?"

Ånden virket ikke oppslukt av advarselen. "Jeg tviler på at du noen gang vil være mer enn en kronprinsesse."

Og det var nok av det. En liten gest med fingeren og den hvite røyken fylte salen som oppslukte ånden med den. Når den ble opphevet, var det ingen nisse, men en brannruller som sto foran henne. Grå hud som så ut som aske med innslag av glødende glør. Øyne som var flammer i stedet for øyne. Og håret hennes var bare røykrør som strømmet rett forbi skuldrene. Interessant, en brannruller skal ikke kunne bli til en ånd. En solid borger sikker, men ikke den av en ånd. Med mindre det var borgere i underriket som fremdeles var borgere av Darke. Og det var noe som ble forbudt etter at den første Fey bosatte seg i dette landet. Hun smalt øynene i små spalter og spurte veldig rolig: "Nå vil du fortelle meg hvorfor jeg ikke blir kronet."

"Du brøt glamouren min!"

Slipp ut en kjedelig gjesp Nisha svarte: "Tydeligvis."

Hun sprang mot Nisha og skrek: "Du tispe! Jeg skal ..."

Nok en liten gest, og denne gangen ikke hvit røyk, men rød. Da det tette hallen, lukket Nisha øynene og hvisket "Kanin." Da røyken tømte, visste hun ikke hva det var, men hun visste at det ikke var en kanin.

Et øyeblikk snakket ingen. Et øyeblikk lenger og Freya snappet skapningen opp av de lange ørene som tilhørte en form for kanin som bodde i Feyen. "Min, jeg spør hva du prøvde å lage?"

"Vel, David elsker fersk kanin." Hun trakk på skuldrene. "Jeg antar at kaniner ikke ser like ut her."

Med et blikk på skapningen i hånden, undersøkte Freya den. "Vel, den har ansikt og ører på en kanin. I tillegg til størrelsen ... imidlertid ... tennene er fra en vampyr? Hornene ser nærmere på en satyr. Og jeg er ikke engang sikker hvor klærne for tærne kom fra. "

"Ja, hun ser litt forvirret ut. Forhåpentligvis smaker den som en kanin ... kanskje?"

"Du skal virkelig ..." Freya så på tingen i øynene. "... Så lenge du ikke forteller prinsen hva han spiser, er jeg sikker på at han vil gi deg en nøyaktig beskrivelse av måltidet."

"Å, ikke vær latterlig, du vet like godt som jeg at David faktisk aldri vil spise det. Selv han har noen regler for mat. Slik som at han ikke vil spise noe han ikke kan identifisere. Og siden den tingen ikke har noe navn er reddet fra middagsbordet. " Pust inn dypt og tillot seg å føle seg rundt seg. "Bestemor fortalte meg en gang at hun en gang hadde et menageri. Jeg tror det burde være et bur som er lite nok til dette. Vil du se om du finner det? Jeg trenger litt tid til å tenke før middagen."

"Selvfølgelig, din nåde. Skyggen vil være hos deg?" Ikke så mye et spørsmål, men bekreftelse.

Fortsetter nedover gangen ropte Nisha over skulderen hennes: "Å, jeg glemte nesten. Skyggen er egentlig ikke en skygge. Han er en nyanse. Han var begrenset til hva han kunne gjøre mens han var i Lite. Jeg ser frem til å lære mer om ham nå er han ikke begrenset. "

Freya snublet et skritt tilbake. En nyanse? Og faktisk skygge? De var umettelige. Pusten hennes hitched. Nyanser tok ikke ordrer fra noen ... de hjalp faktisk ikke de levende eller de døde. Hvis dette var hennes kjære venn, da og bare da, ville Nisha være trygg ...

Imidlertid, hvis dette var en annen. Hvis dette var en som ikke hadde vært bundet til ham lenge før den store krigen ...

Forsiktig trakk hun seg bak gangen og holdt øye med en skygge som ikke skulle være der. Et flagrende i lufta. Alt som vil si at en skygge var nær. Øynene hennes forlot aldri Nishas rygg før hun hadde forsvunnet ned enda en gang.

Bare ett løp ble noensinne en skygge etter døden. De hadde vært sterke jegere så vel som krigere. Hun kunne huske dem tydelig fra før sin egen død. Hun kunne tydelig huske hvordan de bare noen gang hadde blitt kontrollert av en dronning i livet. Den første dronningen.

Det var så mye fare nå at man hadde valgt å bli venn med dronningen. Forutsatt at det bare hadde vært en som hadde blitt venn med henne. Hvis ikke ... ville det være mer enn problemer. Det kan bety krig.

Nei, det kan bety krigen som dronningen hennes for lengst hadde forutsett, nå ble til.

Kapittel 15:
Ethan

Nesten falt ut av vognen Ethan frøs. Lord Edrich stirret på ham. Gjenskinnet alene plaget ham ikke ... raseriet i de mørke øynene ... å ja ... han var i trøbbel ... nei ... mer enn trøbbel. Ikke la meg være alene med ham. Vær så snill. Det var ubrukelig å ønske at Nisha kunne høre ham ... ubrukelig å tro at hun ville forstå faren som Lord Edrich virkelig utgjorde. Hvordan kunne hun? Hun hadde tross alt nettopp kommet.

Tapt i sin egen tanke hørte han knapt prinsessen si: "Vognen din var utilstrekkelig. Men bestemor min var det ikke."

Dritt. Du skal ikke si det til ham. Han vil ødelegge deg. Panikk begynte. Han skulle ta tak i hånden hennes og løpe. Han burde fortelle henne vakt. Han burde ... ikke gjøre noe. Hvis han rørte ved prinsessen, ville hun drepe ham. Hvis han forrådte onkelen, ville han gjøre det mye verre.

Han tvang seg til å puste jevnt og trutt sakte opp trappene. Overrasket over at onkelen ikke slo ham når han gikk forbi, fikk ham til å stoppe midt på trinnet. Hvis han hadde gjort det, ville han bli slått helt sikkert. Eller enda verre, han kunne bli presset ned de bratte trappene og bryte noe som ikke kunne repareres før bryllupet, og hindret ham i å være nyttig for prinsessen.

Selvfølgelig rakk han ikke å virkelig se seg rundt i det store før han hørte prinsessen si: "Ethan, vil eskortere meg inn i rommet. Vennligst finn ham noe på grunn av sin vekst."

Ethan? Navnet betydde lite for ham, selv om det tydeligvis betydde noe for hans un ... cle ... Et stykke av et minne. En vakker kvinne med strålende gyldent ildkysst hår og delikat spisse ører ... som holdt ... det måtte være ham ... måtte være ... han kunne bare se de små hendene hans strekke seg mot kvinnens ansikt. "Å, Ethan, min dumme, tullete gutt."

"Du ... Hva gjorde du?!?!" Edrich var på ham det andre prinsessen hadde forsvunnet nedover en av korridorene.

"Jeg ..." Han beveget seg ikke onkelen før ryggen hans smalt mot banesteinmuren som hadde vært bak ham.

"Du kommer til å ødelegge alt." Onkelen hans gikk foran ham. Lent seg nær nok til nesten å berøre nesene, hvisket Edrich: "Jeg ville drepe deg hvis ikke for ulempen med å fortelle henne høyheten om at du dro ... Men ..." Han sto nå foran ham igjen. "... ikke tenk et øyeblikk på at du vil glede deg over festen. Eller tenk ikke engang på å nyte et eneste åndedrag som du blir tvunget til å ta."

Moren hans må ha vært en del, Fey. Feyen ... Alv? ... Fe? ... En annen borger i Feyen? ... Men det ga liten mening. Alle høytfødte Fey hadde blitt forvist for flere tiår siden. Hadde de ikke gjort det? Det nytte ikke å prøve å finne svarene. Ikke nå ... men snart. Han måtte vite sannheten selv om den drepte ham.

Ethan så seg rundt på omgivelsene og prøvde å finne en måte å ikke bevege seg et skritt til. Han hadde ikke innsett at han hadde vært dypt i tankene og ikke tatt hensyn til det som hadde skjedd rundt ham. Nå ... det var for sent.

Han var dypt under sin onkels hjem. Ikke i kjelleren men lavere. I et lite rom var det dekket av tørket blod. Skrikene hans vibrerte fremdeles i myken og berggrunnen. Edrich hadde gjort dårlige ting mot ham da han hadde vært her nede sist. Det hadde vært for nesten fem år siden. Fem år og til i dag hadde det vært siste gang han hadde snakket. Fem år, og det hadde vært siste gang han husket å se den sanne fargen på huden eller håret.

Et skyve bakfra fikk ham til å falle på kne. Lyden av ild sisset i luften, men det var kulden som mer var nervøs.

"Hans hender og over skuldrene skal være alene. Vær kreativ, kjære hunden min ødela nesten planene mine." Han hadde ikke sett onkelen sin, men det gjorde ikke noe at han forsto ordene godt nok. Han forstod den kalde sinne i mannens dype knurring.

Han tillot seg ikke å se opp for å se gliset fra speilet. Torde ikke vise tegn på å være redd, men det stoppet ikke skjelven da hun spurte: "Vil hans høyhet trenge noe av blodet hans før middagen?"

Hans Høyhet. Den tredje i køen til Slangetronen. Skapningen som skulle gifte seg med prinsessen. Mannen som hadde festet seg med blodet hvert par netter de siste tre årene. Noen ganger rett fra venen de andre gangene fra en gylden beger fylt til randen. De hadde prøvd å blø ham tørre i løpet av de årene. Forsøkte å sulte ham ... drukne ham. Brenn ham levende. De hadde gjort dårlige ting som han ønsket at han kunne glemme ... Men i kveld, ville være den grusomste.

I kveld ville han bli slått, brent, pisket ... det spilte ingen rolle ... men å være påkledd og leke eskorte til prinsessen, så sitte gjennom middagen med bord fylt med mat og ikke få lov til så mye som berører det. Ikke lov til å drikke en eneste slurk vin som han var sikker på at ville smake mer enn fantastisk ... At utover alt ville være det grusomeste ...

... eller så tenkte han.

Prøver å ikke puste Ethan lukket øynene og prøvde å roe seg. Fotsålene hans ble surret og brent, så bare følelsen av andres pust fikk ham til å skrike. Så, å stå her og gå ... det tok hver dråpe energi han ikke hadde for å kollapse ... ikke for å skrike ... og mer enn for ikke å felle tårene at han måtte blunke tilbake.

Å fortelle noen at han hadde det dårlig eller hadde vondt var uakseptabelt. Ikke eskortere prinsessen ... langt verre. Hun hadde bestilt at han skulle delta, så det var ingen akseptabel unnskyldning for ikke å eskortere henne.

Små pust. Sakte bevisste skritt på tærne ... motstå trangen til å trekke av lagene av bindingen som skjulte blodet fra å sive gjennom til skjorten, var alt han kunne tenke på ...

... Alt han ville tillate seg å tenke på til han ble lettet fra dette marerittet og han kunne være alene i sin lille cinder-block celle som han kalte rommet sitt.

Åpne øynene, kikket ned trappene og så henne ...

... Så en visjon som måtte være en drøm for han hadde aldri sett noe vakrere eller kraftigere.

Da hun så opp på ham, spilte ikke smerten lenger. Menneskene i rommet som sto bak ham kunne ha vært en million miles unna. Nei, akkurat nå det eneste ... den eneste personen som gjaldt var denne visjonen som kom opp trappene. Alt som gjaldt nå var å finne en måte å være i tjenesten hennes så lenge hun ville tillate ham det.

Alt som gjaldt var raserianlegget i øynene hennes. Det kalde brutale raseriet som han kunne se brenne i de ubarmhjertige øynene.

Kapittel 16:
Nisha

Stormet inn i det første rommet som så nær et soverom, slo Nisha døren bak seg. Evnene hennes virket ikke her.

Nei, det var ikke sant. De jobbet, men ikke som de gjorde i Lite. Resultatene her var mer skremmende sammenlignet med den raffinerte versjonen hun hadde blitt vant til mens hun vokste opp med fetteren.

En nølende stemme kom fra døren. "Gå glipp av?"

Hun vendte seg skarpt til den nå åpne døren og så den korte, tynne nissen som hun hadde kjent i årevis. Et sakte smil rykket leppene hennes. "Fløyelsblomst?"

"Du bør begynne å gjøre deg klar for festen. Du vil ikke være for sent."

Sent? De kunne ikke starte uten henne, og akkurat nå kunne hun bry seg mindre om alle som måtte være til stede. Så igjen, det ville gi henne tid til å snakke med Ethan. Kanskje til og med finne ut mer om byens fremgang fra hans synspunkt.

Og det var den eneste grunnen til at hun hadde for å gå til en hvilken som helst funksjon som Edrich hadde planlagt.

Da hun så på venninnen sin som ennå ikke hadde kommet inn i rommet, tok hun inn kjolen. Smilet hennes er ekte nå. Selvfølgelig ville venninnen og husholdersken finne den lett fargede kjolen som så høyt født ut og fremdeles ble ansett som en tjenesteklær. Selv om hun virkelig var en tjener, skulle hun fjerne gullkanten på bunnen av kjolen. "Å, jeg antar at jeg kan være den elskverdige gjesten for en natt."

Tar et helt skritt inn i rommet ringte Marigold inn flere onyksstammer med gullinnlegg. "Jeg har noen damer som trenger min oppmerksomhet, men jeg kommer tilbake om noen øyeblikk for å hjelpe deg med å gjøre deg klar. Og Nisha, jeg er kanskje bare en husnisse, men det betyr ikke at jeg liker å plukke hver klesartikkel fra gulvet. Prøv å ha i det minste noen av dem i koffertene til vi finner riktig sted for dem. " Hun kunne be henne om å la koffertene være i fred, men det hadde liten nytte. Hennes eneste håp var å be Nisha om ikke å gjøre noe rot.

Da Marigold var nær ved døren, ropte Nisha etter henne: "Hmm, og jeg trodde du skulle bli min personlige tjenestepike." Hun ertet bare. De hadde vokst opp sammen. Eller for det meste sammen siden Marigold var i det minste et tiår eldre, men så ikke ut en dag over seksten.

"I morgen blir jeg din personlige husniss. I dag ber jeg min kjære venn om ikke å ta frustrasjonen din ut på garderoben din."

"Oh fine. Jeg vil finne en annen rumpe som kan bli en ny skapning."

Opprørt av tanken begynte Marigold å snakke: "Du ... Nei, nei, ikke fortell meg. Jeg er helt sikker på at jeg ikke vil vite det." Nesten ut av døren snudde hun seg tilbake, "Jeg vil bare være noen få minutter."

"Gå, jeg har det bra til du kommer tilbake."

Kaste opp lokket på nærmeste koffert og begynte å trekke ut bluser og skjørt. "Hva skal jeg ha på festen min?" Hun holdt opp en bluse som passet tett på toppen og flakket ut i bunnen, og krammet nesa, "For vanlig." Hun kom over en vinrød kjole og hacket: "Åh, hvorfor pakket tante Celeste dette?"

"Nisha?!?!"

"Åh, Mari ..."

Marigold snappet en smuldret bluse fra Nishas hånd, og bare hun ville våge: "Jeg var ikke borte to minutter. To ..."

Nisha trakk på skuldrene. "Jeg trodde jeg skulle finne noe å ha på meg ... Tross alt er det festen min."

"Derfor har jeg laget deg noe spesielt." Hun undersøkte rotet før henne, og ristet på hodet. "I det minste har jeg en ide om hva som skal til peisen og hva som må henges."

"Se, jeg er flink til å hjelpe."

"Du er flink til å lage rot av stoff. Jeg burde spørre David om han kan finne deg noe personlig som kan velge klærne dine for deg, slik at du aldri trenger å berøre et garderobeskap. Egentlig insisterer jeg på at du aldri berører en igjen så lenge jeg overvåker huspersonalet ditt. "

Rullende øynene smilte Nisha. "Du vet at du ikke skal skjelle på meg at jeg er en dronning."

"Du har rett som en hushjelp, det er jeg ikke. Du er imidlertid min venn, så jeg vil veldig skjelle deg når du gjør noe rot uten grunn. Mer når jeg må være den som skal rydde opp."

Hun la seg ned på sengen og lot som om hun var dempet et kort øyeblikk før hun spurt, "Å fine ... så venn, hva gjorde du for at jeg skulle ha på meg?"

Marigold suste: "Jeg tror ikke du fortjener det." I et langt øyeblikk stirret de to på hverandre til varm latter fylte begge øynene. "Men jeg skal gi deg det uansett." Et snev av hvit røyk og ...

Å hoppe tilbake til føttene Nisha tok kjolen og virvlet rundt med glede. "Det er perfekt. Hvordan visste du det?"

"Ja vel, mens vi var på spiret spurte jeg Seneschal hva moren din hadde på festen hennes. Som det viser seg at hun hadde skrevet, en journal over hva hun trodde du ville ha på deg til din alderdom og hadde en liste på listen av hvem hun ville ha det. Hva de skulle ha på seg. Og så var det denne tegningen ... "Hun overlot den til henne.

"Moren min tegnet dette?" Vantro fylte stemmen hennes. Visste tante Celeste om dette?

"Det er ikke den beste gjengivelsen av en kjole, så jeg tok meg litt frihet med den. Jeg håper du ikke har noe imot det."

Nå så hun virkelig på tegningen og kjolen. Det samme flytende sorte nettet på bunnen som ser ut til å være en fin svart tåke rundt føttene og bena. Det samme fløyelsrøde beltet for å bryte opp de forskjellige nyanser av svart materiale. Gullkant rundt kragen i stedet for det hvite som ble avbildet. En tradisjonell svart silkebånd for å holde pinnene på hennes prestasjoner. Tårene tettet halsen hennes, "Du ga meg en gave som betyr så mye. Takk."

Mari kastet armene rundt venninnen, og hvisket: "Velkommen. Jeg møtte moren din bare en gang som jeg kan huske, men jeg tror hun ville være glad for at du valgte å ha på deg noe hun foreslo."

Ved å tørke av øynene kunne hun bare nikke. "Fant du ut hvor mange p-pinner jeg skulle ha?"

"Både moren din og tanten hadde på seg seks. Hver dronning før dem bare fire. Så, vi sitter igjen med, kunngjør vi hvor kraftig du egentlig er, eller velger du bare en håndfull?"

Lett fingret på rammen, lot hun mørkets renner sive ut rundt seg. Et øyeblikk bare lyttet hun til hviskingen. Da hun åpnet øynene, og vendte seg mot venninnen, kvadrerte hun skuldrene: "Moren min gjorde en feil ved å fortelle de rundt seg å kjenne kreftene hennes på festen hennes. Det er ingen grunn til at jeg følger eksemplet."

"Så, vi velger."

"Nei, jeg velger."

Kaller en liten boks Marigold satte den på det lille bordet ved siden av en stor seng. Sakte åpnet hun lokket. Flere små pinner. Noen gull, andre laget av sølv eller edelstener foret i bunnen. Hver ble laget for å representere en annen evne og kraft som var mestret. Selv de dyktigste hadde vanligvis bare en håndfull i det attende året. Svært sjelden ville de mestre mer enn tre eller fire til i årene etter. Nisha hadde allerede mestret tjue og var nær ved å mestre syv til. "Min dronning."

"Jeg må se kraftig ut, men fortsatt usikker på noen større evne."

"Så kan jeg foreslå at du ikke bruker noe som bare kan mestres av de i Under Kingdom."

"Ja. Det er ingen grunn for borgerne i Darke å vite om mitt andre rike. I det minste ikke før etter kroningen." Eller til jeg diskuterer det med Lilly.

Pekende på en av krystallpinnene hvisket Marigold: "Både moren din og faren din var seere, men jeg synes ikke det er lurt å skryte av det."

"Veldig sant." Hun stoppet, "Du vet at jeg aldri har tenkt på det før, men ... Som en seer ville enten min mor eller far ha visst om angrepet. Mamma, kunne kontrollere enhver brann både naturlig og unaturlig ... så hvordan gjorde hun omkomme i brann? " Nok en pin som ikke skal ha på seg. Pinnene som representerer ild, både naturlige og unaturlige.

Med en vekt på ordene hennes svarte Marigold til slutt: "Noen ganger har ting to betydninger. Nå for meg ... og dette bare jeg snakker for, jeg har ingen bevis ... men ... alle sa at brannen tok dronningen og så mange andre. Jeg har aldri hørt noen si at dronningen var død. Heller ikke at noen lik ble funnet. "

Et støt gikk gjennom henne da hun pustet inn kraftig. "Mari, du er et geni. Hvorfor tenkte jeg ikke på det?" Hun snudde seg og steg et par skritt. "I morgen når Lilly ankommer, vil vi utforske slottet. Jeg er sikker på at det er noe ledetråd som har blitt oversett."

"I så fall ville jeg begynne med de kongelige leilighetene. Fra det jeg hører, det var der brannen startet. Det er også det eneste rommet som ennå ikke har blitt berørt av noen siden den kvelden."

Stående foran et stort speil smilte Nisha mens hun undret seg over hvor fantastisk hun så ut i kjolen moren hadde designet. Likevel kunne hun ikke skjule melankolien fra stemmen hennes da hun spurte: "Jeg skulle ha en eskorte til jeg kommer til hovedfoajeen." Min far burde være her for å eskortere meg.

En myk luftig hoste fra døren fikk henne til å snu. Hun hadde ikke sett ham i speilet ... men ... Å ... hvordan hun hadde ønsket at hun hadde gjort det.

Han var den vakreste mannen hun noensinne hadde sett. Vel, hvis du kom forbi det faktum at han var fullstendig sammensatt av en fin tåke. "Min dronning." han ga en lav bue og ventet til hun kjente ham igjen.

"Skygge?"

Hans stemme er et dypt tømmer, men likevel mykt som vinden, "Mmm. Skygge er min ... det du kaller rase. Det er knapt mitt navn, min kjære."

Oi da. Hun hadde gledet seg til å vite hva som ville være forskjellig mellom en skygge og en skygge, men ingenting hadde forberedt henne på dette. Hun kunne se at drakten hans var et speil av overlegen kvalitet. Kunne bare finne ut stedet der et broderi ville være. Så smilte han og avslørte tennene så hvite at de så ut til å være polerte steiner. Et øyeblikk lenger til hun la merke til de spisse toppene som så ut som barberhøvler. Da han snakket, så hun mer ... hun så tre rader med de fint skarpe tennene. "Du kunne virkelig hatt David for en matbit hvis du ville."

"Etter min mening er Drakens, til og med del Drakens, altfor beinete til å lage et anstendig måltid. Men de har en hyggelig smak." Han tok det som så ut til å være et skritt inn i rommet. "Hvis du foretrekker det, kan jeg forbli som en skygge."

"Som helvete er du. Bare se på deg. Bare synet av en nyanse burde være nok advarsel ... i god tid i morgen. Hvis du ikke har noe imot." Et øyeblikk så hun på ham ta noen skritt mot henne. For et utrent øye tok han et fullt skritt, men hun så sannheten. Da han tråkket forsvant tåken fra benet som ville være bak ham og formet seg foran ham nesten så sømløst at hun nesten ikke hadde lagt merke til det. "Det er utrolig."

Skyggen stoppet, "Hva er?"

Stemmen hans skyllet over henne. Hvis han ikke hadde blitt bundet til henne, visste hun at hun ville falle i transe ... visste at de som gjorde det ville bli hans neste måltid. Smilende lyst svarte hun: "Slik du beveger deg. Det er virkelig utenat."

"Jeg burde håpe det. Det gjør det enklere å finne neste måltid."

"Jeg sier at du ikke vil lage et måltid av noen borgere med mindre jeg sier noe annet."

"Jeg har aldri laget et måltid av husets gjester. Imidlertid har du mitt ord, jeg vil ikke spise noe fornærmende rumpe med mindre du ønsker det."

De tenkte tydeligvis begge på Lord Edrich. Det var nok for henne å smile.

Hun gikk med Shade og kunne se ting hun ikke hadde lagt merke til med Freya. Ikke at noe gjaldt akkurat nå, men ting hun gjerne vil komme tilbake til og ta i deres sjeldne skjønnhet. "Så hva vil du bli kalt? Eller fungerer Shade?"

I et langt øyeblikk svarte han ikke: "Det er for lenge siden jeg har brukt et navn."

"Har du noe imot at jeg spør hvor lenge?"

"Nesten to tusen år gir eller tar et århundre."

Hun ventet et tiår eller to, ikke to årtusener. "Oh wow."

"Hmmm. I sannhet er dette ikke min virkelige form. Bortsett fra tennene."

"Vil du vise meg?"

"Senere kjære. Du har mye å ta inn i kveld for å bli distrahert av forfengelighet."

"Du er tenner. De ser ut som bildene av slangen ... mann ... en ... rev?"

"Vi har lignende tenner, men er knapt de samme. Kanskje vi burde starte med navnet mitt. Jeg ble en gang kalt Gwydion. Mitt folk ble en gang kalt Eostre. "

"Fascinerende."

Et øyeblikk stoppet Gwydion og spurte veldig nøye: "Er det?"

"Å ja. Lilly og jeg debatterte en gang en gang om eksistensen av Eostre. Hun sa at de var eventyr. Jeg sa at det måtte være noe sannhet i historiene for de var for detaljerte til å bare bli gjort opp."

"Ja, også jeg har hørt historiene. Mange legger mye igjen. En dag vil vi snakke om fortiden. Ikke i dag."

Igjen så hun på hva han valgte å ha på seg. Svært svakt kunne hun se en ring eller en skygge av en ring på hans høyre hånd. "Du var en høytfødt."

Igjen stoppet han. "Du ser mer enn de fleste."

"Ja, det antar jeg at jeg gjør."

Etter å ha vært bundet til henne nesten siden fødselen hadde han allerede lært enten svaret, ellers ville hun finne noe mye mer ubehagelig å snakke om. Heldigvis til nå hadde han aldri vært den som hadde en av disse samtalene. "Jeg var en gang kongen. Den siste kongen i mitt folk."

Ekte bekymring og sorg fylte stemmen hennes da hun spurte: "Å. Kan jeg spørre hva som skjer med folket ditt?"

"Jeg ble forrådt av noen som jeg stolte på. Ikke bekymre deg, kjære den personen overlevde ikke sviket hans. Jeg angrer bare på de uskyldige livene som gikk tapt den dagen."

"Er det noe jeg kan gjøre? Jeg har et veldig godt vennskap med mange i underriket."

"Nei, kjære. Vi har alt vi trenger." Stanset igjen, vendte han seg mot henne. "Jeg var her brannkvelden. Jeg gjorde ingenting for å hjelpe den gang. Kanskje jeg kunne ha det. Selv om jeg ikke vet hva."

"Du kom til meg den kvelden." Hun visste at en skygge hadde kommet til henne den kvelden. Hennes tante nevnte bare en gang for noen år siden.

"Ja."

"Du valgte å binde deg til meg og beskytte meg. Du gjorde det med at alle spurte eller ba om noe i retur. Så ikke skyld på deg selv for det som skjedde tidligere."

"Du er en sjelden gave, dronningen min." Han klappet på hånden hennes. "Det er en ting du bør vite. Som konge har jeg fortsatt mange blod som er bundet til meg. Selv i døden forsvinner ikke bindingen ... ikke helt. De tar kanskje ikke ordre fra meg eller til og med anser meg deres konge ... men de er bundet til deg ... fullstendig. Hvis du noen gang er i fare, har du flere antall Eostre som er klare til å beskytte og ødelegge alt eller noen som kan true deg. Blodlysten de nå besitter gjør dem veldig farlig for de som vil motsette deg. " Han tok et enkelt skritt tilbake og blandet seg inn i en skygge som krøp langs veggen.

Nisha ventet til han forsvant fra synet, hvisket: "Takk Gwydion. Jeg vil huske."

I flere lange øyeblikk forbannet Nisha seg selv fordi hun valgte et rom så langt unna hovedfoyeren. På den tiden hadde det virket som en nyskapende idé ... Den gangen trengte hun å være langt borte fra ballrommet og Lord Edrich. Men nå ... å være så langt borte ... det var utenfor frustrerende. I noen øyeblikk lengre knurret hun til seg selv og lovet å stave en stol for å sveve henne fra den ene siden av slottet til den andre. Til slutt så hun den buede døren som skulle lede henne til festen hennes. Hvis hun til og med kunne kalle denne farsen eller en samling for en fest. Tross alt var det en fest hvor du ville blande deg med venner, ikke sitte og bli stirret på av folk som virkelig ikke brydde seg om hvem du var ... uansett om du er deres dronning eller ikke. Folk som ville se henne død før de tillot henne å sette riket tilbake til rettigheter.

Hun stoppet ved enda en buet døråpning og så opp trappen til der Ethan sto og så ned på henne ... og ventet. Et nytt blikk, og hun likte ikke det hun så.

Hun hadde bedt Lord Edrich om å finne Ethan riktige klær. Ved første øyekast hadde han. Men det hadde vært ved første øyekast.

Hun holdt trinnene forsiktige og bevisste og gikk forsiktig opp trappene. Halvveis opp kunne hun se kantene til en annen illusjonsform. Hun tok noen skritt til og frøs, slik at hun virkelig kunne se forbi trollformelen og se sannheten. Tillater seg å se den flisete jakken, den skitten kjørte skjorte og de skittete dekkede skoene hun nesten kjente som i det minste var en størrelse for liten. Så så hun dypt inn i de midnattblå øynene hans og så smerten han prøvde å skjule. Panikk og rasende løp hun opp de få gjenværende trappene. Hånende spurte hun "Går det bra? Hva skjedde?" Og så, hjelp meg hvis Lord Edrich hadde noe med det å gjøre.

"Jeg ..." Et pustende pust Ethan stoppet. En løgn ville være så lett. Han hadde sagt det tusen ganger, men aldri til noen som kan hjelpe. Men å lyve for henne? Han kunne ikke hindre seg i å puste, enn si å fortelle henne en løgn. Han visste bare at han ikke kunne. "Jeg har det bra om noen dager."

Dette har skjedd før, og han vil ikke at jeg skal vite det. "Edrich gjorde dette. "Ikke så mye et spørsmål da bekreftelse.

Han ristet på hodet og hvisket forsiktig: "Han ga bare ordren. Hans elskerinne var ekstraordinær stolt av å utføre det han hadde bedt henne om å gjøre."

Når hun snudde seg skarpt, hadde hun all intensjon om å storme inn i ballrommet og bringe med seg hvert gram skremmende krefter. Kaller til de udøde og lar dem få frie tøyler i hele Darke. Helvete, hun kunne påkalle lynet på himmelen, eller ilden som raser i ildstedene og ta hver person i det rommet før de noen gang hadde tenkt på hva som skulle skje. En varm, skjelvende hånd på albuen var det eneste som hindret henne i å gjøre det. Veldig rolig snakket hun med dødelig rolig stemme. En stemme som ville skremme alle i familien hennes og med god grunn. "Ethan, la gå."

I sannhet gjorde han nesten, men noe dypt inne i seg selv hindret ham i å gjøre det. "Jeg takker deg for bekymringen din, prinsesse. Men det er unødvendig."

Unødvendig? Som i helvete var det. Og Edrich, så vel som resten av Darke, ville lære det raskt. Men kanskje ikke i kveld. Kanskje i kveld ville hun bare gi etter for Ethans forespørsel, så en gang han var gjemt i et trygt sted ... da ... og bare da ville hun ta seg av de som hadde våget å skade ham. "Fint. Jeg vil ikke forårsake en scene over utseendet ditt. I det minste ikke i kveld." Nå møtte hun ham. Hun kunne se frykten i øynene hans. Ikke redd for henne, bestemte hun seg, men for hva hun ville gjøre. De to var helt forskjellige. "Du er imidlertid ikke lenger under din onkels kontroll. Du er medlem av huset mitt. Hvis han eller noen andre har et problem med det, vil jeg mer enn gjerne diskutere det med dem."

"Men men..."

Da hun sørget for at stemmen hennes hadde all autoritet som en dronning skulle ha, sa hun veldig rolig: «Dette er ikke opp til debatt, Ethan. Dette er min å gjøre. Og det er noe jeg burde ha gjort før vi forlot spiret. "

Med ingenting annet å si, bøyde han hodet. Lettelse skrevet på ansiktet hans så klart som dagen. "Takk skal du ha."

Hun hadde kommet kledd for ikke å skryte av sine evner. Hadde egentlig ikke bestemt meg for å dele noe med Ethan før etter bryllupet ... men ... sakte berørte hun hans sinn med henne. Det var farlig hvis man ikke visste hva de gjorde. Selv da ... veldig få velger å bruke den. Enda mindre brukte den til å kommunisere i stedet for å kontrollere personen de hadde knyttet til. Å vite dette tillot hun seg et øyeblikk for å erkjenne frykten for det hun gjorde. Visste at han ventet en skjebne mye verre enn julingen han allerede hadde mottatt. Ethan

Det tok ham bare å puste å svare. Dette var noe som burde ha tatt ham mye lenger med mindre han også behandlet denne sjeldne evnen. Pr- prinsesse?

Du har ingen grunn til å frykte meg.

Skjønner ikke egentlig hva som skjedde eller hvordan å kontrollere det Ethans sinn gikk tilbake til alt han hadde blitt fortalt. Tilbake til hver bit av tortur han hadde opplevd. Hans sinn trakk tilbake hver unse smerte han var tvunget til å tåle. Hans sinn raser med bilder, minner om å bli fyrt opp ... druknet nesten ... tider da onkelen og andre hadde prøvd å blø ham tørr. Med hvert bilde skjerpet raseriet til hun var klar til å sprekke.

Nå forsto hun frykten. Senere ville hun takle de som hadde skadet ham. Og mye ... mye senere lot hun forlovede virkelig forstå denne lenken hun skapte for ham. Men ikke i dag ... Svært mykt la hun den lange smale fingeren under haken hans, "Ethan?"

Alt han gjorde var å svelge en gang.

Knapt over en hvisking snakket hun sakte: "Vil du ha det bra et øyeblikk i det rommet?" Angir dobbeltdøren som de sto foran. Hvis han sa nei, ville hun ikke nøle med å ta ham et trygt sted, så ødelegge hver person i det rommet.

Helvete, selv om han sa ja, kan hun fortsatt.

Han svelget hardt og tvang ut, "Ja."

Frykten hans spiste på henne, men hun måtte forsikre seg om hva hun gjorde, for at hun ikke gjorde den frykten verre. På en eller annen måte måtte hun sørge for at han visste at han var trygg med henne. "Du har mitt ord, vi vil bare bli lenge nok til å gjøre noen små forstyrrelser, så får vi se hva som må repareres i kveld og hva som kan vente til kusinen min kommer."

Nok en gang grep han armen hennes. Denne gangen for alvor, "Ikke spis noe. Du kan ikke stole på maten. Stol aldri på det du ikke har sett har gjort deg selv. Jeg vet med sikkerhet at noen av oppvasken er forgiftet og andre ... gift ville være for snill. . "

Nå lot hun et smil begynne å krølle leppene. "Kjære, jeg hadde ikke tenkt å spise noe som min personlige kokk ikke har laget med sine egne to hender. Men jeg takker deg for din bekymring." Det nytter ikke å fortelle ham at gift ikke ville skade henne i det minste ikke siden hun ble dronningen av underriket. Det var heller ikke noe bruk å fortelle ham at andre tilsetningsstoffer ville ha veldig liten eller ingen effekt på henne ... og det hadde vært siden fødselen. Nei, det nytter ikke ... ikke når han ikke kan forstå.

"Og ..." Ethan pustet dypt og slapp den sakte ut: "Slangeprinsen er her. Han har allerede drept minst tre av søsknene sine. Han er for øyeblikket tredje i tronlinjen. Vær forsiktig, han er veldig farlig. Mer enn noen annen fra hans rike. Det er med mindre du teller faren hans. "

Hun måtte bare se om det. Et øyeblikk å tenke på hva hun ville gjort med den fornærmende prinsen. Så en tanke som lette på humøret hennes ... hun lurte på om onkelen hennes likte smaken av slangen.

Når dørene åpner til ballrommet holdt Nisha pusten. Rommet var mye større enn hun hadde antatt. Tre etasjer høye. Hver etasje er åpen i midten til rommet nedenfor. Og hver etasje har store steinsøyler for å holde gulvet over den og en slags trollformel slik at folket ser ut til å danse i luften, men likevel gi utsikt over hovedetasjen. Senere ville hun utforske hver av de andre etasjene, men i kveld ...

Hun tok armen til Ethan. Det var ikke før han tok et skarpt pust av smerter, hun rørte ved hodet hans, Beklager.

Han svarte ikke bare med øynene på langbordet som satt på den lange plattformen som satt mer enn tre trinn høyere enn hovedetasjen. Ved å lenke frykten tvang han seg til å forbli helt passiv.

Å være koblet, kunne hun se hvor han så, men hun tillot fortsatt å følge blikket hans, selv om hun virkelig ikke trengte det. Lord Edrich snakket med en høy, tynn mann som til og med fra denne avstanden kunne se skalaene på nakken, til tross for illusjonsformelen. "Har ingen noen glamour?" Hver borger som hadde stått på trappene, må ha hørt spørsmålet hennes siden de så på henne og skurte seg bort før Ethan kunne svare.

"Nei." Han stoppet og senket stemmen mens han sa: "Alle er overbevist om at ingen kan se forbi dem. Selvfølgelig blir alle som sier noe om dem straffet."

"Jeg skjønner. Vel, det ser ut til at den lille forstyrrelsen min blir litt mer underholdende når jeg bryter dem."

"Bryt? Å, vær forsiktig, prinsesse. Det er veldig farlige mennesker i dette rommet, og hver og en av dem er en morder."

Sakte for ikke å få Ethan til å bevege seg raskere enn han var komfortabel med, tok de seg gjennom et hav av mennesker. Ingen av publikum bøyde hodet eller viste en eneste bit av respekten de burde ha. Også det kunne vente til morgen. Tross alt hadde hun allerede funnet ut hva hun trengte hjelp til. Selvfølgelig så det ut som om hun bare brukte fem av pinnene, siden hun kunne høre flere som hvisket om hvor svak hun var, eller at moren var dobbelt så begavet. Selv om kommentarene til hvor lett det ville være å drepe henne ikke gikk ubemerket hen.

La dem tenke hva de vil. Nisha stoppet like utenfor armene fra mannen som ville være hennes første del av den lille forstyrrelsen, "Lord Edrich." Stemmen hennes kjedelig og irritert. Ingenting som antydet hennes sanne følelser ble avslørt i de to enkle ordene.

Det var ikke Lord Edrich hun hilste på henne, men prinsen snudde: "Ah, Princessss det er godt å møte deg."

En god glamour kunne skjule mye, men til og med de beste kunne ikke skjule en gaffeltunge. "Prins Ciron antar jeg."

Smilet hans var alt annet enn sjarmerende. "Jeg var ikke klar over at du visste at jeg var til stede."

Da han gikk forbi ham, svarte Nisha: "Hvor dumt av deg å tro at jeg ikke hadde blitt informert. Imidlertid," vendte hun seg tilbake til ham etter å ha gått på plattformen. "Jeg tror at moren min forbød alle dine slektninger fra Darke, så jeg er nysgjerrig på hvordan du er her? "

Publikum trakk rundt for å lytte og se på dette lille dramaet. Ingen syntes å tro at hun, prinsessen, skulle vinne. Da hun så dette, følte hun Ethan ropte til henne og hørte advarselen i stemmen sin. Prinsesse.

Stol på meg.

Ciron vinket av spørsmålet med stor glede. "Å, rådet slo tilbake for en god stund siden."

"Ser jeg. I så fall vil jeg gjerne ha en kopi av traktaten som ble presentert for meg om morgenen. I mellomtiden kan vi sitte og nyte festlighetene." Hun stoppet. Det var vanlig at sjefen for den kongelige familien satt i sentrum. Hans eller hennes ektefelle til høyre og arvingen til venstre. Siden moren og faren var borte ... Hun tok morens plass og klappet setet til høyre for henne, "Ethan please join me."

"Prinsesse, setet ditt ..."

Veldig rolig satt hun rettere. "Lord Edrich, som jeg allerede har forklart deg, mens jeg er atten, er du ikke lenger fullmektig og har ingen funksjon i dette rommet eller ved bordet mitt. Du, unnskyldning, er unnskyldt."

Edrich snappet: "Du er ikke kronet ennå min kjære."

"Svært sant, men tanten min vil være her på morgenen og vil overvåke alt som må tas hånd om til kroningen."

Prins Ciron lente seg over bordet og så dypt inn i øynene hennes. "Jeg tror det ville være uvisst."

Noen andre ville ha blitt bytte for den dødelige stirringen, hun slo imidlertid ut en kjedelig gjesp. En fjærlett berøring viklet rundt ankelen. Hennes kjære skyggevenn eller muligens en som fortsatt var bundet til ham, slik hun var mer enn trygg. "Skygg vennen min, vennligst spør Freya eskorte prins Ciron til fangehullet til jeg får ordnet med ham." Så til prinsen, som så forvirret ut at hun ikke var berørt av transen hans. "Jeg tar ikke lett på folk som prøver å bruke makt for å tvinge meg til å gjøre noe som jeg ellers ikke ville gjort."

En fin tåke klatret opp stolen til venstre for henne og en mørk form begynte å danne seg. Ikke hennes kjære venn, men en ny nyanse. Denne kvinnen. Langt fjærete hår og skarpe klør for fingrene, "Vakten din er på vei. Er det noen hjelp jeg kan tilby?" Hun lente seg tilbake og trakk fingrene og sørget for at øynene hennes nå låses fast med slangen. Utvilsomt størrelsen på neste måltid.

Rommet er fylt med en kollektiv gisp. Verken Shades eller Shadows kommer så langt nord. De fleste bodde faktisk i ruinene av bein. Hvis ikke i selve Mystic Woods. Men aldri i nærheten av slottet. Synet av en garanterte forsiktighet. Det at hun ... ga prinsessen hjelp ... var en stor bekymring. Mer om den lille prinsessen faktisk kunne kontrollere den.

"Du ... du burde være ..." stammet Ciron mens han prøvde å vike tilbake fra plattformen.

"Jeg blir ikke lett lurt Ciron." Stående reiste hun stemmen, så alle i alle etasjene var sikker på å høre. "Alle som er innbyggere i Marshlands skal være ute av Darke om morgenen. Alle som ikke følger min advarsel, vil være døde i morgen kveld. De av dere med illusjonsformer av noe slag, jeg sier deg dette, de gjør ikke jobbe med de fra kongehuset i Devros. Gjemmer seg bak dem vil ikke lenger passe deg, og derfor er de nå utestengt ved slottets dører. Enhver som våger å krysse treskehuset, blir gitt til nyanser som nå forfølger disse salene . Dere er nå avskjediget. " Da ingen flyttet, la hun til: "Kjære vennen min Shade, vær så snill å gjøre som du vil for dem i dette rommet. Ethan, med meg." En dør som hadde blitt gjemt bak henne, åpnet seg med Freya i døråpningen og så alt annet enn fornøyd ut.

En gang i en annen hall, lukket døren seg bak dem og Ethan gispet: "En skygge?"

"Å, vel, jeg er ikke sikker på hva hun heter, men jeg er venn med mange av dem. De er virkelig interessante mennesker." I det minste var kongen uansett. Med tiden kan hun kanskje lære mer om nyanser. Nei, hun ville lære mer om dem. Overlevelse krevde at hun gjorde det.

172

Kapittel 17: Adrianna

Adrianna gikk i fangenskapet. Ikke at det så ut som et fengsel, men en fin suite for et guddommelig gjetning ... vel, hvis du kom forbi glasskuppelen som hadde blitt sekskert, så ingen av hennes magi eller evner fungerte. Og det faktum at kuppelen var inne i et steinrom uten vinduer for å se et snev av dagslys, gjorde bare den tiden som ble brukt her, vanvittig. Hun trakk pusten dypt og lagde en ny sirkel rundt sittegruppen, en annen sirkel rundt den pastellblå sofaen med gullkant. Så en annen rundt det avlange rommet. En vei som hun noen ganger hadde gjort i flere dager. Og andre ganger bare for å flytte. Men i dag var tempoet hennes fra nervøs energi. Dae hadde funnet en vei ut for noen dager siden. En måte å flykte på. Selvfølgelig måtte hun bli en mus for å finne det lille hullet ... men hun hadde funnet det. Selv det hadde tatt henne atten år ... Hun hadde endelig funnet det. Så foreløpig var alt hun måtte gjøre å vente og håpe at Dae hadde funnet hjelp ... eller i det minste ikke hadde blitt fanget.

Det var igjen ingen garanti for at Dae kunne skifte tilbake til en nyttig form når hun hadde ryddet kuppelen eller rommet der de ble holdt i. Hjertet hennes stoppet da steindøren som førte utover den stavede kuppelen, åpnet seg og hennes husmann kikket inn. Som alltid var han drapert i en mørkegrønn kappe som skjulte de fleste av hans skalaer og bena som så ut til å tilhøre en kylling i stedet for et reptil. Bare synet av ham hadde ord som brant halsen hennes, men bare tillot seg å si "Apep."

"Kjære, hvor er din hushjelp?"

Tusen ting løp gjennom hodet på henne ... så hørte hun fra soverommet, "Si til bastardslangen at han bare avbrøt en fantastisk drøm." Hun vendte seg litt og så på at venninnen stukket ut av rommet sitt kjedelige, gyldne røde hår i et slikt rot, det var vanskelig å ikke vite at det ikke hadde blitt forårsaket av søvn.

Hun tok sin advarsel fra vennen sin og snappet: "Vel, du ser henne med dine egne øyne. Hvorfor er du her? Kom igjen til å gløtte? Å, jeg vet, du har kommet for å se om jeg bestemte meg for å gifte meg med deg." Hun vendte seg bort fra ham og spyttet: "Som om jeg noen gang ville vært sammen med noen som bare ser på meg, blir jeg syk." For ikke å nevne at hun allerede var gift. Det spilte ingen rolle om mannen hennes var i live eller ikke ... hun var bundet til ham ... hennes hjerte var hans. Som det alltid ville være jevnt i døden. Akkurat som hans tilhørte henne.

De gule øynene hans smalnet sammen i sinne. "Jeg kommer til sssshare newssss. Sssssoon min ssssson blir gift med jenta di. Sssso naiv, den ene. Ssssso moden for å ta."

Pustet dypt, vendte hun seg tilbake mot ham. Det nytter ikke å krangle med ham. Ikke bruk for å forbanne eller banne ting som hun ikke lenger hadde makt til å gjøre. I det minste ikke før hun var fri for dette forbannede forlatte fengselet. "Du glemmer Apep. Min mor og søster vokste opp jenta mi." Så vendte hun seg fra ham og klarte ikke lenger å skjule alle følelsene hun følte. Hennes hjerte lengtet etter å se datteren. Mer nå, da hun erkjente hvem som hadde oppdratt sin kjære lille jente, så alle årene hun måtte tilbringe fanget i dette fengselet.

"Jeg vet. Min sssspyss har sett på i mange årssss. Nei, kjære, jeg vet alt jeg trenger."

Jævla irriterende slange, han trengte ikke høres så selvtilfreds ut. På avstand kunne hun høre steindøren smelle bak ham. Nok en gang var hun alene ... eller stort sett alene. Adrianna snappet til den eneste personen hun dro for å kjefte på. "Dae, jeg ba deg dra."

Da han gikk helt ut av soverommet, gikk Dae bare noen få meter fra dronningen og venninnen. "Addy egentlig. Jeg har ikke dratt i alle disse årene, jeg vil ikke forlate deg nå." Da hun gikk over til speilet som ble hengt over ildstedet, ristet hun på hodet. "Jeg vil være så glad når vi er fri fra dette stedet. Dette stedet er fryktelig for huden min. Og for ikke å nevne håret mitt."

"Gratis? Gjorde du ..." Hope varmet stemmen hennes på en måte som få ting sjelden gjorde lenger.

"Jeg vet hvor vi er. Men akkurat nå er det ikke viktig."

"Faerydae?" Både et spørsmål og en kommando om å fortelle henne alt.

"Flere ting må jeg fortelle deg, men først. Noen gode nyheter. For det første er Apep en løgner og skal ikke stole på."

Hun visste det. Helvete, det visste hun før hun ble holdt fanget. Det var grunnen til at hun hadde utestengt Darke av hele sitt slag. Ikke at hun hadde fortalt noen om sine mistanker; å nei hun hadde brukt annen informasjon hun hadde funnet ... eller mer til det punktet hennes kjære ektemann hadde funnet. Men det var ikke viktig i dag. Nei, det som var viktig var hva Dae hadde funnet ut. Hun klappet over sofaen og klappet setet ved siden av seg. Å spørre venninnen om noe ga aldri svar. Men hun var en Fey. Nyhetene deres ble fortalt på sin egen tid og på sin egen måte. Aldri direkte, og aldri når du blir spurt direkte. Så hun valgte i stedet å spørre: "Er du sikker på at jævelen ikke kan høre oss?"

Faerydae brakte seg til full høyde og suste i irritasjon: "Er jeg eller er jeg ikke en tredje generasjon Feyen?"

Hun kjente venninnen sin, og hun spurte ikke om hvor hun ble født, men hennes blodlinjer. Det var flere typer Fey. Fe og alver er den vanligste av Feyen. Men sanne Feyen var de som var de med den ene forelderen en fe og den andre en alv. Og ikke bare en Fey av mindre evner, men de som var sterkere enn de fleste. For Faerydae hadde besteforeldrene hennes på begge sider vært Feyen. Begge foreldrene hennes var eldre medlemmer av Feyen-rådet og veldig vanskelige mennesker. Gjennom årene hadde hun lenge tenkt på årsakene til at de ikke hadde betalt løsepenger for å få datteren tilbake ... grunnen til at de trodde henne var død. "Jeg beklager. Jeg er kanskje dronningen her, men akkurat nå er det du som har makten."

"Veldig sant. Selv om det har tatt mange år for meg å tilpasse meg dette forbannede stedet. Men glade nyheter først. Våre kjære ektemenn er ikke døde, som bastarden har antydet. Imidlertid tror jeg ikke at de har tilgang til deres evner kl. denne gangen."

"Hvis de er i live, vil det være den eneste måten en eller begge ikke har funnet oss å bli avskåret fra maktene." Det betydde også at de var i større problemer og ikke klarte å forsvare seg.

"Ja, vel ... Jeg kan trygt si at hvis de får tilgang, vil vi ha to veldig forbanna Feyen menn som er ..."

"Vanskelig å kontrollere selv når du ikke er sur over noe?" Å huske den siste personen som gjorde mannen sin forbanna, ga henne en rystelse. Heldigvis hadde hun aldri virkelig kjent den nåværende Feyen-dronningen, og heller ikke ønsket hun det etter å ha sett hva som hadde skjedd.

"Ja vel. Det er kjent at mannen din er dødelig på en god dag, mens min er bedre kjent for å være en smerte i rumpa ... selv om han alltid hadde rett."

Etter et øyeblikk av å huske livene sine før opprøret spurte Adrianna til slutt: "Kan jeg spørre hvordan du fant ut?"

Nå smilte Dae. Et slikt dementt smil for en Fey å ha det var nesten skummelt. Så rakte hun ut hånden. To enkle gullringer. "Husker du trollformelen jeg ga før bryllupet ditt?"

Sakte nikket hun: "Jeg gjør det."

"Så lenge begge trekker pusten, er begge bundet i liv og død. Sett i steinbærer være kjent." Da Adrianna ikke tok ringen, tok hun tak i hånden og dyttet den på fingeren. "Virkelig, Addy, du bør være mer oppmerksom på mine ord. Du må ha på deg ringen for å forstå."

Da hun lukket øynene, lot hun seg føle. I et øyeblikk følte hun ingenting da en lett brummen. En myk puls. Et hjerteslag som slår i tide med sine egne, men ikke hennes egne. "Myrddin." Øynene hennes åpnet i sjokk "Myrddin?"

"Som jeg sa ... i live. Men noe er galt. Jeg følte det da jeg fant Galeron. Jeg vet ikke hva det betyr ... ennå. Men de lever."

Glade tårer tettet halsen hennes. "Så er det håp."

Dae satte seg rett opp og smilte et ekte ekte smil av den reneste glede. "Å, min kjære venn, vi har mer enn håp om, jeg vet en ting til med sikkerhet."

"Skal du si det til meg, eller skal jeg gjette?"

"Du er en forferdelig gjetning uten hvisking, så jeg skal si deg det. Prinsessen har funnet min Ethan."

Spenning overveldet hennes bedre skjønn da hun kastet armene rundt venninnen. "Da har vi mer enn håp."

Så bleknet smilet hennes. "Ja, men barna våre vil være nødvendige for å frigjøre oss."

Det hørtes ikke ut som håp. Det hørtes ut som å gi opp. Det hørtes ut som om de ville være her for alltid. "Hva forteller du meg ikke?"

"Vi er i Mystic Woods. Lærte krefter fungerer ikke her bare naturlige. Men verre, vi er bur i Eostres engangs hjem. Jeg frykter at det eneste som holder oss i live nå, er fangerne våre. Og verre, jeg tror dette var et av landingsstedene for den første Fey. Et sted å tømme kreftene sine inn i landet. "

Dritt. Mystic Woods har vært forbudt i nesten årtusener. Ikke mer enn det ... Nesten to. Det hadde vært slik siden den store krigen og de som hevdet at skogen truet med å ødelegge alle som våget å komme inn. Så hvordan eller hvorfor hadde slangene tillatelse til å være her? Arbeidet de nå på en eller annen måte sammen? Eller hadde slangene blitt så mektige at de som bodde her nå levde i frykt for dem. "Du kan ikke unnslippe, kan du?"

Dae ga et irritert blikk, hvisket Dae: "Jeg vil ikke etterlate deg, min kjære venn."

Desperasjon fylte stemmen hennes. En av dem måtte være fri fra dette stedet. En av dem måtte advare barna. "Dae, det er ikke det jeg spurte deg. Hvis jeg bestilte deg ..."

Hun la en finger på dronningens lepper. "Flukten vår vil skje når det ikke skjer når du bestemmer deg."

Selvfølgelig. Hvorfor skulle hun noen gang tro at Dae ville lytte til fornuft? "Så i kveld snakker vi ikke mer om vår rødme bare i håp om at våre menn er i live."

"Ja, og håpet om at jenta di har mer naturlig evne enn moren."

Kapittel 18:
Ethan

Øyeblikket da den grå steinmuren forseglet Ethan, grep etter veggen for å ikke falle. Han kjente den varme klissete væsken som fylte skoene hans, og visste at det ikke var mulig å gå mye lenger. Hvis surringen i hodet ikke stoppet, ville han faktisk ikke være bevisst lenge nok til å prøve. Dette hadde vært hans onkels plan. Ikke bare få ham til å se svak ut, men sørg for at han ikke kunne gjøre noe for å tjene penger. Kunne ikke gjøre noe som prinsessen synes var nyttig.

Hvis det ikke gjorde så vondt, ville han le av seg selv. Le fordi han var nyttig eller ikke allerede en del av prinsessens hus. Det var ingenting Edrich kunne gjøre mot ham nå for å endre det. Imidlertid, bare fordi han var en del av huset hennes, betydde det ikke at han kunne gå uten å tjene penger. Hun virket ikke så grusom som andre høytfødte, så kanskje hun kanskje bare lot ham begynne å tjene penger etter at blødningen stoppet. En måte å finne ut av. "Prinsesse."

Han så henne spinne mot seg, men så henne ikke ta en håndfull trinn som førte henne tilbake til hans side. "Damn it, Ethan, hvorfor fortalte du meg ikke at du ikke kunne gå? Vi ville aldri gått inn i den festen til en fest."

"Jeg ..." Han prøvde å ta et normalt pust og var knapt i stand til å gjøre det uten å gråte fra måten ribbeina hans beveget seg under huden på. Gi seg selv et øyeblikk for å stabilisere seg, så snakket han sakte. "... jeg trodde jeg kunne."

"Greit, jeg vil ikke skjelle deg for å lyve for meg; du vil imidlertid ikke gjøre det igjen."

Hva? Skjel ... Kjeft? Hvis han ville ha tatt en vegg innenfor onkelen, ville han bli slått til han gikk ut. Så sparket for å slippe ut. Rop hørtes ikke ut som straff, men igjen ville han ikke trykke på emnet heller. "Du har mitt ord."

"Flink." Nisha stanset et øyeblikk og sukket. "Hvis jeg hjelper deg i bakken, vil du ha det bra et øyeblikk?"

"Jeg ... jeg tror det."

Svart tåke rant rundt ham mens han forsiktig ble hjulpet til bakken. "Nå skal jeg finne en stol, jeg vil prøve å ikke gå og ta for lang tid, men jeg har ikke vært på denne siden av slottet ennå."

"Takk, men ..."

Knelende ned foran ham la hun fingeren under haken igjen, "Ethan, du er skadet og er ikke i stand til å bevege deg. Nå kan jeg sitte her og diskutere meg for å finne en stol som jeg kan bruke til å få deg dit jeg vil at du skal være for natten. Eller du kan bare diskutere det med deg selv, siden det uten tvil vil spare tid på begge deler. "

Han tenkte på å protestere, men bestemte seg mot det. Når alt kommer til alt, når hadde han noen gang med hell argumentert for noe og vunnet mer enn straffen som fulgte? "Takk, prinsesse."

"Å, det var en annen ting. Jeg heter Nisha. Du kan kalle meg det. Formelle titler er så kjedelige. Jeg avskyr de som er hjemme hos meg, bare for årsaksprat."

Et øyeblikk så han på hvordan hun reiste seg og lukket øynene, "Det burde være en salong ikke langt herfra. Møblene er ikke de beste, men de skal passe for hva du har i tankene." Kanskje han skulle fortelle henne at han pleide å snike seg inn i palasset for å gjemme seg for onkelen. Kanskje han burde fortelle henne hvor de mest interessante rommene var. Kanskje ... nei, han ville fortelle henne så snart han kunne ta et normalt pust.

"Ser du, var ikke det lettere enn å krangle?"

Kapittel 19:

Nisha

Nisha ventet til hun var utenfor Ethans syn, før hun sa "Gwydion?" Tåken virvlet rundt henne nesten leken før den ble til venninnen.

"Min dronning?"

Når hun så rett frem, smalnet Nisha øynene. "Gå med meg, jeg stoler ikke på de som lurer i salene."

"Veldig bra. To av menneskene mine vil holde øye med gutten ... Ethan."

Hun stoppet. "Du har sett på?"

Han vendte seg ikke mot henne, men låste øynene på noe langt borte. "Som en skygge kan jeg se flere ting på en gang. Som for eksempel salongen som er rett oppe. Og slangeprinsen som er i palasset."

"En dag vil jeg vite mer om dine evner både før den store krigen og nå. På en eller annen måte tror jeg det meste av det som er kjent, ikke er annet enn spekulasjoner eller lite sannhet."

"Som du ønsker, men jeg foreslår at du venter til etter kroningen. Du vil få mye mer tid til å snakke da. For det er mye som aldri har blitt fortalt utenfor skogen. Mer som ikke er blitt hvisket siden den store krigen."

Hun nikket en gang i enighet. Med en pause ved inngangen til døren spurte hun: "Er slangeprinsen plassert et sted hvor han ikke kan unnslippe?"

"Slangeprinsen verdsetter sitt liv for mye til å prøve. Jeg har bedt om et garnison av dine beste krigere for å forsvare dette palasset. Freya er enig i at det er mer fare henne enn hun hadde forventet."

Nisha snublet et skritt og gapte mot venninnen sin. Freya gikk sjelden med på noe som ikke var hennes egen idé først. Når hun hørte dette, kunne hun ikke tro det. "Dere to ... snakket, og hun var faktisk enig?"

Gwydion så forvirret på tonen sin, men svarte i en tone som var mer saklig enn tilfeldig: "Du er for travelt for øyeblikket til å vurdere alle de som ønsker å skade deg. Imidlertid er både Freya og jeg fri å unne seg spillet deres. " Han stoppet opp og bestemte seg for å dele litt mer om ikke bare seg selv, men også om Freya. "Dessuten har jeg kjent Lady Freya siden lenge før hennes død. Og det var mange år før krigen. "

Velger å ikke si noe om innrømmelsen om hvor lenge begge hennes pålitelige venner kjente hverandre hun tillot seg å tenke på mer konstruktive tanker. De om hvordan hun kan sette opp sin egen domstol. Jeg lurer på om jeg kunne skygge kapteinen min for vaktene? Eller har han ham i rådet mitt? Så igjen er det mitt råd, og jeg velger hvem som skal *tjene på det.*Men det var en tanke for en annen dag. I dag hadde de imidlertid noe å diskutere. "Jeg skjønner. Så takk, men vær så snill å konsultere meg i fremtiden før du tar med deg flere mange borgere som ikke er ... hvordan man skal si dette høflig ... fullstendig levende tilbake til natt. Jeg har ennå ikke bestemt meg for hvordan jeg vil tjene begge kongedømmene, men jeg tviler på at det å la de under-riket vandre fritt ville sitte godt med borgerne i Darke. "

"Selvfølgelig erklærte du imidlertid at de som tilhører slangeriket forlater denne Darke om morgenen eller være døde i morgen om natten. Gjorde du ikke det?"

Hun ble agnet ... hun kjente det, "Ja ..."

"Hvem forventer du å gjennomføre den ordren? De er blant de levende og venter på at du skal mislykkes. Eller de som tilhører underriket og vet at du ikke vil gjøre det?"

Hun lukket øynene, "Damn, du har virkelig lagt mer vekt på dette stedet enn jeg har gjort."

"Å være det jeg er så lenge jeg har, har fordelene, kjære."

Rullende med øynene tok hun et enkelt skritt inn i stuen og stoppet kort. Ethan hadde sagt at møblene ikke var de beste, men hun hadde håpet at de ville se halvveis anstendig ut. Den overfylte stolen med den høye ryggen så imidlertid ut som om den ikke ville falle fra hverandre hvis hun la en flyteformulering på den.

Noen få skritt nærmere for å inspisere den, og to gule øyne stirret tilbake på henne. "Oh wow. Jeg visste ikke at det var de som kunne bli møbler." Sa hun i full ærefrykt.

Å bo i døren Gwydion buet ryggen og så skapningen som hadde fanget oppmerksomheten til den lille dronningen hans. "Jeg tviler på at skapningen gjorde det alene."

"Du mener..."

Sakte gikk Gwydion inn i rommet. "For noen år siden tilgir meg mange skapninger, det har gått for lang tid å huske hva de hadde vært." Det var løgn, men det var ikke hans sted å avsløre sannheten.

"Bare fortell meg hva du vet ... Det må være en bok eller noe rundt henne som kan fortelle meg resten."

Han ga et nikk av forståelse og fortsatte, "De ble omgjort til det som ofte kalles en raseri. Skapningene plasseres i fellesområder hvor uviktig eller plagsomt gjetning kan vente. Man vil nærme seg raseriet og se at det er det eneste setet som ser innbydende ... og blir det neste måltidet. De fleste kan imidlertid leve år, til og med en håndfull tiår uten å trenge et måltid. "

"Så fascinerende." Kommer nærmere stolen ... Fury ... hun knelte ned foran den. Fingrene hennes kjærtegner armen. "Du vil ikke spise de som sitter på deg. I bytte vil jeg prøve å reversere trollformelen så snart jeg finner den rette som ble brukt på deg."

De to gule øynene blinket med forståelse. Eller i det minste trodde hun det var forståelsesfullt. "Se, det var enkelt. Nå for min flyteformulering ... "Et sverte av svart røyk og stolen ble løftet bare et pust fra bakken." Fantastisk. Nå for å få Ethan og finne ... et sted ... "

Gwydion så over skulderen og nikket til en grå tåke som svevde nær døren. "Huselven din har funnet et passende rom på denne siden av slottet. Uten tvil raskere å nå enn den andre."

190

Kapittel 20:
Ethan

Ethan lukket øynene da Nisha forsvant ned i gangen. Det gjorde vondt å puste, men det var ikke noe alternativ å gjøre det. Prøver å konsentrere seg om noe ... noe han lot sinnet undre seg over fragmentet av et minne som han hadde husket i morges. Han var ikke sikker på hvordan, men han visste at Nisha hadde utløst det ... han håpet bare at han kunne huske det nok nå.

Sakte kom kvinnens ansikt til syne. Høye kinnben. Tynn nese. blodrøde lepper. Var det den naturlige fargen, eller hadde hun gjort noe for å få dem til å se ut på den måten? Ikke noe han noen gang virkelig ville kunne finne ut av. Ikke med hennes døde ...

Han trakk pusten langsomt og fokuserte inn på hennes ildrøde hår og delikat spisse ører. Han hadde vært sånn en gang ... til farbroren bestemte seg for at lemlestelse av dem bedre ville passe hans formål. Han kunne, selv nå, fremdeles føle den kjedelige kniven skjære inn i kjøttet hans. Hørte skrikene som hadde rømt hans lepper den dagen, og tårene som hadde rant varmt nedover ansiktet hans mens han var bundet og tvunget til å tåle smertene. Tvunget til å se gjennom speilet som hadde stått foran ham. Ethan prøvde å riste av minnet. Best å ikke tenke på det nå.

Nei ... han ville bare tenke på henne ... moren hans og hans eneste minne om henne.

Et lite smil rykket på leppene hans da han så øynene hennes. Den samme fargen som hans ... vel nesten ... hennes hadde det som så ut som glitter glitrende i dem der hans hadde en solid farge. Eller i det minste trodde han de var det.

"Ethan?"

Den luftige stemmen han kjente. Myk som sommervinden.

Et mykt preg på ansiktet hans. "Ethan." Følelsen av ren fløyel på huden hans.

Sakte åpnet han øynene for kvinnestemmen ... for prinsessen. "Jeg beklager ... jeg ..." Fingeren hennes presset mot leppene for å hindre ham i å snakke.

"Jeg fant en stol. Og vennen min fant et passende rom ikke langt herfra."

Stol? Rom? Hans sinn var å forvirre for virkelig å forstå det hun fortalte ham. Ja, det må være svaret siden han var sikker på at mannen som nå hjalp ham i stolen ikke hadde vært der et øyeblikk før. Eller hvorfor stolen så ut til å spinne. Ja, det måtte være grunnen.

Så forsvant mannen igjen i tåke. En nyanse? En nyanse hadde nettopp hjulpet ham inn i en stol som purret? Ja, han måtte dø siden ingenting var fornuftig. Eller kanskje dette var hvordan de som var verdige underriket, hadde blitt tatt ... i en stol som spredte eskortert av en skygge. Synd at han ikke kunne holde øynene åpne lenge nok til å finne ut av det.

Kapittel 21:
Lilly og David

Lilly satt på den altfor myke sengen og leste intensivt over lovene til Darke. Lover som hun var sikker på at hennes kjære fetter aldri hadde sett øynene på. Bøker på bøker som hun visste at Nisha aldri ville se på med mindre noen fikk henne til å lese dem. Med et dypt sukk takket hun av å være den som fikk fetteren til å lese disse bøkene.

Vend enda en side og la fingrene danse gjennom Davids myke steingrå pels. Selvfølgelig, hvis han ikke var i kattform, ville hun diskutere lovene i fetterens rike med ham i stedet for å la seg klaffe. Hvilket hun foretrekker å lage mentale notater om hvilke lover som måtte kastes ut av vinduet og hvilke som måtte justeres for å gi bedre mening. Ikke at hun fant mange som skulle holdes, men hun fulgte dem uansett.

En myk bank på den blekfargede døren fikk henne til å se opp fra sitt nåværende volum, "Du kan komme inn."

Døren åpnet akkurat nok til at en fotmann fra Spire kunne kikke inn i rommet. Den mørkeblå drakten hans var nok til å vite hvilken side av spiret han hadde kommet fra. Glødeskinnet ... vel, hun ville bekymre seg for hvorfor en brannvandrer hadde valgt å bli fotmann senere.

Da han ikke snakket, sa hun: "Har du en melding til meg?" Det kom mer snappish ut enn hun normalt ville ha snakket, men noe om holdningen hans blandet med alt hun hadde lest ... hadde henne på spissen ... nå hvis hun bare kunne finne en grunn. En som ikke ville ende med at budbringeren ble drept.

"Prinsesse Nisha ber om umiddelbar tilstedeværelse."

Måten hans stemme hørtes ut som ild som knitrer i ilden, plaget henne ... men det var slik han så ut som om han var klar for et angrep som fikk henne til å bue ryggen. En bevegelse som fikk henne til å forlate seg, strekker ut kattens poter og endrer seg tilbake til hans sanne form. Frykten resonnerte i fotmannens øyne da han så på henne David. Det var nok å ikke lenger være redd for denne personen, så hun fikk tilbake roen. "Og sa min kjære fetter hvorfor hun trengte at jeg kom før kroningen hennes?"

Øynene hans forlot aldri Draken som nå dimensjonerte sitt neste måltid. "Jeg ble ikke fortalt."

David gjespet og la den lange, skjellete halen svinge i advarsel: "Siden du ikke har noen andre instruksjoner, kan du dra."

"JEG..."

Lenende fremover smilte David og avslørte sine sylskarpe tenner. "Gå eller vær middag. La meg forsikre deg om at brannvandrere har en herlig smak." Han vendte seg til Lilly og fortsatte: "Tror du Nisha vil ha en på menyen til banketten?"

Smilende så søtt, svarte hun: "Hvis du spør, er jeg sikker på at hun ville være glad for å finne en som Darke kunne klare seg uten ... tross alt har faren din allerede bedt om flere forskjellige delikatesser for seg selv." Hvis det var sant eller ikke, gjorde ikke saken noe. Å få fotmannen til å tro at hun snakket sannheten ... vel ... det var en helt annen historie.

Ingen av dem tok hensyn til brannlederen da han flyktet fra rommet deres og nedover den lange gangen. Likevel sørget Lilly for å vente et øyeblikk for å forsikre seg om at han virkelig hadde gått før han reiste seg og lukket døren. "Tror du noe er galt ... Jeg mener med Nisha ... Jeg vet at noe var galt med fotmannen."

Når han la seg tilbake på den store myke sengen, stirret David opp på den lyserøde baldakinen: "Hvis noe virkelig var galt, ville Freya ha kommet selv ... eller sendt en av vår kjære fetters andre venner. Når det er sagt, synes jeg ikke det er lurt å la henne være alene for lenge. Far vil hate å måtte finne en annen ... um ... person? ... som ville være villig til å klippe tåneglene. "

Hun trakk det lange, gyldne håret tilbake i en løs hestehale og spurte: "Hvorfor er det at moren din nekter å ... hun sa en gang, men jeg snakket ikke Feyen-språket da."

"Hun bryr seg tilsynelatende ikke å finne ut hvem eller hva som er igjen i neglene hans siden far pleier å skryte etter jakt. Det er også derfor han ikke lenger jakter så ofte han vil." Et øyeblikk lukket han sine lavarøde øyne, "Jeg tenkte bare ..."

"Å, ikke gjør det ... hver gang du gjør mamma vet ikke heller å le, gråte eller sende deg tilbake til familien din. Og ærlig talt ikke jeg."

"Morsomt, veldig morsomt." Han ventet til hun var nær nok og viklet halen rundt henne og festet henne mot sengen. Et pust senere brukte han kroppen sin for å holde henne mot sin egen seng. "Jeg tror jeg fortsatt trenger å jobbe med dine defensive ferdigheter."

"Du tror virkelig at jeg ikke kan komme vekk fra deg hvis jeg virkelig ville?" Smilet hennes trøstet ikke.

"Du ville ikke våge .... ikke hvis du ønsker å bli mor."

Sakte førte hun hånden opp og kjærtegnet de langbuede hornene sine og visste at han ville bevege seg i stedet for å hengi seg til det kjærtegnet ville føre til hvis de allerede var gift. I det øyeblikket han sto og knurret smilte hun. "Ser jeg, jeg trenger ikke mer defensiv trening. Hva tenkte du som utvilsomt ville få oss begge i trøbbel?"

"Bare så du vet at det ikke vil fungere når vi gifter oss."

Hun trakk på skuldrene: "Jeg vil tenke på noe når den tiden kommer ... dessuten er du bare halvparten Draken."

I et øyeblikk steg han rundt på rommet hennes. En dag sov han i et rom som ikke alle var lyst og gyldent. En dag ville han ha en seng som han ikke sank ned i ... på en eller annen måte trodde han ikke at han ville være i live når den dagen kom. "Er du klar til å høre hva jeg tenkte, eller skal jeg gjøre meg om til en katt og fortsette å bli klappet?"

Lilly smilte allerede gjennom garderobeskapet hennes, "Åh, fortsett. Du kan snakke mens jeg pakker."

"Hvis du pakker, vil damene glare på deg."

"Hvis vi ikke er her, kan de ikke," svarte Lilly.

Det nytte ikke å krangle med henne ... ikke når han ikke kunne vinne uansett ... ikke når han virkelig ikke brydde seg om hva de kranglet om til å begynne med. "Kjenner du historien om hvordan mor og far møttes?"

"Mamma sa at onkel Myrddin hadde noe med det å gjøre, men siden jeg til og med nevnte navnet hans fikk henne til å tenke på søsteren, spurte jeg aldri om alle detaljene. Og du vet at jeg aldri ville spørre moren din."

Sakte tok han seg bort til vinduet og så over hagen hennes. Selv fra tre historier opp kunne han se den minste av feene som pleide blomstene. Han visste at de fleste så på dem som bier eller sommerfugler ... bare noen som forsto hagefeer ville være i stand til å se deres sanne form ... bare noen som var av Feyen-blod kunne snakke til dem ...

akkurat nå som ikke betyr ikke noe. "Myrddin er ... var min mors bror."

"Hva?!?" Lilly hoppet tilbake fra garderobeskapet sitt. "Og du forteller meg akkurat nå!"

"Mor ville ikke at du skulle vite det før Nisha var klar til å herske."

Han hadde ikke vendt seg mot henne og nektet å møte ansiktet hennes ... å ja, han gjemte noe, "Davkren ser på meg."

Hvis hun brukte det virkelige navnet hans, var han i trøbbel. Han sukket for seg selv. I det minste brukte hun ikke hele navnet sitt, ellers måtte han være en katt bare for å holde seg utenfor syne. "Jeg trenger å fortelle deg noe, og jeg vil ikke at du overreagerer."

Dritt. Dette kan ikke være bra. Ikke bra i det hele tatt. "Bør du vente til Nisha er i nærheten av å høre det også?"

Nå vendte han seg til henne. På ti år hadde han aldri følt seg så nervøs, "Nei. Jeg tror ... Jeg vil at du skal vite det først, hvis du synes det er greit, så vil vi fortelle henne. Hvem vet hva hun vil gjøre med informasjonen."

Ved å legge hånden på hoften, snarket Lilly: "Du vet hva hun vil gjøre ... Hun får det blikket i øynene ... du kjenner den som sier at vi kommer til å være i trøbbel. Så vil hun smile Ikke hennes vennlige smil, men den skremmende som sier at du kommer til å bli kjeftet på ... så vil hun si at jeg har en fantastisk idé. Da vil vi være de som er i trøbbel jeg bare ikke vet med hvem. "

"Ja, det er det jeg er redd for." Det og hva Nisha ville gjort etter at hun var alene med informasjonen ... alene uten noen som hindret henne i å gjøre noe så utrolig at det ville ta år å forstå den fulle konsekvensen av den avgjørelsen.

"Så hvorfor ikke fortelle meg på vei for å se henne. Hvis hun må vite det, kan vi fortelle henne på slottet hennes og borte fra begge foreldrene våre."

David stoppet lenge nok til å ta seg tid før han nølende la til: "Hvis vi drar nå, vil vi være der før morgen."

Hun tok ansiktet hans mellom hendene og smilte: "Kjære, hvis vi drar nå, vil vi være der i god tid før daggry."

Sittende forsiktig i sin private trener Lilly spurte søtt: "Ok, siden det vil ta noen timer før vi når spiret, hva er det jeg trenger å høre og bestemme om fetteren vår må vite det?"

David trakk pusten dypt. "Ok. La meg være ferdig før du avbryter." Da hun nikket, begynte han igjen, "For noen hundre år siden, kanskje lenger siden mamma er veldig nærbilde av hennes faktiske alder. Moren min ble kjent med et annet navn ... Jeg tror det var Tenanye. I alle fall fungerte hun som lærling i Feyen-dronningens domstol. Dronningens navn tror jeg var Elista. Rundt den tiden kom broren hennes tilbake fra Mystic Woods. Mamma sa aldri hvorfor han var der, men han kom tilbake og kjente blant annet mørkekunsten. Han fortalte henne at han hadde arrangert ekteskapet hennes. Å være den eldste og begge foreldrene deres antar jeg at jeg ikke lenger lever, det var hans rett, selv om hun ikke var veldig fornøyd med ham siden hun var så ung. "

Lilly løftet hånden litt for å avbryte, selv om hun har lovet å ikke gjøre det: "Eldre enn atten, men yngre enn to århundrer?"

Rullende med de lavarøde øynene fortsatte David, "Noe sånt. Ifølge mor dro hennes bror av en bror henne til grensen mot Darken og pluppet henne ned på en råtnet trestubbe. Jeg er sikker på at hun overdrev litt, men jeg har ingen andre å spørre. Og far sier bare at han burde ha spist Myrddin mange ganger for å ha introdusert ham for moren min. "

"Faren din sier til alle at han skal spise dem. Jeg synes det er stor ros."

"Selvfølgelig er det det. Tross alt forteller far aldri måltidene sine om han skulle spise dem ... det gjør han bare."

En leken smell på armen hans og Lilly hvisket: "Jeg vil ikke vite familiens spisevaner. Det er ille nok at broren din slukte trollet foran meg."

David smalt øynene og trakk på skuldrene. "Det angrep deg. Hva ville du ha broren min til å gjøre? La det drepe en besøksprinsesse?"

"Vel nei. Men han trengte ikke å spise den foran meg. Jeg er sikker på at det å drepe det ville ha gjort det samme."

"Lilly min søte. Man må aldri kaste bort mat. Spesielt troll. De krysser så sjelden inn i Draken."

Lilly blinket ikke veldig bryr seg når troll krysset til Draken så lenge hun ikke måtte håndtere de stygge dyrene. "Vi vil diskutere troll senere. Vennligst fortsett historien din."

"Fint. Myrddin skulle gifte seg med prinsesse Larna. Noe skjedde med familien hennes. Mor vil ikke gi noen detaljer om hva det var som hadde skjedd. Men bryllupsdagen erklærte Larna som sin første handling som dronningen at hun erklærte. ethvert barn som Myrddin avla, blir kalt arvingen til Feyen-kronen. "

Hun rakte hånden til Davids arm. "Noen? Hun var Fey ... hun ville ikke ha ..."

"Hun var knapt to hundre år gammel. Fortsatt et barn og ikke trent i ordspill. Mor trente alle barna sine i ordspill siden fødselen på grunn av det."

Lillys mintgrønne øyne utvidet seg, "Det betyr ..."

"Nisha er kronprinsesse av Feyen. Men det er ikke det verste."

Med et stønn spurte Lilly: "Hva kan være verst da ..."

"Bryllupsløftene som Larna tok, sa som i tradisjon at hun gir sitt hjerte til Myrddin. Han tok bokstavelig talt det bankende hjertet hennes fra brystet og låste det i en stavkasse. Bare han eller barna hans kan holde på hjertet for å gi tilbake til Larna. Med mindre hun fant noen andre som kunne holde det. Eller i det minste er det antagelsen at mamma velger å leve etter. "

"Jeg vil ikke høre dette."

Akkurat svaret som han hadde trodd at Lilly ville ha. Og grunnen til at han ville at hun skulle vite det før han sa noe til Nisha. "Larnas bestemor har regert uoffisielt siden den gang. For tjue år siden kom en mann til Feyen. Han interesserte seg for Larna. Vær oppmerksom på at hun var ... er ... for det meste et skall. Hun spiser, kler seg, handler deretter for en dukke, men har ingen følelser. Av det jeg lærte har hun ikke snakket et ord siden den dagen. "

Det skjønte siden hver magi hun visste om som involverte en persons hjerte, etterlot personen enten død eller nesten død. På en eller annen måte trodde hun ikke Nishas far brukte noen av disse trollformlene. Lilly ville ikke spørre, men hun gjorde det uansett. "Hva har det med Nisha å gjøre?"

"To år senere ble han utvist fra Feyen og beordret aldri å komme tilbake. Han flyktet til Darke. Mor tror det var Faerydae's slektning. Eller i det minste sa han at han var det. Men noen dager etter å flykte til Darke ... skjedde brannen ... Nå kan det bare være en tilfeldighet, men ... "Han trakk på skuldrene," jeg tenkte ... "

Lilly lente seg tilbake i setet sitt og stønnet: "Jeg skulle ønske du ikke hadde ... men hva tenker du?"

"Hva om han ... antar at det er den samme fyren ... han fant ut hvem som var forlovet med kronprinsessen og ønsket å bruke henne til å styre både Darke og Feyen."

"Så er han to ganger dåren. Damn det, David, glemte du hva Nisha gjorde første gang vi besøkte hjemmet ditt? Vi var knapt fem da de trollene angrep. Broren din, som allerede var tjue, spiste den første, men Nisha strimlet. de andre fire i stykker med bare et blikk. Et blikk. Jeg husker hvor skremmende hun var etter det. Hun snudde hodet og øynene ... Jeg kjente ikke igjen noe som lignet kusinen min i ansiktet hennes. "

"Lilly ..."

"Nei, du kom etter. Broren din tok æren for å forsvare oss fordi han beskyttet henne. Neste gang vi kom ... og folket ditt prøvde å angripe Nisha ..."

"Lilly, jeg var der da. Jeg vet det. Og det var grunnen til at jeg ikke har forlatt din side." For et hjerteslag stoppet han og fortalte henne sannheten som han hadde holdt i flere år enn ikke. "De var ikke der for å angripe Nisha, de var der for å drepe deg."

"Meg? Men ... hvorfor? Jeg har ingen problemer med folket ditt. Faktisk synes jeg det er veldig interessant."

"Du er mors eneste barn. Noen tror at hvis du ikke levde, kunne Nisha styre hele Feyen-landene."

Med store øyne gispet Lilly, "Vi må fortelle henne."

David tok hendene hennes og sørget for at hun hadde full oppmerksomhet før han sa: "Jeg vet."

"David, du forstår ikke. Nisha er dronningen av underriket. Hvis noen prøver å bruke henne til å herske ..."

Med et gisp klarte David knapt å hviske: "De vil slippe løs ..."

"De som ikke lenger kan dø ... det inkluderer raser som ikke lenger eksisterer og som er langt dødeligere enn Drakens. Nisha har allerede antydet at de er veldig beskyttende for henne."

Sitter tilbake i setet, lukket David øynene. "Så ber vi ikke være for sent."

Kapittel 22:
Nisha

Med stolen som fulgte etter, stoppet Nisha bare noen få meter fra der hun hadde forlatt Ethan. Øynene hans var tett lukkede nå ... og pusten hans ... Hun hadde hørt troll med infeksjoner i lungene som hørtes bedre ut enn han gjorde. For en Fey ... eller til og med delvis Fey å høres slik ut ... hennes hjerte sprang inn i halsen hennes. "Damn it."

"Slikt språk for en ung dronning."

"Ikke nå, Gwydion, jeg må få blødningen til å stoppe. Eller i det minste nok til at Lilly vil tro at jeg har noen ferdigheter i å helbrede."

Tar de to trinnene over til Ethan, smilte Gwydion. "Kjære det er ingenting du kan gjøre for å gjøre ham verre."

Hun snudde hodet skarpt for å møte ham. "Vet du hva som holder ham i live?"

"Aye, det gjør jeg. Selv om det er veldig få som er i live som kjenner denne besvergelsen. Enda færre som kunne fullføre den uten å legge igjen et fingeravtrykk for identiteten deres."

For bekymret for å bry seg om hva hun sa eller til hvem, snappet Nisha: "Å, bra. Vi kan diskutere de mulige menneskene etter at jeg får ham bosatt for natten."

"Som du ønsker dronningen min ..."

"Imidlertid ingenting. Jeg vil ha ham komfortabel før Lilly kommer." Hun vendte oppmerksomheten tilbake til Ethan og ropte sakte til ham: "Ethan?"

Da han bare ga et lite stønn, lot hun en myk tåkebein kjærtegne ansiktet hans. "Ethan."

Sakte åpnet han øynene for den myke stemmen hennes. "Jeg beklager ... Jeg ..." Fingeren presset mot leppene for å hindre ham i å snakke.

"Vi får deg til å ordne deg med natten ganske snart. Du har mitt ord."

Etter å ha passert tre buede korridorer og et dusin rom, slapp Nisha ut en frustrert knurring. "Er det ikke noe soverom i nærheten av storsalen?"

Gwydion holdt en latter tilbake og sa sakte mens han snudde enda et hjørne: "Denne veien min dronning."

To ganger senere brukte hun et vindkast for å blåse opp døren til soverommet. "Mari."

Marigold suste ut av det tilstøtende rommet. "Jeg har et badekar klart. Hva mer trenger du?"

"Vesken min. Den blå som Lilly ga meg for å holde helbredende tonics."

Hold det opp Mari smilte. "Bare fortell meg hva som må gjøres. Frøken Lilly vil være her om morgenen for resten."

Selvfølgelig ville Mari vite hvem som var den bedre healeren. "Det blå hetteglasset. Sett tre hetter fulle i karet."

Marigold forsikret seg om at Nisha visste om alle variablene hun måtte vurdere for å begynne legingen mens hun var i vann, "Karet var stort nok for en Hippocampus."

"Det er greit. Tre hetter ville være nok til å behandle seks Hippocampi og en hvalross i samme basseng."

Mari stammet, "A .... hvalross ... husk det, jeg ber ydmykt om ikke å bli fortalt."

Nisha rullet øynene og fortsatte: "Og tre dråper av det grønne." Nisha så på Ethan fremdeles bevisstløs. "Bedre gjøre de seks dråpene. Jeg vil at han skal være lykkelig nummen til Lilly kan bestemme hva annet må gjøres. Å, Mari ..."

"Ja?"

"Jeg trenger drakten min. Den dronning Sedna hadde bestilt for meg, så jeg kan besøke henne under vannriket. Jeg vil ikke sovne mens jeg pleier ham."

"Selvfølgelig. Kan jeg foreslå at Edgar hjelper med å få den unge mannen inn i karet mens du bytter?"

"Takk, Mari." Hun snudde seg for å se Edgar stå i døren og ventet på å bli lagt merke til. Jeg lurer på hvorfor jeg ikke hadde sett ham stå der før. Det var ikke slik at han er vanskelig å savne. Så igjen blandet han seg godt inn som en vegg. Ser på ham nå bøyd, tok han fremdeles opp hele døråpningen og kunne tatt feil av en dør hvis han var kledd i noe annet enn uniformen. "Edgar, kan du hjelpe Ethan inn i karet? Jeg skal takle klærne hans når han først er i den."

"Selvfølgelig din nåde." Hans dype, myke stemme fylte rommet da han tok et steg inn. Stående i full høyde fylte den dype stemmen sin med den største respekt da han spurte: "Stolen, vil ikke prøve å spise meg hvis jeg hjelper gutten?"

Ser over skulderen hennes trakk Nisha på skuldrene. "Ari vil ikke spise noen som er bundet til meg hvis han ønsker å gå tilbake til hvilken form han skulle være." Hun ventet ikke på noen spørsmål som kunne bli spurt, og skyndte seg inn i antikammeret for å skifte og gi henne den pålitelige vakten tid til å sette Ethan i karet.

Kapittel 23:
Ethan

Han hadde gått seg vill i det han antok hadde vært en drøm. Og en deilig drøm.

En kvinne - moren hans - som sitter i nærheten av en bekk og synger. Han kunne nesten høre den myke melodien gli fra leppene hennes. Blomster spiret fra bakken mens ordene hennes bleknet ut i vinden. En Feyen-mann som lander lett noen meter unna. En mørkeblå uniform av noe slag. Bundet i livet hans var et stort gyldent sverd og rene hvite hansker som dekket hendene hans. Mannens gyldne vinger holdt løst på ryggen. Moren stod sakte opp og smilte. Gyllen sol som snur det ildrøde håret til en elv av rødt gull som strømmer nedover ryggen dekker de røde gjennomsiktige vingene.

Hun snudde seg mot ham og begynte å snakke like før en bølge trakk ham ned og ut i elven.

Noe varmt og vått pakket rundt beina hans og trakk ham ned. Frenetisk prøvde han å klo bort fra det som holdt ham ... Vær så snill ... Ikke vann ... Alt annet enn vann ...

"Ethan?"

Panikk nå åpnet han øynene for stemmen. Selv etter å ha gjenkjent stemmen tok det øynene en stund til å virkelig se hvem som snakket. Et pust mer for å forstå hvem som satt sammen med ham kledd i en slags svart gummidrakt. Ethan gispet da han prøvde å danne ord. "Pri- Nisha?"

Sakte tok hun hånden i hendene hennes, øynene ble myke mens hun så inn i hans. "Du er trygg, Ethan. Jeg sverger at du er det."

Han var ikke sikker på det. Han var i et basseng med vann opp til nakken. Tanken på å ikke snakke dominerte ikke lenger hans bedre sanser da han prøvde å roe seg, "Jeg- jeg ..." Han tok pusten så dypt han kunne før ribbeina verket, "Hvor er vi?" Et steinbasseng av noe slag. Glatte sorte vegger. Ingenting han kunne gjenkjenne utover det.

Trekker det lange håret tilbake og gjør det til en knute på toppen av hodet hennes, smilte Nisha: "Vel, hvis jeg måtte gjette, vil jeg si at vi er i et gjesterom som vil bli gitt til en borger i vann. Men det var nærmeste rom med passende badekar og seng. I det minste for natten. "

Gjesterom? Badekar? Seng? Han visste at han skulle avslutte denne charaden, men han vil kanskje aldri ha en dag til ... en natt til ... Nei ... Å vente til morgen eller til og med i en time til ville bare tjent ham til en verre skjebne. "Det er noe jeg trenger å fortelle deg."

Sklir mørke tendrils av svart tåke under den ødelagte skjorte Nisha stanset et pustespenn. "Jeg trenger at du er veldig stille. Jeg har bare gjort dette en gang før og ønsker ikke å gjøre mer skade enn det jeg forventer allerede er der."

"Jeg-" Han nikket bare og ventet smerte. I stedet så han på som svart tåke som var gjennomsiktig skåret gjennom kluten til buksene, undertøyet og skjorten. Så på hvordan den revne kluten flettet seg fra huden hans og svevde i vannet. Mørkere tåke dekket hans midt mens klærne ble tatt bort.

"Der, nå kan jeg se ordentlig ut."

Hun satt bak ham, men han kjente at sinne stiger av henne. "Jeg kan forklare."

Kapittel 24:
Karnack

Dypt inne i Castle of Bones. Dypt skjult side av hans private studie Karnack tok tak i Seer-steinen i sine svake hender. I løpet av årene siden guttens fødsel hadde han sett på ham innimellom. Forsiktig hadde han ført notatene om guttens liv og oppvekst. Hver gang han hadde gitt uttrykk for bekymringene til rådene når de kunne bry seg om å lytte til ham.

Hver av de gangene han hadde advart dem om overgrep gutten var utsatt for. Og nå....

Til tross for at han ikke var i samme rike med dronningen av underriket, til tross for at han ikke hadde en virkelig følelsesmessig tilknytning til henne ... kunne han føle at hennes mørke raseri virvlet ... spiral i dypet av steinen som han nå holdt i hendene. Han kunne føle henne raseri over å se et slikt overgrep mot en som tilhørte henne. Kunne se raseriet hennes ta form i dragevingene som nå var presset tett til sidene hennes.

Han presset seg tilbake fra pulten og ga seg et øyeblikk for å la seg erkjenne frykten for frykten han nå følte. Ga seg bare et øyeblikk for å bestemme hvordan han best kunne håndtere dette forventede problemet.

Og ved lyset skulle Magmas takle det. Eller i det minste bruke den makten han hadde over de andre for å overbevise Magnar om at han hadde tatt feil. Og det var etter at den tidligere kongen av Feyen forklarte dette for Appollo. Og så …

Og bare da …

Kunne den store Fey i den glemte krigen begynne å forberede seg på dronningens raseri når hun først fant ut at de ikke bare hadde kjent om dette misbruket, men ikke hadde gjort noe for å avslutte det.

Han stukket steinen i de splittede kappene, og tillot at de tunge støvlene hans tordnet fra studiet.

Han brukte ikke temperamentet mye. Men han hadde ikke ansvaret for dette alene. Og han hadde ikke med dronningen å gjøre da hennes evner var skremmende nok uten å bli provosert.

Det hadde gått et århundre eller bedre siden han hadde holdt fast i denne raseriet nok til at innbyggerne i underriket raste ut av veien. Lengre enn det siden de dødes bein hadde skranglet da han passerte. Men det var ikke sann raseri som holdt ham i bevegelse.

Å nei. Det var frykt. Kaldt og dødelig. Det var raseriet han fremdeles kunne føle seg pulserende fra steinen som ble holdt med i lommen. Det var slik at de som var fullstendig bundet til dronningen, spisset bladene og forberedte seg på kamp.

De følte det til. De forsto hennes raseri, og det ville være de som skulle slippes løs så snart dronningen deres befalte.

Skynder deg nedover den brede gaten i Dabria,Karnack stormet inn i kuppelvillaen som Nisha hadde opprettet for bare noen få år siden. Presset doble dører til det store møterommet der rådet samlet seg etter hennes kommando.

Låser øynene til den store kongen av Feyen, hvisket han: "Jeg advarte deg. Nå vil du jævla ordne det. "

Kapittel 25:

Nisha

Da hun flasset tøylagene bort fra Ethans kjøtt, visste hun at det kom til å bli dårlig. Hun visste at det hadde vært sårlag som hadde vært i forskjellige stadier av helbredelse ... men det hadde vært i morges ...

Ingenting hun hadde følt da sammenlignet med dette. Svarte flekker som var dype blåmerker. Kutt som gikk nesten til beinet. Over de dype brannskader, infiserte byller og mange andre sår som allerede luktet av råte til tross for at de ble laget.

Hun hørte ikke Ethan stamme prøver å forklare ... Uansett hva han prøvde å si. Bare sinne hennes gjaldt akkurat nå ... bare det kalde, dødelige raseriet som strømmet gjennom kroppen hennes ... Bare ...

Pust inn dypt, slipper hun det sakte ut. Lilly ville være her om morgenen ... enda viktigere, David ville være her ... Han kunne finne skitt og finne noe så kreativt å gjøre med de som hadde våget å gjøre dette mot et familiemedlem at Draken folk ville skrive en sang om det. Men det ville være i morgen ... akkurat nå ...

Nisha snudde hodet mot døren til soverommet og kalte "Mari."

Kommer så langt som døråpningen begynte hun å si "Nis-", så gispte Marigold å se tilstanden til Ethans rygg. "Ved lyset ..." Hun stormet bort til siden av karet. "Hva kan jeg gjøre for å hjelpe?"

"Sendte Lilly noe av den såpen hun bruker?"

En liten tallerken fløt på vannet ikke et øyeblikk senere. Flytende gel som sitter i krystallskålen. En liten, ren myk klut ble presset inn i Nishas hånd. "Noe annet?"

"Vær så snill å se at det er mange tørre bandasjer lagt ut. Og jeg trenger salver som ble laget før vi dro fra Lite."

"Jeg vil ha dem klare for deg når du trenger dem." Marigold stoppet. "Bør jeg be mor lage te? Jeg vedder på at hun har en som beroliger nervene?" Den ene ikke for Ethan men Nisha ... Hun hadde allerede bestemt at Ethan trengte en helbredende te og noe for å hjelpe ham å slappe av mens han ble helbredet.

"Ja takk." Nisha ventet til hun igjen var alene med forlovede. "Ethan?"

"Prinsesse?"

Hun kastet øynene, "Jeg skal prøve å forsiktig, men selv med det som ble lagt i vannet, kan disse sårene skade."

"Jeg forstår."

"Nei, jeg tror ikke du gjør det, men det har mer å gjøre med rumpa som reiste deg enn noe annet.

Men det er en diskusjon for en annen dag." Før hun rørte ved ham, lot hun de myke, svarte tendrilene vikle seg rundt ham og vekte ham og frigjorde begge hendene mens hun jobbet.

Vannet var varmt og fikk ham nesten til å glemme smertene i ribbeina ... nesten bedøvde huden hans nok til at han ikke tenkte på vannet eller i det. Noe kaldt rørte ved hans ømme hud ... Nisha sa at det kan skade ... vondt var ikke ordet han ville velge for å beskrive den brennende, blærende smerten og hva hun gjorde som forårsaket det. Likevel var dette ingenting han ikke hadde vært gjennom før. Han trakk knærne mot brystet og pakket armene rundt knærne og bestemte seg for å snakke for å holde hodet utenfor hva hun bestemte seg for at hun skulle gjøre ... og håper ved å snakke gjorde han ikke ting verre. "Du vet ikke mye om måten Darke drives på ... vil du at jeg skal fortelle deg noen?"

Hun kikket rundt skulderen for å se ansiktet stramt av smerte. "Hvis det å snakke hjelper deg å holde hodet utenfor det jeg holder på med ... så vær så snill å opplyse meg."

Hun hørtes sur ut, grenser forbanna, men han trodde ikke hun var sint på ham ... noe som var mer enn forvirrende ... "Vet du om hvordan innbyggerne er splittet?"

Hennes hånd stanset over skulderen hans mens hun snakket: "Mener du hvorfor noen er høyfødte og andre lavfødte?"

"Y-ja ..." suste han da hun berørte siden hans.

"Beklager. Jeg er ikke så god med dette som kusinen min Lilly er. Hun er mye mer dyktig med slags ting."

Ethan nikket i forståelse uansett om han gjorde det eller ikke. "I Darke er det fire typer ... um ... borgere."

Nå stoppet hun. "Vennligst forklar. Jeg vet om høytfødte og lavfødte, men ikke andre."

"High-Born er arbeidsgivere. Low-Born jobber for High-Born." Han stoppet og ønsket at hun skulle forstå ... kanskje hvis han fortalte henne på denne måten i stedet for at hun skulle finne ut av noen andre, ville hun tilgi ham for alt det lover han brøt siden hennes ankomst ...

... sannsynligvis ikke. Men det var risikoen verdt.

"Slaver overgår de lavfødte to til en."

"Slaver?" Det høres ut som om hun testet ordet.

"Hmm. De får et rom av eieren. Uniform og nok mat til å opprettholde dem. De fleste har liten eller ingen naturlige evner eller har aldri fått rett til å utvikle dem. Det er ingen måte å vite sikkert hva disse evnene kan være være. Eller i det minste vet jeg ikke noen måte å fortelle. "

"Jeg skjønner. Så får jeg vite mer når kusinen min kommer. Hun pleier å lese lover før hun besøker et hvilket som helst land. Det kan være irriterende, men hun er veldig kunnskapsrik om lover."

Dritt. Kanskje jeg må takle henne i stedet for prinsessen. Ville hun forstå at jeg prøvde å følge lovene? Ville hun bry seg?

"Nå, hva er den fjerde gruppen?"

Hun rørte ved ham ikke lenger. Det at hun fortsatt sto bak ham ... var ikke trøstende. Utsiktene til å snakke med noen andre om alt var mye mer skremmende, "Hunder."

"Hunder? Hva må hunder ..." stoppet hun, "Ohhh ... Jeg lurte på hva skiltene betydde?"

"Hunder er en form for en slave. De fleste jobber i jobber som er for farlige, for eksempel i de dypere delene av gruver eller i trollhuler. De fleste, men ikke alle."

"Fortsett."

Disse ordene fikk ham til å tro at det å fortelle henne nå hadde vært en feilvurdering, så han sa raskt: "Enhver av de tre øverste gruppene kan eie en hund. Slaver bruker dem som mynt for ting de ønsker eller trenger."

"De handler ..." Sinne lyktes i disse to ordene.

"En halvliter blod kan kjøpe ransjoner for en dag. Tynne fliser kjøtt ... en ny uniform."

"Jeg skjønner."

Han hørte henne stå opp. Hørte da ingenting etter det. Heller ikke føle smertene han trodde han fortjente.

Kapittel 26:

Magmas

De doble dørene til dronningens rådskammer blåste opp, og i et flyktig øyeblikk trodde han at Nisha hadde ført hele sitt mørke raseri inn i underriket. Av et enkelt hjerterytme bekymret han seg for at han ikke ville være sterk nok til å takle det temperamentet. Så kom Karnack inn, og raseriet og frykten som boblet opp fra ham var mer en advarsel enn noe annet.

Han hadde ikke sjansen til å spørre noe før Karnack suste: "Jeg advarte deg. Nå vil du jævla ordne det. "

Det forklarte ikke noe. "Fiks hva?"

Nå i lommen kastet Karnack den edle steinen til ham. "Hva føler du Magmas? Fortell meg?"

Han lukket fingrene rundt steinen og ønsket å slippe den. Å bevege seg bort fra objektet som skrek trussel. Men det var ikke steinen som forårsaket følelsen ... det var ... "Nisha?"

Han forstod det nå. Karnack hadde advart ham ... hadde advart dem alle om å håndtere henne med forsiktighet. Og nå ... "Hva skjedde?"

Forsiktig trappet Karnack opp til rundbordet og lente seg fremover. "Dronningen vår har funnet Ethan. Hun har vært vitne til misbruket som jeg har advart deg alt om. Dette er reaksjonen jeg fryktet. " Han trakk seg bort fra bordet og pekte en smal finger mot Magmas: "Du takler henne. Eller har Magnar forklart hvorfor dette misbruket er akseptabelt. Men jeg forteller deg dette akkurat nå. Jeg har ikke å gjøre med hennes raseri. Og jeg glatter ikke dette med de døde. "

Ingen Karnack ville aldri møte en rasende dronning. Magnar derimot syntes det vanligvis var underholdende. "Jeg skal fortelle deg hva rådet bestemte da jeg informerte dem. I mellomtiden. Jeg vil minne deg om at det var Vasilissa som bestemte seg for hvor gutten skulle bli oppdratt. Og det har alltid vært Magnar som gikk sammen med Vasilissa i denne saken til tross for de gjenværende rådsmedlemmene gjentatte innvendinger. Dette kan imidlertid være reaksjonen for å få Magnar til å innrømme at han kan ha tatt feil i saken. "

"Dette misbruket har lenge vært forbudt i Star Cities styrt av Magnar eller de andre rådsmedlemmene."

Magmas nikket en gang. "Det har ..." Han stoppet opp og reiste seg. Et pust mer og svaiet før han kollapset tilbake i stolen "Av gudene er det derfor de trengte gutten ..."

Karnack snudde seg veldig sakte mot ham. Han likte ikke det han så i den store kongens ansikt, men snakket for forsiktig, "Magmas?"

"Hun ville ikke forstå misbruket som er godkjent av Pallas med mindre noen som tilhører henne ..." Han kollapset i setet sitt, ikke sikker på om han skulle være livredd eller le som en tosk. "Hun kommer til å drepe dem når hun finner ut av det. Det er jeg ikke i tvil om. Men de vil begge forstå hvorfor hun må være den som skal stå opp for de som er mest berørt av Pallas 'styre. "

Rådene samlet seg igjen, bare denne gangen hadde den valgte dronningen ikke innkalt dem. Denne gangen hadde det vært den første kongen av Feyen. Hans drage crested brystplate skinnende under hans lange kongeblå kappe.

"Mine herrer, mine damer." Han nikket til både Vasilissa og Alista da de tok plass ved det store bordet. "Vi har en situasjon, og vi må alle bli enige om hva som skal eller ikke vil bli gjort i henhold til lovene som ble opprettet av Primitiva."

Hushed mummers og snev av frykt. Ingen hadde talt navnet hennes siden hun skjulte seg. Ingen våget å si det for hva som kan skje hvis hun hører det over. Ingen til nå.

Magnar lente seg bakover i setet hans, støvlene dryppet i møkk, og sto opp på bordet. Spytt ut et stykke bein han smilte. "Og hva trenger vi å bli enige om, gutt?"

"Dronningen har sett overgrepene som hun forlovet seg gjennomgått." Han lente seg fremover, øynene hans forlot aldri ansiktet til Magnar. "Og damen er ikke snill."

"Selvfølgelig er hun ikke fornøyd," snappet Vasilissa. "Det var poenget."

Kaster steinen til Vasilissa, smilte Magmas. "Så glad du tror det. Så, fortell meg, hvordan takler vi en Fey når de siver med så mye kaldt raseri? For i hele mitt liv har jeg aldri følt noe lignende. Ikke engang under den store krigen. "

Magnar stirret på steinen fra Vasilissa. "Dette er umulig."

Det var tilfredsstillende å se Magnar kastet av seg. "Og likevel ... du holder beviset i hendene."

Kapittel 27: Ethan

Ethan beveget seg aldri så litt. Han husket ikke at han sovnet ... og heller ikke fant noe mykt å legge seg på ... men han husket at han var i bassenget med prinsessen. Han husket at han følte at hun sto og vannet dryppet av henne og tilbake i bassenget. Så ingenting. Ikke en lyd eller et glimt av smerte, og akkurat nå visste han ikke om han skulle være takknemlig eller livredd. Noe børstet mot foten hans. Ikke hud. Nei, han ville forvente hud, men det som rørte ved ham, flyttet også et silkeaktig stoff som var viklet rundt foten hans. Den enkle berøringen hadde ikke vært det som vekket ham ... nei som hadde kommet etter ...

Hva så...

Han la seg helt stille og prøvde å identifisere hvor han var, hvem som var i rommet og alt annet han kunne bruke til å bestemme hvor mye trøbbel han ville være i når han ble funnet våken. Av og til knitrer av en brann. Ingen røyk som han kunne lukte, så brannen måtte være i en ildsted i nærheten, men ikke for nær. Det var da han følte ... hørte hva som var galt med hva hodet hans hvilte på ... det beveget seg så lett og hadde et hjerteslag. Noe kjærtegnet hodet hans. Ikke truende, men en berøring som roet seg på en måte som han aldri hadde opplevd. En berøring som fikk ham til å ønske å flyte i dette øyeblikket for all tid. Men han visste at han ikke kunne ... Han prøvde å sette seg opp og fant det nesten umulig med beinene bankende, for ikke å snakke om brenningen i brystet. "Du burde sove."

Nisha? Vanskelig å fortelle med hvor tung stemmen hennes hørtes ut. "JEG-"

"Mari vil snart være med litt te. Det vil ta noe av overbelastningen ut av brystet ditt. Hjelp deg å puste litt lettere." Fortsatt å holde øynene lukket og nyset ned i mykheten som omringet ham. "Jeg ligger i en seng?"

Sakte beveget hun seg og hjalp ham forsiktig med å plassere seg fra brystet som han hadde brukt som en pute, og erstattet den med skymyk bomull under hodet.

I et langt øyeblikk satte hun seg bare ved siden av ham, fingrene spore ørekurvene hans og den grove stubben han hadde for håret. Til slutt la hun ut et sukk: "Hvis jeg ga deg en ordre, ville du adlyde det?"

Han kjente en felle da han hørte en, men det var bare ett svar på denne typen spørsmål, ikke sant? "Ja."

"Jeg tenkte det."

Hun hørtes ikke veldig fornøyd ut med svaret hans, så han tvang øynene opp mot det mykt opplyste rommet. Sakte inn det han så. Sengen var stor nok til å være sitt eget rom. Kaminen der brannen sakte brant var høy nok til å stå i eller sove i. Og selve rommet. Grå vegger, han kunne ikke være sikker på om de var malt eller om det var en slags polert stein ... i det minste ikke med lyset som knapt opplyste rommet. Så sakte beveget han seg akkurat nok til å se henne sitte i nærheten av ham ... se på ham uten kommentarer. Usikker på hva han kunne si eller skulle, valgte han å spørre: "Er det en grunn til at jeg ikke burde?"

"Flere faktisk, men jeg tror det ville være bedre om jeg lot David diskutere det med deg. Han har mye bedre forståelse for hva jeg skal gjøre med mennesker enn meg. Mer når personen ennå ikke har funnet foten rundt meg."

David? Fotfeste? "Jeg forstår ikke." Og det gjorde han ikke. Han var en tjener, en slave. Nei, mindre enn en slave; han var en verdiløs hund. Hvis hun ba ham om å gjøre noe, ville han gjøre det uten spørsmål av frykt for straffen. Likevel, jo mer han var rundt henne, jo mindre begynte han å tro at hun virkelig ville skade ham. Bunnen av skjemaet "Mens du sov, fant jeg ut alt om alle innbyggerne i Darke. Etter at tanten min kommer, skal jeg takle det jeg kan før kroningen og deretter alt annet en gang etter."

Igjen gikk han stille, "Jeg - jeg kan forklare."

Fingeren presset mot leppene hans, noe han skulle forstå at det betydde at han ikke skulle snakke et øyeblikk, "Jeg skal gi deg en ordre om at jeg trenger at denne skal følges."

Ethan nikket en gang.

"Lilly er en bedre healer enn meg selv, så når hun ser godt på skadene dine, trenger jeg at du hører på instruksjonene hennes. Inntil da trenger jeg at du blir i denne sengen. Uansett hva du hører ut av dette rommet, du skal ikke forlate denne sengen. "

Det var det? "Så alt jeg trenger å gjøre er å bli i denne sengen til Lilly sier noe annet?" Det måtte være et triks.

"Ja. Vaktene mine har bekreftet at slottet ikke er så trygt som det burde være. Jeg har heller ikke klart å finne Mr. Edrich, som vurderer hvem som leter etter ham, det er veldig bekymringsfullt."

Edrich? Lord Edrich? "Du søkte under huset hans?"

Nisha tok en pause før hun begynte å klatre ut av sengen. "Huset ditt, Ethan, ikke hans. Og ja, det er blitt gjennomsøkt."

"Mitt hus?" Ethan squawked ut.

Hun trakk på seg det svarte huskjortelen over den midnattsblå søndrakten før hun svarte: "Jeg skulle vente til morgen for å forklare alt for deg, men jeg kan begynne nå hvis du foretrekker det?"

Soveromsdøren lettet seg opp da kvinnen han vagt husket at han så tidligere polstret inn i rommet. En lang nattskjorte som dekket henne til føttene og en strømpehette ...

"Å yuck, jeg visste ikke at noen fortsatt hadde sovehatter."

Kvinnen tok en pause, tydelig forbløffet over at prinsessen hadde snakket om noe så verdslig. "Hvis jeg vil ha rikelig med krøller om morgenen, vil jeg veldig godt bruke hetten min i kveld. Og hvis du kommer med en ny kommentar, vil jeg feste en til deg til bryllupsnatten din."

"Hvis du gjør det, vil jeg reversere trollformelen."

"Kjære du kan være i stand til å manipulere mange av mine evner, men mine magi som jeg opprettet er fortsatt langt utenfor din rekkevidde."

Han så Nisha stirre på kvinnen. "Oh fine. Jeg vil være hyggelig for min egen skyld."

Nisha gled resten av veien ut av sengen, og stakk over til ildstedet. "Tante Celeste tullet ikke da hun sa at nettene ble kule her."

Den høye kvinnen stirret bare og snappet, "Du berører så mye en kubbe jeg vil nekte å få sotet av noe du berører."

"Oh fine." Nisha stoppet opp og snudde seg mot vinduet. "Lilly er like utenfor bymurene. Vil du se at Ethan er komfortabel og ikke spør ham for mye. Han har ikke funnet foten ennå."

"Greit, jeg vil oppføre meg selv. Siden han har det dårlig." Venter til Nisha var ute av rommet, spurte Ethan: "Du har lov til å snakke med henne sånn?"

"Selvfølgelig." Kvinnen la den tynne benete hånden over hjertet. "Nisha er min kjære venn, og vi har en avtale."

"Åh?"

"Jeg er en Fey. Derfor trenger jeg ikke å være hyggelig bare fordi noen er fra et høyt hus. De må tjene min respekt akkurat som alle andre. Dessuten vil du at jeg skal fortelle deg om når jeg første gang møtte Nisha ? "

"Vær så snill?"

Sitte på kanten av sengen og rakte ut hånden. "Vi har ikke blitt ordentlig introdusert. Jeg er forresten Marigold, Nishas personlige husnisse."

Han tok hånden hennes og prøvde å smile: "Glede å møte deg?"

"Jeg tviler på det, men vi får se." Smilet hennes var alt annet enn vennlig. "Uansett, jeg var omtrent tjue på den tiden. Nish sverger at jeg var yngre, men hvem skal jeg argumentere for. Jeg hørte moren min, som var kokk på Castle Sun Tear - det er slottet som er nærmest Feyen-grensen - - at den stakkars lille foreldreløse prinsessen hadde vært så gretten i det siste, og hvordan hun aldri ville ha en eneste venninne. Selvfølgelig, jeg, vel jeg, jeg måtte se hvem den lille foreldreløse var. "

"Du ropte på henne første gang du møttes." Hvordan vet jeg Darke?

Marigold gjorde et ansikt "Ja?" Så sa hun: "Oh Nish knyttet til deg. Hun må ha opprettet en permanent forbindelse slik at dere kan dele ting med hverandre."

"Jeg- jeg forstår ikke."

"Virkelig, det gjør jeg ikke heller, men det jeg vet er at hvis hun opprettet en permanent forbindelse, ville du kunne vite ting om henne ... som et minne og hun med deg. Så skal jeg fortsette med historien ? "

"Jeg ... Um ... ja?" Så betyr det at hun vet alt om livet mitt? Var det slik hun hadde fått vite om slavene? Muligheten var nok til å tvinge en rystelse.

"Vel, jeg fant kneet høyt i kjoler og tepper og andre former for stoff og jeg ropte. Gjør ingen feil, jeg hadde full rett til å rope på henne. Hun hadde gjort et slikt rot det tok meg en hel time å finne ut hva å gjøre med det hele. Og det var med å bruke mine evner. "

Ethan smilte, men så ned i fanget.

"I alle fall fortalte jeg henne flat ut bare fordi hun var en prinsesse, ga ikke henne rett til å rote og gjøre alle rundt henne elendige. Det er mer, men det ble sagt i fortrolighet, og jeg nekter å bryte den tilliten. I alle fall, hun lovet å tjene min tillit. Når hun er prinsessen eller dronningen eller hva som helst, er jeg hennes stille husalv som ser alt og ikke vet noe. Jeg har også ansvaret for hele rengjøringspersonalet. "

"Og når hun er ... alene i leiligheten sin?"

Ethan nikket en gang.

"Så er hun Nisha, min kjære venn, som jeg skjeller fordi ingen andre vil tørre. Jeg forteller henne hva jeg overhører at hun ellers aldri ville vite om. Og vi er alltid ærlige mot hverandre. Ingen sukkerbelegg fakta bare til punkt samtale. Det er bedre på den måten. "

Hun så bort på skuffen som nå svever midt i rommet. "Å bra, teen din har kommet. Det skal hjelpe deg å slappe av til Lilly kan se på deg."

"Lilly? Nisha fortalte meg at kusinen hennes kom, men sa ikke mye annet om henne."

"Ah, ja. La meg se ... prinsessen Lilly Aileen Kairavi, kronprinsessen av Lite. Og en fetter av vår Nisha. Fortolket til en sønn av Draken. Og du bør også vite at Lilly har et talent for å komme i trøbbel og trekker kjæledyret hennes Draken i ilden med seg. "

Pet Draken? Hvordan kunne hun ... var hun så mektig at hun slaver en Draken? "Hun kommer hit ?! Å se meg ?!"

"Vel, jeg vil ikke si bare for å se deg, men det er ingen bedre person Fey eller ellers som er en begavet healer. Dessuten mistenker jeg at du vil finne føttene dine før Nisha kommer opp i et hårhjerneskjema som vil gjøre det meste av borgere av Darke setter seg ned og gråter eller drikker seg inn i en dumhet. Forutsatt at de bare ikke gjemmer seg for å unngå å høre ideen, til å begynne med. "

"Hun ville virkelig gjøre det? Gjøre noe for å skremme alle innbyggere i Darke?"

"Kjære, har du ingen anelse. Du så jakken hennes på Spire?"

"Y-Ja. Den var laget av fjær."

"Ja. Hun tok fjærene fra et dusin svarttrost, og gjorde så hver av dem til gensere til fjærene vokste tilbake. Selvfølgelig sverger hun til i dag at fuglene kom på ideen og forklarte hvordan de trygt skulle fjerne fjærene. Så du har den svarte drakten hun hadde på seg i karet. "

Dritt. Han hadde ikke lagt merke til det annet enn at det passet hennes form. "Jeg husker ikke."

"Uh huh. Det ble laget for henne av dronning Sedna og hun bor i det uendelige havet. Tenk på det et øyeblikk. Nisha ville ha måttet møte henne og dronningen forlater aldri palasset hennes ... noensinne."

"Det er umulig ... ingen har noensinne ... sett ..." Nei vent, det var historier om at folk gikk i sjøen ... spørsmålet har alltid vært om de noen gang kom tilbake. Så igjen, hun hadde virket interessert i innbyggerne i vannet når de snakket.

"Akkurat. Så, vil du vite jobben din som en del av Nishas hus?"

Ethan stønnet, "Nei. Men jeg tror jeg burde uansett."

"Du må hindre henne i å gjøre noe før hun tenker gjennom det."

M.L.Ruscsak

"Du må hindre henne i å gjøre noe før hun tenker gjennom det."

Kapittel 28:
Lilly

Lilly tittet ut av vognvinduet og hjertet hennes verket. Det var godt over midnatt, men fortsatt timer unna daggry, men det var folk som skurte rundt i skyggene. Uansett om de var mannlige eller kvinnelige, kunne hun ikke fortelle det, men hun kunne se at de knapt var kledd i mer enn kluter. Mer enn det, hun kunne føle den særegne følelsen av Fey-blod. Kraften i blodet som gjorde luften tung av bekymring og frykt. "David?"

Han bladde gjennom en av lovbøkene hun hadde lest, men også han prøvde å finne kilden til det han følte. "Du føler det også." Boken klemte seg i hendene hans mens han prøvde å finne årsaken til lukten. Eller grunnen til frykten.

Hun fokuserte på gaten og sa: "Fey. Mange Fey ... men ..."

"I henhold til alt som rådet har gitt, er det ingen Fey eller til og med del Fey noe sted i Darke." David tok en pause. "Tror du Nisha vet det?"

Da snarket Lilly. "Hvis hun ikke gjør det akkurat nå, vil hun ved daggry."

For raskt tok han tak i armen hennes. "Det kan være et annet problem."

"David."

Hans nesebor blusset mens han snuste luften. "Jeg kan lukte blod. Frisk, varm Fey-blod. Ikke bare restene av det."

Hun så bekymret ut nå. "Er du sikker?"

"Jeg er mørkere. Jeg kjenner forskjellen i lukten. Jeg kontakter faren min når vi ankommer."

"B-men." Han ville dukke opp klar for kamp med dusinvis av sine beste krigere. Nisha ville ikke være fornøyd.

"Lilly hør på meg. Fey uansett hvor de bor er beskyttet av Feyen. Hvis en av dem blir skadet her, kan det bety krig. Hvis mange av dem er her papirløst og blir skadet, vil det rive hele kontinentet fra hverandre eller verre. . "

Ser tilbake ut av vinduet Lilly bleknet. "Faren din kunne ..." Drepe alt som skader en Fey? Det var en god mulighet. Forebygge krigen fra å bryte ut? Nå var det et godt spørsmål. De siste tusen årene hadde de vært den ubestridte politistyrken i alle landene. De hadde fått i oppgave å forhindre krig fra å bryte ut mellom Fey og Serpent Marsh. Nå som trusselen var mye nærmere ...

"Mellom min far og moren din, tror jeg vi kan overbevise Nisha om å iverksette en formell etterforskning. Ikke at jeg tviler på at hun ikke allerede har begynt å finne ut hva som må gjøres. Når hun ble vant til å være her, ville hun vite noe var veldig galt. Eller i det minste ville Freya eller skyggen hennes finne ut for henne. "

Veldig rolig tok Lilly pusten dypt før hun sa: "OK. Så vi mobber kusinen vår til å gjøre noe rimelig i stedet for noe utslett?"

"Nei, vi skiller oss ut av veien hvis hun allerede har bestemt seg for noe utslett og håper vi kan overbevise henne om å gjøre noe rimelig."

Lilly trakk pusten dypt og så slottet komme til syne. "Ok, jeg tror vi kan gjøre det. Imidlertid tror jeg ikke at vi ikke burde la innbyggerne i Darke se hvem eller mer til poenget hva du er akkurat nå."

David rullet øynene. "Så reiser prinsessen med sin onde vakthund eller hennes pålitelige pus."

"Jeg tror ... en bortskjemt prinsesse burde ha en like bortskjemt pus."

Selvfølgelig."Så, du vil ha noe luftig og det ser lat ut." Og ingenting som ser ut som en trussel.

Hun ga et leken smil. "Bare tenk at hvis du har lang gylden pels, ville det være lettere å klappe deg."

"Fint. Jeg vil forandre meg til en jævla katt."

"Å, du vet at du elsker å bli klappet." Hun smilte da han hoppet på fanget hennes, allerede fornøyd med å spille hans rolle.

Hun gikk aldri ut av treneren og hadde aldri vært mer nervøs. Hun kunne ikke se toppen av slottet, men kjente at øyne - villfarne øyne - så på henne. Det var ikke en eneste lyktestolpe tent, og det kom heller ikke noe lys fra noe vindu. Ikke så mye som et flimmer av et ild fra et hvilket som helst rom hun kunne se. "Personalet kommer ikke før om morgenen. Mor tar med flere fra Lite." Hun fortalte seg selv mens hun klappet David som lå i armene hennes. Et dypt pust. Hun var trygg. David var med henne. Han ville ikke la noe skade henne.

For den saks skyld ville ikke Nisha eller hennes legioner av skyggefolk.

Sakte tok hun seg opp de mørke steintrappene og ventet på at døren skulle åpne. Når det ikke gjorde det, hevet hun gullknocker og lot den falle. Klangen av metall ekko gjennom både slottet og luften rundt henne.

Døren sprakk opp. "Hva i navnet til Darke vil du ha?" En stor mann i en vaktuniform knurret. Innhyllet av mørke ble det ikke vist noe annet enn størrelsen og glødede fargede øyne.

Lilly hoppet mot knitringen i vaktenes stemme og forventet halvparten at ild skulle følge hans ord.

"Jeg er prinsesse Lilly av Lite. Jeg er her på forespørsel fra kronprinsesse Nisha."

Vakten stirret på henne i et langt øyeblikk, mens glødende øyne flimret og advarte: "Ingen kommer inn uten godkjenning. Og ingen ... katter ... tillatt. Ever."

Nish, jeg trenger deg.

"Hva mener du pusen min ikke kan komme inn i?" Lilly trampet foten foran vakten. Bestefaren hennes hadde elsket å bli katt ... Hun visste at bestemoren tross alt hadde fortalt henne historiene flere ganger.

"Ingen katter tillatt i palasset. Ingen unntak."

Det var tydelig at han ikke hadde hørt historiene til den kongelige familien. "Jeg fikk beskjed om å komme så fort jeg kan, og du forsinker publikum med kusinen min. Stå til side." Hun trampet foten av frustrasjon. Eller å se ut som om hun ble frustrert nå da hun så fetteren komme til syne.

"Kom tilbake om morgenen og la ... tingen være hjemme."

Kapittel 29:

Nisha

Nisha stoppet og passet på at hun hadde Lillys oppmerksomhet. Etter å ha listet opp et øyeblikk lenger til driblingen som vakten spydde, knurret hun: "Det er midt på natten. Hva er problemet her?"

Vakten snudde seg for å se Nisha stå bare noen meter unna ham. Svarte renner flyter fritt fra rundt henne. Svart og grå virvlende tåke skaper et fantastisk, men likevel dødelig par vinger. Han svelget hardt da han så noe som han ikke kunne nevne, flimret dypt i øynene hennes. "Problemstilleren din majestet."

"Ja, jeg kan se at du er det. La nå kusinen min passere før jeg mater deg til en Draken."

Vakten snublet tilbake noen få skritt. "B-men ..."

Nishas øyne smalnet av irritasjon. "Stammet jeg? Og ikke tenk på et øyeblikk at jeg ikke ville kontakte onkelen min og fortelle ham at jeg har en brannruller for ham å spise på."

Vakten tok et skritt tilbake. "Ingen frue, men katten -"

"Er velkommen hjemme hos meg. Kom igjen Lilly, storsalen er altfor kjølig til å holde den stakkars pusen i døren."

Først da de var utenfor synet av vakten, hoppet David ned og ble til sin fulle form. "Så får jeg spise middag nå, eller skal jeg være høflig gjest? Forutsatt at du virkelig ikke vil ha den rumpa til faren min."

Nisha ga ham en irritert gjenskinn. "I kveld er du en beæret gjest. I morgen kan jeg ha flere ting du kan velge mellom til middagen din."

David tok tak i armen hennes og svingte henne inn i den første kroken han kunne finne. "Hva skjedde?"

"Ikke nå. Denne salen har ører som ikke tilhører meg."

"Jeg har svar på det."

Hun holdt bakken Nisha hvisket skarpt: "Ikke nå, prins Davkren."

Etter å ha snudd flere hjørner tok Nisha pusten dypt og smilte. "Vi kan snakke nå."

"Er du sikker?"

"Lil, ærlig talt tror du jeg vil si at vi kunne om det var så mye som en mus som ikke var bundet til meg i dette området."

"Vel, nei ... men ..."

"Gwydion har folk i denne fløyen i alle etasjer. Verken han eller Freya har vært i stand til å gå gjennom hele slottet for å se hvem som kan stole på og hvem som ikke kan. Jeg regner med at tante Celeste kan hjelpe meg med det når hun kommer."

*Hvem er Gwydion? Ikke bedre å ikke spørre om det.*Tenkte Lilly. I stedet spurte hun: "Har du lest lovene ennå? David og jeg begynte å og ..."

Nisha fnøs. "Hvis du mener lovene som rådet laget, hørte jeg om dem, og etter i morgen vil de fleste bli omgjort."

"Og Fey?"

Nå frøs Nisha. "Jeg trodde jeg tok feil," hvisket hun for seg selv. "Damn it. Kom igjen. Jeg vil ha din mening, så jeg trenger at du er den begavede healeren du er, og vær så snill og ikke fortell meg at jeg gjorde noe rot."

Koble armen hennes til Nishas Lilly prøvde å smile. "Vel, kjære, du gjør alltid et rot av ting hvis du prøver å helbrede det. Du er imidlertid veldig dyktig i

å bringe de som burde være døde tilbake til fullt liv."
Og det var noe som utenfor de tre av dem aldri ble
fortalt til en annen person ... inkludert moren hennes.
Vel bortsett fra Edgar, som hadde vært den som
Nisha hadde brakt til live igjen etter et møte med et
troll.

Åpne den polerte sorte døren Nisha frøs, så
Ethan alene og prøvde å stokke over til en stol. Han
hadde fortsatt på seg silkeskjørtet og matchende
bunner som hun hadde hjulpet ham med mens han
sov ... Hadde fortsatt på seg milevis av bandasjer
som var under nattskjorte ... og så fortsatt ut med
smerte. Som han var. Et blikk på ansiktet hans
fortalte henne det. "Jeg trodde jeg sa å bli i sengen."

Han så bort på henne og sukket: "Piken ...
Marigold ... sa at hun ikke ville gi meg te før jeg var i
en stol."

Hun ville snakke med Mari senere. Og uten tvil
ville de ha et av deres veldig tilbakeholdne
argumenter som ville få en av dem til å huske hvem
dronningen var og som trengte å gi etter for direkte
ordrer. "Fint. Jeg skal takle henne i morgen." Hun tok
et fullt skritt inn i rommet. "Ethan, dette er fetteren min
Lilly. Lilly hvis du ikke har noe imot ..." Hun fullførte
ikke setningen da fetteren hennes dyttet forbi henne.

Lilly skled rett før sengen. Øynene hennes
festet seg allerede på det som var skjult under
stofflagene. Med et gisp spurte hun: "Av gudene ...
hva skjedde?"

"Jeg-" Ethan startet samtidig Nisha nappet ut,
"min fullmektig bestemte meg for å ta litt frihet."

David lukket døren bak seg. En gang mellom Nisha og åpnet døren til Lilly passerte terskelen, hadde han skjult de krøllete hornene og de spisse ørene. Akkurat nå så han mer slange i øynene enn Draken eller Feyen. "Nish, kanskje mens Lilly jobber kan vi gå inn i et annet rom, og du kan forklare noen ting."

"Lilly?"

"Det vil ta litt tid å se godt på alt. Det ville hjelpe hvis du var ..." Hun stoppet og så på spissen av øret til Ethan. "... ikke her mens jeg ser godt på alt."

Lenende på døren som førte inn i stuen, brummet David: "Vil du fortelle meg hva som skjer, og hvem den gutten er?"

Øynene hennes smalnet sammen. For alle som var fornuftige, ville det være en advarsel om ikke å presse. Mørkere ble ekskludert. Imidlertid ville David forstå hennes dype knurring og passet på å ikke provosere henne. "Gutten er Ethan, er forlovet.

Han har lov til å være på rommet mitt, med mindre du vil diskutere at du har vært i Lillys seng de siste årene. Og det var før tante Celeste visste at du til og med var på slottet."

David bemerket de mørke undertonene til Nishas stemme. Legg merke til innsnevring av øynene hennes og visste at fetteren hans var ett åndedrag fra å skremme dem alle. Med et smil som han håpet ville se vennlig ut, innrømmet han: "Fint, jeg vil ikke spise ham."

Selvfølgelig vil du ikke. Nisha fluffet håret og flyttet seg bort fra David og nærmere en av de lange sofaene. "Nå vet jeg for et faktum at det en gang etter brannen en stor gruppe mennesker ... Folk som jeg antar var blodbundet til moren min og var veldig forvirret over at de plutselig var ubundet ... ble på en eller annen måte avrundet og låst inntil de underkastet slaveri. De som var barn, som Ethan, ble fortalt veldig tidlig at de var hunder. Deres kjøtt er mynt for alle som eier dem, og deres blod er for de som stoler på det. Jeg håpet jeg var feil at de var den savnede Fey. "

Savnet? Hva mente hun savnet og hvorfor hadde ikke Draken blitt fortalt? Svaret var at Celeste eller Alista ikke trodde de manglet like mye som å bo et annet sted. Og den ene eller begge lette veldig stille etter dem. "Shit."

"Jeg har en plan for å takle det når tante Celeste kommer. Selv om jeg skal være rettferdig, tror jeg ikke at hun i det hele tatt vil være fornøyd med det. Derfor planlegger jeg ikke å fortelle henne alt før etter det."

David rullet de nå gylne øynene og ristet på hodet. "Hun vil være mindre fornøyd hvis Feyen-riket erklærer krig på grunn av det."

Nisha bøyde seg over til den andre lange sofaen som hadde overfylte armer, og støttet seg på armen på den og krysset armene. "Veldig sant. Derfor sendte jeg Freya til Feyen for ikke å snakke med Larna, men bestemoren Alista. Det er best hvis hun vet at det allerede blir håndtert siden jeg bare ble gjort oppmerksom på situasjonen. Med hell burde det gi meg en uke. eller mer for å takle alt før hun krever gjengjeldelse. "

"Høres rimelig ut." David skjøv av døren og sto ruvende over henne. "Så hva sier du ikke til meg som uten tvil vil føre til at jeg ønsker at jeg virkelig var en katt?"

Han slo fingeren mot leppene og satt stille i et hjerteslag før hun smilte. "Vel, jeg vet ikke om å være katt ... men jeg kunne bruke en Draken akkurat nå."

At David ikke ventet. Eller kanskje etter å ha luktet blodet fra Fey han hadde. Uansett spurte han: "Vel, du har en som står foran deg, så hvordan kan jeg være til tjeneste?"

På pause for et nytt hjerterytme bekreftet Nisha det hun allerede hadde hørt minst en gang fra nyanser før hun prøvde å forklare den eneste Draken som for øyeblikket var i hele Darke. "Fullmakten som skulle heve Ethan har forårsaket ham stor skade ... Jeg trenger ham ..." den glatte trollsneglen "... funnet. Så langt har han vært i stand til å skjule seg for Freya og en legion nyanser. Ikke å nevn de andre som nå jakter på ham. "

Snubler tilbake et skritt David knirket ut: "Nyanser? Her?" Hvordan? Hvorfor? Ikke best å ikke spørre om det, ellers kan han faktisk få svar.

Nisha klappet David betryggende og smilte da hun sa: "Åh, de er de herligste menneskene som også er blodbundet til meg. Så ikke bekymre deg, de kan ikke skade dem som er blodet mitt. Tro meg at du er trygg, vær så snill spør onkel Craykren om ikke å se truende ut mot meg. Jeg tviler på at de vil være like tilgivende som skyggen var med deg. "

David fikk pusten og prøvde å smile. Nesten lyktes. "Ok, jeg skal gjøre det jeg kan for far, men du vet at han elsker en god kamp."

"Ja, men det ville ikke være en rettferdig kamp siden han ikke kunne skade en nyanse ... de var laget av tåke og alt." Nisha lot hånden henge løst ved siden av henne og gjorde en virvlende bevegelse med fingrene. En mørk tåke ertet fingertuppene slik at hun klappet hva som helst eller hvem det enn var.

David tvang et smil og sa ingenting om tåken. "Bra poeng. Nå, hva trenger jeg å vite om byttet mitt?"

"Han er en del Wendigo og en del Fey." Så låste Nisha øynene sammen med David og sa: "Jeg vil ha ham i live."

Kapittel 30:

Lilly

Hun hjalp Ethan tilbake i sengen, og fløt med seg koppen te til ham. "Her går du. Det er en bedøvende tonic blandet med noe som hjelper deg å hvile."

Ennå ikke en slurk, spurte Ethan: "Hvorfor skulle hushjelpen si at jeg skulle flytte hvis hun visste at det ville irritere prinsessen?"

Sittende ved foten til Ethan, så Lilly ut som om hun vurderte svaret lenge før hun trakk på skuldrene. "Vel, hvis jeg måtte gjette at hun ville at du skulle fortelle henne nei. Men det er Mari, du vil bli kjent med henne etter hvert. Kanskje. Selvfølgelig er den eneste personen Mari også er fin, Nisha, men bare knapt. Så igjen, de fleste husnisser er sjelden hyggelige å være rundt. Så det er ganske mulig at hun prøvde å være irriterende. "

Ethan tok en slurk av teen og skiftet emne. "Dette er veldig bra."

"Selvfølgelig er det, Marta er en fantastisk kokk og er også utdannet som assistent-healer, så hun vet en ting eller to om hvordan man lager riktig helbredende te." Så klappet hun beroligende på beinet hans. "Be aldri Nisha lage en selv. Hun prøver, men å lage te eller tonics er ikke noe hun er god for.

Ikke fortell henne, men hennes siste batch drepte plantene på Spire. Zilla som er ... um... Hovedhelbreder for spiret ... var ikke fornøyd. "

"Ok."

Siden han begynte å virke søvnig spurte hun Lilly: "Går det bra med meg å ta av deg skjorten?"

"Jeg kan..."

"Nei Ethan, jeg vil ikke at du skal bevege deg mer enn du må."

Han nikket bare.

Sakte løsnet hun toppen og lot den gli av de bandasjerte skuldrene og falt til sengen. Hun begynte forsiktig å pakke ut det bleke ytre tøylaget for å avsløre et lag gasbind som begynte å sive igjennom uten rødt blod som man kunne forvente ... eller til og med grønt som noen av de lavfødte innbyggerne hadde, men et dypblått blod som var så sjelden at svært få høytfødte Fey hadde det ... og ingen utenfor Feyen noen gang hadde sett. En duft av sølvrøyk og en gullkasse med sølvinnlegg satt ved siden av henne.

"Har prinsessen en sånn boks?" Det var det eneste akseptable spørsmålet han kunne tenke seg. Eller i det minste det eneste spørsmålet han kunne stille som kan få svar.

Da hun sjekket flere av de små flaskene for den hun lette etter, svarte Lilly ham så nonchalant som hun kunne for ikke å bekymre ham. "Å, dette?

Nisha har en, men den er ikke så velfylt som min. Dessuten er dette bare for nødsituasjoner. Jeg la den største på Spire."

"Å, men ..."

Kikkende rundt skulderen hans smilte hun. "Ethan, kjære, du blør; jeg kaller det en nødsituasjon."

"Det meste av blødningen har stoppet."

"Vel, det er vel og bra, men kjøttet kommer til å bli helbredet. Nå ..." Hun stakk inn i esken sin og trakk ut to rør begge med små medisindropper festet. "Stikk ut tungen. Jeg tror du blir mye lykkeligere hvis du sov gjennom dette. "

"Jeg-" Da han så et blikk i øynene hennes som våget ham å argumentere, åpnet han klokt munnen og rakte ut tungen som ønsket. Tre dråper fra hvert hetteglass ble plassert på tungen hans. Før han kunne lukke munnen, svingte hans syn. "Bør jeg føle meg woozy?"

"Bare sov, Ethan. Du vil føle deg mye bedre om morgenen."

Lilly smalt den tunge soveromsdøren bak seg og lot den dype rumlen ekko inn i rommet. Myk, hvit tåke virvlet rundt beina og oppover ryggen og skapte et spektakulært vingepar som kunne tilhøre en fancy sommerfugl. "Vi må snakke. Nå."

Nisha krysset armene sine uberørt av det lille humørsynet. Tross alt var dette Lilly, og hun viste sjelden temperament, og når hun gjorde det, spruter det ut så plutselig som det kom. Imidlertid virket hennes kjære kusine mer forbanna enn hun noen gang hadde sett henne før. "Bør du ikke ta vare på Ethan?"

"Lord Ethan sover salig og vil forbli slik til en gang etter daggry. Forutsatt at det er en daggry her. Og forutsatt at han ikke bekjemper søvnen som kroppen trenger."

David gikk nærmere sin forlovede. "Det er en gryning, det ser bare ut som om du ser på det fra et sted under et skyggetre."

"Ikke begynn, David. Ikke tør du. Jeg har full rett til sinne. Og jeg trenger ikke at du forteller meg noe annet."

Nisha smilte mens hun prøvde å ikke le. Ja, fetteren hennes var definitivt mer forbanna da hun noen gang hadde vært før. "David, vil du beholde Ethan-selskap mens Lilly og jeg snakker?"

David nikket en gang. Enhver annen gang ville han kysse Lillys kinn da han forlot rommet eller i det minste berørt armen hennes. Akkurat nå trodde han ikke at hun ville ønske noen bevegelse velkommen, så han forvandlet seg til en tynn tabby katt med brune og grå striper og gled ut av rommet.

"Ok, hva har du for å være sint på det jeg ennå ikke har vurdert?"

Da hun så på kusinen sin, så hun ikke en kvinne som var sint, ikke engang litt forbanna, men så dypere inn i øynene og så flammer flimre bak isflodene. Og verre, hun kunne bare finne ut sjelene til de døde som skrek for å bli løslatt ... å ja, hun burde være veldig forsiktig. "Ethan er Fey."

"Ja. Jeg vet dette. Det var imidlertid ikke før jeg hadde ham i et vannbasseng og så på hver tomme av huden hans som jeg var i stand til å fortelle. Uansett har jeg allerede fått David til å bringe meg sekken med råtnende kjøtt som bestemte at de var verdt mer enn et medlem av huset mitt. Og når det gjelder den andre Fey ... Jeg har allerede en plan for dem, men jeg vil ikke fortelle deg det fordi jeg vil at folk skal vite hvorfor jeg burde bli fryktet. "

Tåken som hadde strømmet rundt henne, la seg for fort til bakken. Hun kjente kusinen sin og Nisha ønsket aldri at noen skulle frykte henne ... aldri ... "Nisha ...?" Bekymring fylte den myke stemmen hennes.

"Jeg vet hva jeg gjør Lilly." Stemmen til Nisha hitched ennå ikke og ville innrømme hva hun trengte å gjøre. "Jeg har alltid tatt stor forsiktighet i å sørge for at folk ikke fryktet meg. Ikke la noen få vite hvor mektig jeg virkelig er, og det var før jeg ble underdronningen. Kingdom. Men det er gjort nå. Jeg kjenner legenden om Fey langt bedre enn noen som er i live. Så jeg vet hvem og hva som vil hevne de som er av ekte Feyen-blod. "

Lillys sinne tappet, det samme gjorde fargen i ansiktet hennes. "Er du sikker?"

"Du og jeg er familie. Venner. I tillegg til blodsøstre. Jeg vil aldri at du skal frykte meg, men ... Hvis det er den prisen jeg trenger å betale for å holde familien vår trygg ... Så er det prisen jeg vil gjerne betale. " Nisha satte seg på en arm på en kort sofa og lukket øynene. "Visste du at faren min ble fryktet av de fleste av de høyfødte, men ingen av de lavfødte? Og moren min til tross for at det var en langt større prestasjon enn hun var i stand til på den tiden, hun var mistenkt for å drepe den kongelige familien av Feyen? "

"Å, Nisha ..." Lilly pakket henne bevæpnet rundt fetteren og ga så mye trøst hun kunne. "Gjør ikke det nå ..."

Tørker en eneste tåre fra ansiktet hennes, Nisha sniffet. "Gjør hva? Jeg ble ikke kjent med foreldrene mine fordi noen andre ikke forstod dem. Jeg mistet dem begge fordi ingen av dem skjønte at folk trengte å frykte dem for å holde det de bygde trygt. Og jammen var de begge seere ... de burde ha visst om angrepet ... de burde ha ... "Hun tørket nesen på ermet på huskjolen. "Jeg beklager. Å være her ... vite hvor mange som har lidd siden moren min ble tatt ... det gjør vondt. Jeg forventet ikke at det skulle såre så mye."

"Vil du at jeg skal muntre deg opp?"

"Jeg tror ikke det å bli sommerfugler og lytte til samtaler som vi ikke burde høre, er en god idé akkurat nå."

"Oh fine. Hva med at vi bestemmer oss for om jeg skal reparere Ethans vinger og ører eller la dem bli beskåret." Ikke at vingene hadde blitt beskåret, men heller blitt revet fra ryggen hans ... både fra huden og muskelen der de var festet.

"Jeg tror ..." Nisha stoppet og tørket de resterende tårene fra øynene, "Jeg trenger ham i stand til å stå for kroningen ... etter at vi har dratt til spiret, så hvis du føler deg tilbøyelig, kan du gi ham tilbake det som var tatt fra ham. " Hun trakk seg akkurat tilbake for å se på kusinen sin, "Jeg vil gjerne se vingene hans hvis mulig, men det kan være greit å vente til han er bosatt i sin nye stasjon litt før du gjør det."

"Avtalt." Å trekke pusten dypt og bevege seg bort fra fetteren Lilly spurte: "Så hva skal David gjøre mens du skremmer alle?"

"Åja, Ethan vil trenge noe å ha på seg. Så, tenkte jeg siden han så elsker å fikle med biter av tøy ..."

På klappingen av Nishas ravn farget håret ned igjen, sa Lilly sakte: "Hvis du ikke har noe imot at jeg sier."

"Lil, jeg setter alltid pris på innsikten din."

"Jeg tror å fortelle en skredder å lage noe for din forlovede, vil sende et bedre budskap til folket ditt."

Et tøft smil rykket leppene mens hun snuste. "Ja, jeg tror jeg vil spørre dem. Ellers blir det bare antatt."

Rullende med øynene tvang Lilly latter. "Selvfølgelig. Jeg tror imidlertid at det å legge til at Draken vil ha skjul hvis du ikke er helt fornøyd med arbeidet, vil gjøre et fantastisk tillegg."

"Å kjære. Jeg må rett og slett be David om å spørre om brødrene hans også vil delta."

*Var dette Nishas måte å skifte tema på?*På en eller annen måte trodde hun ikke det. Da hun lukket øynene, hatet hun nesten å spørre: "W-hvorfor?"

"Vel, på dette tidspunktet vil både David og faren ha flere mulige middagsvalg enn de trenger i to år."

Lukkende øynene mumlet Lilly: "Hvorfor spurte jeg noen gang?"

Kapittel 31:
Ethan

Ethan prøvde å ikke stønne av den kjedelige smerten i leddene ... prøvde og mislyktes. I det minste var han alene ... i det minste ...

Noe beveget seg på sengekanten ... noe ... "Lett nå, Lilly vil ha meg hvis jeg lar deg bevege deg for mye."

Dritt. For raskt åpnet han øynene for å se en fantastisk kjekk Feyen-gutt ... mann ... som satt nær føttene og så på ham med for mye interesse. "Jeg skjønte ikke at jeg ikke var alene."

"Det går bra." Mannen nådde ut til nattbordet og helte et glass rød væske i et gjennomsiktig glass. "Her vil dette hjelpe stivheten."

"T-takk?" Væsken var søt. Fruktig ... Og bedre enn noe han noen gang hadde smakt. "Hvem er du, hvis du ikke har noe imot at jeg spør?" Det siste ble sagt litt for fort etter å ha trodd at han hadde fornærmet denne fremmede.

"Du kan kalle meg David. De fleste av kongefamilien til Lite gjør det. Og Nisha antar jeg også."

David? Det var ikke et Feyen-navn. Eller i det minste trodde han ikke det var. "Det er et ... um ... uvanlig navn."

Ved å skjenke seg noe av drikken sa David tilfeldig, "Ja, vel, mitt virkelige navn er altfor langt for uformell samtale, så Lilly bestemte seg for David. Etter ti år har det vokst på meg."

I lang tid stirret Ethan inn i glasset sitt og virvlet rundt den røde væsken før han veldig mykt spurte: "Det er greit at vi snakker?"

David vippet hodet i spørsmålet før han svarte: "Hvorfor skulle det ikke være? Denne gangen i morgen vil du være gift med min kjære fetter."

"M-gift? I morgen?" Nei, det kunne ikke være riktig. Kroningen var om to uker, ikke i morgen. Og han var ikke den valgte frieren ... ikke engang i nærheten av den valgte frieren. Faktisk kunne han ikke være det. Han var en hund, ikke noen kongelig Fey eller en annen slags kongelig.

"Selvfølgelig. Å, men du ble fortalt at hun ville gifte seg med slangeprinsen. Er det riktig?"

Var det et riktig svar? Ethan nikket sakte.

"Ja vel, det var tydeligvis en løgn. Og Nisha hater det når folk lyver for henne eller medlemmer av huset hennes. Du ville ikke tro hvor mye problemer den lille løgnen har forårsaket. Eller hva Nisha planlegger på grunn av det. Ikke spør henne om det. Jeg er sikker på at det vil være bedre for alle å finne ut av det i stedet for på forhånd. "

"Åh?" Var det løgn? Men hvorfor skulle onkelen lyve? Så hvorfor skulle han noen gang fortelle ham sannheten?

"Å ja. Vil du at jeg skal fortelle deg det jeg vet, eller vil du høre Legenden om Fey?"

Å ta en ny slurk av væsken, sa Ethan med et gjesp: "Som du helst vil fortelle."

"Ah veldig bra. La oss begynne med familiehistorien din. Vi vil begynne med mors mors side av familien. Hun het Lady Faerydae, tilgi meg, men jeg vet ikke herrens navn. Imidlertid vet jeg at hun på en eller annen måte var i slekt. til kongehuset i Feyen, du er disse båndene en nøye bevoktet hemmelighet. Fra det jeg har kunnet finne var hun knyttet til den siste dronningen av blodlinjer, men var ikke nært knyttet nok til å bli ansett som kongelig. Uansett var hun fortsatt en dame av retten.

Da faren og moren til Nisha flyttet til Darke, fulgte hun med dem. I bytte ble det gitt flere butikker og søte butikker for å skape inntektene hun var vant til. Siden brannen skulle alle butikkene i Darke bli gitt til deg, på grunn av din alder da onkelen overtok kontrollen over dem. Etter det jeg kan fortelle at han ansatte hvem han så, passet han og holdt alle inntektene for seg selv. " David satte seg litt tilbake og sørget for at han hadde Ethans udelte oppmerksomhet før han la til: "Nisha er forresten ikke fornøyd med noe av det. Og jeg tviler på at en gang dronning Celeste finner ut at hun vil være mindre fornøyd med hvordan du ble oppdratt. "

"Nei, det ... kan ikke ..." Nok et fragment av minnet. Han var i en butikk. Musikk spilles mykt i ryggen. Han kunne ikke finne ut noe annet. Hadde moren tatt ham med til butikkene sine? Hvis det David fortalte ham, kunne det ha vært mulig.

"Åh, men det er det. Du ser at onkelen din ble kastet ut av Feyen for noe. Jeg er ikke kjent med disse opptegnelsene. Da han dro, veide han seg inn i morens hus. I løpet av en uke skjedde et opprør og ble knust. innen øyeblikk. Den kvelden skjedde brannen. Nå har jeg ingen bevis, men jeg mistenker at onkelen din har noe å gjøre med det. Hvis ikke, vet han hvem som gjorde det og hvorfor. Uansett har Nisha bestemt seg for å overvåke henrettelsen personlig. "

Ja, nå var det fornuftig. På en måte."Prins Ciron. Jeg tror han kanskje vet det. De siste årene har han matet ..." Ethan gned halsen der prinsen vanligvis bet ned.

"Du var blodbundet til Nisha kort tid etter hennes fødsel. Han håpet at hvis han matet på blodet ditt, kunne han lure henne lenge nok til å gifte seg med henne og overbevise henne om å drepe deg og eliminere spor av bindingen. Han regnet ikke med faktum at selv om du ble tørket, ville Nisha vite at du var hennes. Det er noe med kongelig blod som ser ut til å binde seg til selve kroppens celler, slik at bindingen ikke kan angres, ikke engang i døden. Jeg vil sette pris på det hvis du ikke gjorde det ikke nevne det til Nisha ... eller vel ... noen for den saks skyld. Jeg hater å tenke på hva hun eller Lilly ville gjøre med informasjonen. Nei, jeg vet hva de ville gjort. En av damene ville binde slangen til seg selv da ville den andre prøve å drepe ham for å se om de kunne bryte bindingen. "

De ville ikke ... hvis de ikke kunne bryte bindingen, hvorfor gjorde det... "Han prøvde å drepe meg flere ganger ... tror du ..."

Da han klappet på Ethans ben, smilte David. "Vi ordner opp etter kroningen. Vil du vite om faren din?"

Sitter litt, spurte Ethan: "Vennligst?"

"Jeg vet ikke mye om ham annet enn at han en gang var en vakt i Feyen-hoffet og deretter ble kaptein for vakten her. I tillegg fungerte han som den første styrelederen her i Darke. Jeg tror,   men jeg er ikke for sikkert, men navnet hans var noe som Gale ... Galton eller noe i nærheten av det. Eventuelle poster fra før han kom til Darke holdes under nøye lås og nøkkel. Fey kan være veldig stikkende når det gjelder å dele informasjon med noen. poster som hadde vært her ble ødelagt i brannen. "

"Men du er Fey."

"Sann. Men jeg har ikke tillit til slike dokumenter. I det minste ikke akkurat nå. En dag Kanskje ... men akkurat nå?" David trakk på skuldrene. "Alt i Feyen skjer når det skjer. Utenforstående lever sjelden lenge nok til å finne svar på lenge stilte spørsmål. Mer om disse spørsmålene kan gi et reelt svar."

Han hadde lyttet nøye til David. Lytte til hvert ord. Og han visste to ting først David var ikke bare en

Fey. Han kunne ikke være - hans språkkunnskaper var nærmere Draken eller en lavfødt borger av Darke enn en Fey som hadde levd og snakket ordentlig. Mer... Fey fortalte deg aldri noe uten å få noe tilbake. Og for det andre kunne han bare se omrisset av to buede horn. Bare finn vekten rundt øynene hans. Dessverre fikk han ikke spørre noe fordi døren til det andre rommet åpnet seg og både Lilly og Nisha sto i døråpningen.

"Damn it David jeg ba deg om ikke å vekke ham." Vel, ikke akkurat, men hun hadde antydet det.

Slikt språk fra prinsessen av Lite. Men han skulle ikke nevne det. Å, nei, det var han ikke. "David vekket meg ikke."

"Uh ha. Jeg er sikker. Men siden jeg ikke har noen bevis akkurat nå, vil jeg spare ham foredraget om hvorfor jeg ville at du fortsatt skulle sove."

Det hørtes ikke ut som mye trussel. Ikke når Nisha prøvde hardt å ikke le, eller når David ikke så ut til å være oppslukt."Har du flere av de røde flytende tingene?"

"Rød væske ... Rød ..." Lilly vendte seg mot David som prøvde å gli ut døren og ble lagt merke til, "Jævla helvete, David, du burde ikke gi ham brennevin i hans tilstand. Jeg sverger at du gjør en verre helbredsassistent da Nisha. " Hun tok en pute som hadde ligget på sengen, og brukte et vindkast for å kaste den mot David som slo ryggen. "Jeg er så sint på deg akkurat nå at jeg burde få brødrene dine til å slå deg til med det samme de kommer. " Hun trakk pusten dypt. "Nish, vil du vennligst finne noe for ham å gjøre før han får enda mer problemer?"

"Selvfølgelig vil jeg tross alt se de kongelige leilighetene før tante Celeste kommer." Nisha smilte så søtt før hun kom med en forespørsel som ville ha vært en advarsel til alle som allerede visste om hvordan Fey bosatte seg i dette landet. "Lilly før Ethan får litt sårt tiltrengt søvn, kan du fortelle ham om Legenden om Fey. Det gir en fantastisk historie før leggetid."

"Jeg antar at jeg har tid til å resitere legenden om den første Fey."

Lilly ventet til både Nisha og David var ute av døren før de sukket, "David hadde ingen rett til å gi deg brennevin akkurat nå. Ikke med tonics og te som jeg allerede har gitt deg. Men du har litt farge tilbake så jeg antar at det var ingen skade denne gangen. "

"Han sa at det ville hjelpe med stivheten i leddene mine."

"Selvfølgelig gjorde han det. Drakens ser sjelden helbredere; i stedet drikker de seg inn i en dumhet eller drikker i det minste til det blåmerke eller vondt de har er lykkelig følelsesløs."

"Ah." Nå var det fornuftig.

"Du ser ikke så overrasket ut."

Ethan lukket øynene. "Jeg så hornene. Det er fornuftig at han er Draken."

"Du så ... nei, ikke si lenger. Jeg vil skylde på Nisha siden du er knyttet til henne. Hva med å fortelle deg legenden?"

Det var den andre personen som hadde sagt at han var knyttet til Nisha. Forhåpentligvis ville noen fortelle ham hva det betydde. "Hvorfor er det viktig?"

"Vel, fordi hvert barn blir fortalt noen versjon av legenden. Det er opp til tolkning, men det er en herlig historie å sovne til." Og det å fortelle deg kan tillate meg å finne svar for å unngå krig. Ikke at hun kunne fortelle ham det.

"Ok." Sakte trakk han det varme dekselet over skulderen og trakk seg for å høre historien.

Kapittel 32:
Nisha

David presset langsomt den brente mørke treporten opp. Den lange halen hans flakket med advarsel om den forgiftede tannen om at han normalt gjemte seg i haletuvet, og knapt pekte ut. "Forsiktig Nish. Det lukter som om brannen ikke har vært ute så lenge. "

Hun visste det, for hun kunne like lukten av det nybrente treet som David.

Et øyeblikk sto hun bare i døråpningen. For akkurat det øyeblikket var alt uberørt og nytt. Deretter…

Nisha smalt øynene. Bare en annen illusjon.

Da hun tok sitt første fulle skritt inn i det som hadde vært mors spisestue, trollformelen eller fortryllelsen brøt. Og for første gang så hun fullt ut hva som var skjult.

Retter som fortsatt er lagt på bordet. Rester etter det siste måltidet moren hennes hadde spist, dekker fortsatt platene. For lenge siden hadde insekter fortært det som hadde blitt igjen i matveien. Da hadde edderkoppene spist på dem. Nettene er nå tomme for livet. Noen er nå revet og blåser mykt med de friske luftstrømmene.

På bakken ble det lagt fire krystallbeger.

"Nish?"

"Dette rommet ble aldri berørt av ild. Røyk? Det ser ut til å ha vært. Og sotet? For fersk til å være fra den kvelden. "

Ved hjelp av halen grep David tak i begeret fra gulvet. "Det lukter gift, men ikke en som jeg kjenner fra hånden."

Ikke bry seg om hva hun satt i eller på, Nisha gjorde seg komfortabel på kanten av langbordet. "Så jeg antar at foreldrene mine ble forgiftet med noe som ingen av dem var immune mot. Men det var etter at brannen ble startet for å trekke dem hit. "

"Hva tenker du på? At Edrich veltet seg inn i din mors tjeneste. Startet opprøret og underkalte da Dronningen av Darke og alle de som var bundet til henne? "

"Nei. Selvfølgelig ikke. "

"Flink"

"Edrich er altfor dum til å få det til. Imidlertid ... "Hun slapp ned fra abboren og tok inn rommet. "En brannmester har vært her nylig. Og det reiser mer enn noen få spørsmål. "

Å skyve en annen dør åpen, hvisket David: "Bastards."

"David?" Bekymring tente stemmen hennes før den kalde raseriet sivet inn i hennes marg, "Hva gjorde ... å ..."

Der bare få meter fra henne satt vuggen som hun skulle ha blitt reist i. Knust så brant så bare rammen ble igjen. Skjelettet til en kvinne lagt på gulvet. Hennes arm nådde ut. Hadde hun prøvd å rømme eller prøvd å nå vuggen?

I en myk hvisking kalte Nisha "Gwydion?"

"Min dronning?"

David snurret til stemmen og stoppet seg fra å gi en utfordring. Stoppet seg fra å gjøre noe som denne mannen måtte bestemme at han en Draken ville være en herlig matbit.

"Vet du hvem dette kan være?"

Et øyeblikk forsvant han og reformerte seg nær kvinnens kropp. "En hushjelp. Ikke en av mødrene dine. Benene hennes er for friske til å ha blitt igjen fra den kvelden. "

Akkurat som hun hadde trodd. Så hvorfor la henne være her i det hele tatt?

"Jeg skjønner." Nisha nikket en gang når hun trakk seg til full høyde. "Ta det som er der til en som kan stole på. Jeg vil vite alt som beinene husker. "

David forstod ikke det. Det gjorde Gwydion.

"Som du ønsker min dronning. Det vil bli gjort med en gang. " Han tok en pause og stirret rett på David. "Jeg stoler på at fetteren din blir hos deg til jeg kommer tilbake."

Det som var igjen av barnehagedøren ble til aske. "Det ville være uklokt for noen å være hos meg til dronning Celeste ankommer."

Å la Nisha være alene var ikke den beste ideen han noen gang hadde hatt, men det var ingenting han kunne gjøre som hun ikke kunne gjøre bedre. Ennå...

Tankene hans flyktet mens en isete hånd tok tak i jakkeermet. Vender hodet for å se hvem som har våget han forsto noe annet ... Gwydion var ikke bare en nyanse. Han var døden og akkurat nå stirret døden rett på ham.

"Lord Gwydion?" David var ikke sikker på om det var riktig tittel, men det var det beste han kunne tenke seg i det øyeblikket.

"Jeg gir deg en advarsel. Dronningen min har tatt noen avgjørelser om noen få ting. Det ville være best hvis du ikke var i nærheten for å være vitne til disse valgene. "

"Jeg-" Han så nøye på mannens øyne. Tåke for at de ennå var ... han var redd. A Shade var redd for hva Nisha allerede har bestemt seg for. Av gudene ... "-Takk. Jeg tror jeg blir hos Lord Ethan til jeg trenger et annet sted. "

Kapittel 33: Legenden om Feyen

Lilly lukket øynene og begynte å resitere legenden så godt hun kunne. I en historiefortellers stemme begynte hun, Legend of the Fey:

For lenge siden bodde Fey på en fjern stjerne. Så en dag fant man veien til vår verden, selv om den gang ble styrt av det som da ble kalt mennesker. Skapninger som lignet på Fey ved at de gikk oppreist og delte en felles kroppsstil. Men de manglet annen kraft enn ord og hva de laget med egne hender, fascinert, en av Fey tok et menneske som sin sjelevenn. Som en del av deres forening ga Fey mennesket noen dråper av blodet sitt og tok en ed, de ville dele i det hver hadde.

Siden dette ikke hadde blitt gjort før, kunne han ikke vite at hans ord ville gi hans krefter til bruden. Når det ble klart at det som hadde skjedd, vendte de som hadde vært kvinnens familie fra at hun kalte henne en heks. Dermed blir den første heksen i Feys historie.

Tilbake på stjernen så Fey nøye på hvordan denne unionen utviklet seg og skapte nytt liv og førte til det første barnet til blandet anstendig. Dette ga andre egne ideer.

Noen så på menneskene som svakere versjoner av seg selv og oppdaget hva de bestemte seg for å være sterkere fartøy. Selv om de ikke snakket ord, hadde de andre skapningene sitt eget språk. Og deres egne ideer om hva en akseptabel kompis ville være. Å se dette som ingenting mer enn et spill for å bli sterkere som helhet. Fey begynte å ta form av de andre skapningene. Ulver ville bli varulver etter parring. Fisk og andre vannlevende skapninger ville bli forfedrene til Bunyip, Kelpie, Kraken, Morgawr, Ogopogo og mange andre.

Mens andre kombinert med reptiler og andre mindre skapninger for å starte løpene i Amphisbaena, Cerastes, Lernaean Hydra. Også de ville en dag utvikle seg til de løpene vi har i dag.

Imidlertid har det alltid vært bare ren Fey. De som velger å ikke parre seg med andre enn sitt eget slag. Vi kjenner dem som feer, alver og nisse, bare nevn noen få. Fra dem har vi noen få som har koblet seg imellom. De er kraftigere enn noen andre fordi blodlinjene deres aldri har blitt fortynnet. De har alltid vært høyfødte. De som styrer. De som selv om de ikke er valgt, er lover for seg selv, for ingen bortsett fra deres konge eller dronning kan håndtere dem. Selv da velger ikke alle å bli håndtert, men lever bare under kongens eller dronningens styre.

Når vi kom til det nyere si for fire eller fem årtusener siden, begynte verden nå å bli overfylt med de av Fey-avstamning å bryte av til sine egne steder. De av slange- eller reptilavstamming reiste sørover til varmt klima. De som foretrakk den mørke eller skyggefulle plasseringen skapte det som nå heter Darke. De første innbyggerne i Darke skapte et slør *over landet. Ingen har noen gang prøvd å forstå det, bare erkjenne at det er der av innbyggernes komfort.*

Andre brøt av og skapte det som nå er Draken, Manicoria og Lite. Selvfølgelig er Lite lysere enn noe annet land. Det har alltid blitt antatt at fordi sløret er over Darke at lyset ble tvunget til å gå et annet sted. Det mest fornuftige valget var Lite.

Etter å ha fullført det hun visste, så Lilly bort til Ethan som hadde vært altfor stille og så ham til slutt i dyp søvn.

Kapittel 34:
Ethan

Ethan våknet til et varmt iriserende lys som omgir ham. Ingenting mer enn en kjent drøm; en han hadde hatt flere ganger i løpet av årene, men inntil nå hadde ikke lyset vært så sterkt ... så nesten blendende. Nei annenhver gang hadde det vært som å gå i en tunnel laget av skygge og lyset ... dette lyset hadde vært der like utenfor rekkevidde. Nær enden av den lange tunnelen.

I dag var det ikke tilfelle. Nei i dag klarte han knapt å forme drømmevennens form. Ser knapt måten hennes midnattssorte hår falt nedover ryggen hennes. Kunne nesten se vingene hennes av en fin blå tåke. Men kunne ikke se om hun var irritert eller fornøyd med ham. Han vissste ikke navnet hennes da igjen, han hadde aldri spurt. Sjenert prøvde han å smile mens han spurte: "Jeg kan ikke huske at det var så lyst før."

Kvinnen smilte mens hun flagret nær ham. Lyset dempet som hun gjorde. "Du er sterkere i dag. Det er på tide at du lærer mine hemmeligheter."

Vippende hodet hans Ethan rynket pannen, hun hadde aldri snakket før, selv om hun hadde den vakreste stemmen. Det falt mellom vinden som blåste mykt gjennom trærne og en fugl som sang for å hilse på morgenen. Så husket han hva hun hadde sagt. "Hemmeligheter?" Det var det eneste trygge spørsmålet ... ikke sant?

Hun snudde seg raskt bort fra ham. "Kom. Du er sterk nok til å vandre blant folket mitt."

Merkelig. Hun holdt ham normalt mens han snakket om dagen hans. Holdte ham mens han gråt av smerten onkelen hadde forårsaket. Og ville holde ham til det var på tide at han våknet. Da han reiste seg, la han merke til en annen raritet, den fint skreddersydde blå kjoledrakten og en hvit skjorte under som han nå hadde på seg. Ikke silke, men noe så mykt at det bare kunne lages i drømmen hans. "Du har aldri fortalt meg navnet ditt."

Kvinnen stanset og så på ham før hun smilte igjen ... men denne gangen virket det tvunget. "Estare. Mitt hjem er Lunaista. Det er en av mange av det du kaller stjerner."

Stjerner? Historien om at han ble fortalt da han sovnet. Ja, det var det. Det måtte det være. Kanskje han burde vært mer oppmerksom på historien. Så igjen, tankene hans gjorde allerede en fantastisk drøm, så gjorde det virkelig noe?

Etter å ha gått på det som virket som alltid, begynte han å snakke igjen. Ikke om den endeløse tunnelen. Eller skapningene han nå kunne se komme til syne, men om verdslige ting om livet hans, som han alltid hadde gjort før. "Jeg tilhører ikke lenger onkelen min."

Estare tok en pause og så virkelig på ham, da smilte henne. "Det er bra. Han er en ubehagelig skapning." Hun tok et eneste skritt og spurte: "Du er ikke gammel nok til å ha ditt eget hus?"

"Å, prinsesse Nisha tok meg med inn i huset hennes." Igjen rynket pannen. "Hun sier at vi er forlovet."

Estare gispet. "Nisha? Nisha Trovos?"

Noe var galt, han kunne føle det, men han visste ikke hva. "Jeg tror det var morens etternavn. Jeg tror at prinsessen går forbi Devros; noe som er forvirrende siden et barn får etternavnet til den forelderen som har større evne." Ethan holdt en pause før han ruslet videre. Et pust senere spurte han: "Kjenner du til henne?" Ikke sannsynlig, men det var en drøm, så alt var mulig.

"Jeg tror ..." Estare nikket til seg selv, "jeg tror jeg tar deg hjem til meg så snakker vi." Hun tok nesten et skritt og hvisket: "Si ingenting mer før vi er hjemme hos meg. Dette er farlige tider. Farlig."

Hjemmet hennes var ikke bare et hjem, men et palass laget av krystaller og glitrende støv. Farger han bare hadde drømt om ble fanget i lyset som reflekterte av alt. Blå nyanser som husket, røde som snakket til hjertet hans, grønne fargen på morens øyne. Han kjente på en eller annen måte fargen nå, selv om han aldri hadde blitt fortalt den. "Det er spektakulært her."

"Det er palasset til Lunaista. Alle som har bodd her har bidratt til storheten. Jeg har ikke ... ennå ikke. Jeg må bestemme hva jeg kan legge til et slikt sted."

Stedet til Lunaista? Kanskje Nisha vil høre om drømmen sin. Ville han ha mot til å fortelle henne det? Nei, ville han fortelle henne. Han måtte fortelle henne. Denne drømmen virket for viktig til å ikke gjøre det. "Er det trygt å snakke her?"

"Disse veggene har mange hemmeligheter. En jeg vil vise deg. Kom, kartet over Fey er på denne måten."

Flere saler med gjennomsiktige vegger. Trapper av lys som resonerer fra trinnene hans. Og den iskalde følelsen av alt han rørte ved. "Veggene er is?"

"Is? Jeg kjenner ikke ordet. Veggene er vegger laget av jorden under føttene våre." Hun stoppet ved en solid dør. Den eneste solide døren de hadde passert. "Kommer ikke murene dine fra jorden?"

Gjorde de? "Jeg antar at de ikke er gjennomsiktige."

"Da er jeg virkelig velsignet med ikke å leve i din verden. Uten å se alt, kan man skjule mange hemmeligheter. Og disse hemmelighetene kan føre til en forferdelig krig."

Greit? Hva skulle det bety?

Hun presset lett på den solide døren og hvisket: "Her er kartrommet. Jeg vil prøve å forklare hva du trenger å vite."

Ethan nikket. Drømmen hans ble mye rarere enn han noen gang trodde en drøm kunne være. Må være tonics som roter med tankene hans. Ja, det var en god innsats det var grunnen til at tankene hans gjorde dette i kveld på alle netter.

Døren åpnet seg sakte og kartet ... var ikke bare et stykke pergament på et bord, men var selve rommet. Glødende knagger i alle land. Gul i Lite. Dyp lilla i Darke. Grønt i slangemyrlandet. Grå i Draken. Og blått i det som var kjent som Mystic Woods. Så samlet glødende hvite knagger seg tett i Feyen. Så spredte noen seg i både Lite og Draken. Men mer i Darke. "Hva er dette?"

"Det hvite er det du kaller Feyen. True Fey."

Ethan så igjen. "Lysene er svake i Darke." Nesten utbrent helt.

"Fey dør. Når lysene nesten er borte, vil også Darke."

Var det Feyen i Darke? Nei ... hånden hans berørte øret hans. Øret som en gang hadde hatt det delikate punktet som hans ven. "Onkelen min gjorde dette."

Estare ristet på hodet. "Ikke alene. Det er mørke krefter som virker her. De kommer fra Mystic Woods. Du vil finne svar der. Med mindre lysene slukkes. Da vil det ikke være svar i det hele tatt."

Ingen Darke? Ikke noe liv? Frykt løp gjennom ham ... han måtte gjøre noe. Men hva? "Kan jeg fortelle prinsessen hva du har vist meg?"

"Du kan fortelle Nisha. Sørg for at hun holder esken lukket og aldri åpner den. Det den inneholder er farligere enn meg selv."

Eske? Hvilken boks?

Brannen begynte akkurat å dø ned når øynene flimret åpne. Han elsket drømmene sine, men han ønsket virkelig at han ikke var så sliten etter dem. En bevegelse av et lite dyr ved føttene førte ham ut av myra. Blinkende så han på ... skapningen .... katt? ... ble til mannen han hadde møtt i går kveld.

"David?"

"Åh, du husket navnet mitt."

Chatty for a Draken. Helvete, han var pratsom for en Fey. "Er Nisha i nærheten?"

David trakk seg. "Hun møter dronning Celeste og med rådet. Personlig ville jeg ikke bry henne akkurat nå ... men hvis du virkelig trenger henne ..." Han lot resten spore av.

"Jeg tror ..." Ethan prøvde å sette seg opp litt og var veldig glad for at ingenting så ut til å skade akkurat nå. "... Jeg kan vente. Vet du hva jeg trenger å gjøre ... i det minste i dag." Hu h?

David så lettet ut. "Nisha har en skredder som venter på deg ikke langt herfra. Tilsynelatende er han den fineste i riket."

Fineste i riket? "Lord Taliare?"

"Jeg tror det er navnet. Nish var ikke veldig imponert over antrekket hans, så jeg tviler på at han er veldig god i sitt yrke." *Eller at han var ment å leve gjennom møtet.*

"Hvis han blir betalt sjenerøst, er han veldig talentfull. Hvis du betaler hans standardpris, varer plaggene sjelden en hel dag."

"Ethan, kjære, fortalte prinsessen ham at kroningsgarderoben din ikke oppfyller hennes forventninger, jeg får spist ham. Tror du virkelig at han ville velge å dø en veldig langsom død?"

Å vel, si det sånn? "Jeg tror han vil være mindre fornøyd med å bli truet, men vil ikke klage for høyt."

Når han bare satt tilbake et hår, smalt David øynene. "Du virker ikke overrasket over at jeg spiser noen."

"Du er Draken. Eller i det minste en del Draken. Jeg antar at det å spise en fiende er standardmessig."

David ga et varmt smil og blunket. "Sann. Veldig sant. Selv om det vanligvis tar mest tid å forstå dette."

"Åpenbart vokste de ikke opp i Darke."

David så Ethan på et merkelig blikk og smilte. "Nei, det antar de ikke."

Kapittel 23:
Nisha

Et minutt etter daggry var Nisha i storsalen og ventet på at tanten skulle komme. Den kongelige leiligheten var perfekt uberørt for et sted som burde ha blitt ødelagt av brannen. Åh, ved første øyekast hadde det vært. En annen forbannet trylleformulering denne så endelig gjorde at det tok henne mer enn et helt minutt å bryte den, og det var etter å ha funnet ut at den var der, til å begynne med. David hadde blitt like overrasket over oppdagelsen. Vel før han begynte å sette sammen et par ting. Ingen av dem gode. Og ingen av dem bidro til at foreldrene hennes ble drept for atten år siden.

Hvorfor skulle noen gå gjennom alle bryet med å brenne det meste av byen og ...?

Nei, hun ville aldri finne svarene på denne måten. Kanskje hun burde besøke Prince Ciron. Eller kanskje gå opp igjen og utforske hver tomme av leiligheten alene, men ingen appellerte til henne akkurat nå. Nei, akkurat nå ville hun gjøre noe. Noe som ville være hennes sinne og frustrasjon verdig. Noe som ville skremme den perversale dritten ut av alle levende ting i hele Darke og muligens hele riket.

Nei, hun ville vente med å skremme riket, men i dag trengte hun å skremme innbyggerne i Darke. Hun trengte alle sammen for å forstå at hun ikke bare var arvingen ... hun var noe mer. Noe de døde kalte en skaper.

Så hun sto nederst på den store trappen og ventet til de doble svarte steindørene åpnet seg og tanten hennes tok sitt første fulle skritt inn i palasset sitt. "Kom onkel Blake med deg?"

Dronning Celeste tok et skritt tilbake som om hun hadde blitt slått. Da hun fikk roen, sa hun veldig rolig: "Du vet at han gjorde det. Han snakker for øyeblikket til vaktene foran for å se hvorfor skjeletter vokter inngangen i stedet for borgere i ditt rike."

Nisha vinket den av. "Siden de er borgere i mitt rike, hvem er jeg for å argumentere hvor de velger å vokte?"

Å lukke øynene Celeste smilte. "Så, det blir en av de dagene," hvisket hun for seg selv. "Jeg trodde du fortsatt ville sove på denne timen." Tross alt hadde hun på atten år aldri kjent at niesen hennes var våken før middagstid.

Kryssende armene banket Nisha utålmodig på foten. "Dette er viktigere enn søvn."

Det kan ikke være bra. Ikke da Nisha aldri våknet før middagstid. Og absolutt ikke da hun allerede var forbanna og urolig før morgenmåltidet. "Åh?" Celeste tok et lite skritt nærmere Nisha. "Kanskje vi burde snakke i en mer privat setting?"

Når hun rister på hodet, snakket Nisha veldig rolig: "Lord Edrich er ikke lenger min fullmektig, det er du. Og fordi du er min fullmektig, trenger vi å snakke med rådet. Det er noe jeg trenger å si, og du trenger å høre. Så du må kontakte de som trenger å være vitne til kroningen min, så det kan gjøres i kveld. "

Hun hadde oppdraget dette barnet siden fødselen. Hadde gitt henne all den kjærligheten hun kunne. Og hadde flere argumenter med Nisha da hun noen gang hadde hatt med sin egen datter. Men aldri hadde hun hørt den blandingen av sinne, raseri og noe som bare kunne kalles død med en stemme ... i Nishas stemme. "Fordi du er gammel nok til å herske, vil jeg gi etter forespørselen din under forutsetning av at du ikke vil skade dem du vil snakke med."

"Jeg lover ikke å drepe noen som ikke fortjener det. David har allerede bekreftet hvem som må spises eller strimles og hvem som passer for å bli kastet i det endeløse havet for innbyggerne der."

Oi da. Det var en ting for Nisha å tenke på å drepe noen. Det var en annen ting for David, som er en draken, å foreslå hvem som ville lage et tilfredsstillende måltid og for hvem. "I så fall vil jeg hente onkelen din slik at han kan være til stede på konferansen."

"Tante, egentlig, ville ikke onkel heller være egnet til å kontakte de andre kongehusene? Tross alt tviler jeg på at han i det hele tatt vil finne dette møtet interessant."

"Det er sant, men hvis blod skal utgis, vil jeg helst at han skal være vitne." For ikke å nevne at han ville ha en bedre ide om hvorfor blod ble utgytt og hvordan man kan stoppe det. Vet kanskje hvordan du skal stoppe det.

Tar tantens arm Nisha smilte. "Veldig bra, jeg vil gi etter forespørsel." Hun stoppet til hun hadde en nøyaktig følelse av tantens temperament og la til: "Dette er grunnen til at du velger å la Lilly styre Lite nå i stedet for å vente."

"Ja, kjære. Å håndtere deg som min likemann er ikke noe jeg ville være veldig effektiv på. Kusinen din er imidlertid mer enn villig. Og for det er jeg virkelig takknemlig."

Nisha tok veien dit hvor rådet skulle samles. Selv om hun aldri hadde vært her ... i dette rommet ... visste hun hvordan det ville se ut. Et stort åttekantet rom med to sider lengre enn resten. Selve rommet hadde ingen vinduer, bortsett fra glasskuppelen som fungerte som taket. De eneste møblene ville være langbordet i midten av rommet, fire høye ryggstoler på to sider. En gang for hvert medlem av rådet minus de to som ble forvist i går kveld. Så to seter ... gyldne troner ... plassert i hver ende av bordet for de som skal sitte i kongehuset. Ingen andre ville være velkomne i det rommet ...

... Vel, bortsett fra Blake. Som dronning Celestes ektemann og første leder av hoffet hennes hadde han myndighet til å gå omtrent hvor som helst han ønsket. Og det inkluderte å stå bak henne i dette møtet.

Stående ved doble dører ventet Nisha på at de skulle åpne. Et hjerte slo deretter to, og de åpnet da Blake kunngjorde hennes ankomst. "Mine herrer, vær så snill å ønske kronprinsesse Nisha Devros velkommen." Han tilbød henne armen for å eskortere henne til hennes sted på slutten av bordet ... det motsatte av tanten hennes. "Nå som alle har samlet seg, la oss fortsette."

Dronning Celeste smilte forsiktig. "Mine herrer, vær så snill å sitte." Hun smilte til hver til de hadde gjort det som ble bedt om. "Ettersom ingen av dere tjenestegjorde under min kjære søster, anser dette for å være ditt varsel, hvis du ønsker å forbli en del av min nieses råd, så bør du begynne å oppføre deg som det. Jeg har vært her mindre enn en kvart dag og liker ikke det som har blitt av en gang et flott land. Et land som min mor stolte ekstraordinært av. Og et land jeg en gang hjalp moren min med å herske før jeg styrte mitt eget land Lite. Så, la meg forsikre deg om at jeg er helt klar over hva lovene var før og under min kjære søsters regjeringstid. Og jeg vet hva de har blitt siden. "

Sinte ansikter fra de seks mennene ved bordet, men ingen snakket ordene som sikkert ville få dem drept.

"Nå har niesen min bedt om et publikum med deg for å diskutere det jeg kan anta er et spørsmål av største betydning. Jeg har gitt det publikumet til å redde meg selv fra å takle hva som helst som hun allerede har kommet over." Celeste tok en pause og smilte til Nisha. "Kjære, vil du være så snill å opplyse oss?"

Nisha nikket til tanten og reiste seg fra setet og smalt håndflatene mot bordet, og la myke torden fylle rommet mens stormskyer fylte alt bortsett fra bordet og rommet bare et hint over. "Gjør ingen feil, mine herrer, dette er ingen illusjon. Skyene er veldig ekte, det samme er lynet i dem."

"Bb-men det er umulig." En av mennene stammet.

"Hun hadde ikke den evnen ... hun kan ikke ..." En annen kvalt seg.

Hun ignorerte fangene for øyeblikket, men hun la merke til bekymringen i tantens øyne og det beskyttede uttrykket til onkelen. "Siden jeg liker å være rettferdig, vil jeg gi dere hver sjansen til å leve. Innen den siste klokka teller for midt på dagen, skal hver slave eller de som du kaller hund være i lysningen vest for palassmurer. "

"Alle?" En kollektiv gisp fylte rommet.

Hun var ikke sikker på hvem som sa det, men det gjorde ikke noe ... ennå ikke. "Jeg stammet ikke. Midt på dagen vil jeg ha mitt publikum som jeg har valgt eller om natten, det vil ikke være noe sted å løpe som jeg ikke finner. Ikke i Darke eller i noe annet land." fra bordet forsvant hun i de grå skyene.

Et tordenklap eller kanskje det var dørene som smalt igjen. Så oppløste skyene seg i mennene ved bordet og markerte hver.

Det ble skapt en plattform etter den lille kunngjøringen om hvem prinsessen hadde ønsket å se. Det var brakt fat på fat vann. Én for hver rad forventet gjest. En enkelt dipper for hvert fat.

Likevel visste ingen hva som ville skje. Ingen var bekymret for at prinsessen av Darke hadde makten til å gjøre noe, men alle lurte på hvordan hun hadde overtalt rådet til å la dette møtet begynne med.

Og alle bekymret for hva som ville skje med Darke når hun ble kronet.

Nisha tok knapt plass på plattformen før en ganske tøff mann sto ved foten av trappene som hun nettopp hadde gått opp et øyeblikk før. Hans kapper, selv om de var gamle, markerte ham som en høyfødt. De spisse ørene hans var av noe slag Fey, men det var lettelsen som fikk henne til å legge merke til. "Du kan nærme deg."

"Du ser moren din ut, men farens avsetning."

"Åh?" Hun smalt øynene i små spalter og så på denne ukjente Fey, men holdt seg også oppmerksom på hva som foregikk før scenen hennes. Er klar over at slaverne blir tvunget til å sitte i rekker foran henne. Bevisst på at de som hadde tittelen hund mer enn tvunget til å stille seg opp ... stående ... ikke sitte som de som var slaver. I et øyeblikk ville hun takle dem akkurat nå hun hadde den ukjente mannen å takle.

Mannen kom sakte opp en håndfull trinn og knelte foran henne. "Jeg heter Garwig. Jeg var en gang morens andre stol og kaptein for hennes vakter."

*Lite sannsynlig.*Men hun måtte spørre tanten sin om kravet hans. "Det ble sagt at alle mors rådgivere omkom den kvelden."

Veldig stille suste Garwig: "Ikke alt som er sagt er sannheten." Da han så Nisha løfte et eneste øyenbryn i spørsmålet, sa han veldig respektfullt: "Jeg var på besøk ... um ... venner i Draken med din mors velsignelse. Da nyheten om brannen nådde meg, ble jeg oppfordret til å bli satt." Han tok en beslutning, og la til: "Tanten din og onkelen din er veldig kloke og holder sitt eget råd."

"Ja, de oppfordrer meg til å gjøre det samme. Og det gjør jeg." Nisha smilte og reiste seg fra setet. "Jeg vil gjerne snakke med deg lenger, men det er ikke tid. Vær så snill å bli med meg etter kroningen når vi kan finne et sted som er mer egnet for mer private samtaler."

"Jeg ville bli beæret, prinsesse."

Da Nisha stod forrige gang, brukte hun vinden for å styrke stemmen. "Gi hver av dem her en drink av det tilførte vannet. En full dipper vil være tilstrekkelig for øyeblikket." Hun snudde hodet for å se alarmen i ansiktet til Garwig. Å vite at han var bekymret for at hun var i ferd med å forgifte alle de som drakk vannet. Med et blunk og et vennlig smil vendte hun seg tilbake til mengden og lot seg føle. Hvis han virkelig var en del av morens domstol, ville han vite hva det blinket hadde betydd ... men hvis han lyver ... vel, hadde hun svar på det også.

Da hun lukket øynene, trengte hun ikke å se på hva som skjedde før henne. Hun visste da en annen person tok en drink av vannet. Vann snørt med blodet hennes. Hun følte deres makt, deres lengsel etter å være mer enn det de fikk være. Følte smertene fra friske sår. Følte sult og sult. Visste i løpet av få minutter hvem som skulle ha strålende vinger og hvem som skulle ha spisse ører. Noen få minutter til og det var en slepebåt... nesten kjent for henne. Ethan? Nei, ikke Ethan. Han ble utstyrt for kroningen. Ah ... men kraften fra den slepebåten var berusende.

Hun hoppet av scenen og brukte tåken til å lage vingene. Vinger som vanligvis ikke ble vist for mange. Hun kjørte over hodet på de som nå var bundet til henne, og fløy raskere og raskere til nesten til siste rad, og hun sluttet å flagre bare noen centimeter fra hodet hans.

Ikke Ethan, men tydeligvis familie. Hun kunne se det i ansiktet hans ... på veien til tross for at hun hadde vondt og sultet ... holdt han seg. Selvsikker og klar for problemer.

"Hva heter du?"

Mannen så opp på henne. I et kort, sekund så han forvirret ut og smilte da han lukket øynene. "Du kan bare være datteren til dronningen min."

"Det er klart at bindingen ikke hadde virket, så fortell meg navnet ditt."

Sakte gikk han til det ene kneet og forstod at ingen ville tørre å berøre ham nå. "Galeron. Første stol av QueenAdriannas råd. Og en venn til faren din. "

Ah ... så han døde ikke som hun hadde blitt fortalt. Så hvis han var her ... hvor var hennes egne foreldre? Nei, det var ikke på tide å spørre. Hun tok ikke øynene fra Galeron og løftet stemmen igjen. "Alle de her er nå blodbundet til meg. Enhver skade kommer de som er mine, det vet jeg. Alle de her skal eskorteres til spiret og behandles ordentlig som de høyfødte som de er. Alt, bortsett fra denne. " Hun låste øynene med Galeron. "Han skal føres til nattens slott." Hun snudde hodet og lot seg se skjelettene vente i det fjerne. "Lojale vaktmestere kan du hjelpe ham til slottet. Prinsesse Lilly vil pleie ham personlig. "

Folkemengden som hadde samlet seg hadde tenkt at prinsessen skulle kvitte seg med landet deres. Slaverne og hundene som tok så mye av ressursene sine ... maten deres, og så mye plass at de brukte til deres søleområder. Nå sto de gapende i frykt. Prinsessen som hadde kommet til dem med bare små evner, burde ikke ha vært i stand til å binde en av disse fryktelige slaver ...

... likevel hadde hun bundet dem alle til henne.

Hun hadde bundet voksne som hadde vært morens favoritter. De som ikke kunne drepes selv nå. Bundet barn som var mer verdt som mat enn sekkene med kjøtt som hadde blitt holdt i live. Nei, hun skulle ikke ha klart å gjøre dette. Frykten skyllet gjennom mengden da de skjønte sannheten som nå sto foran dem. Sannheten som ingen hadde ønsket å erkjenne ...

Prinsessen var ikke bare kraftigere enn begge foreldrene til sammen, men hun hadde favør av de som bodde i underriket. Det var tydelig da skjelettene marsjerte ut under buskene der de hadde gjemt seg og nå eskorterte slavene til spiret. Fire som bærer den siste av det tidligere Dronningens råd inn i slottet.

Nei, de beveget seg ikke før den lille prinsessen var ute av syne, men de var alle enige om at hun må stoppes for enhver pris.

Kapittel 36:
Ethan

Han følte seg latterlig. Føttene hans var fylt i luftige, altfor polstrede hussko; sko som Lilly hadde insistert på at han hadde på seg siden føttene hans ikke var så helbredet som hun anså som passende å gå. Sko som fikk føttene til å føles som om han prøvde å vade seg gjennom knedyp dammsukk mens han hadde på seg sementblokker festet til føttene. Selvfølgelig hjalp ikke det tykke teppet som dekket til den nye plysjkåpen og den nylagde søndrakten. "I det minste vil ingen se meg slik," sa Ethan mens han sukket ut.

David stoppet midt på trinnet og smilte. "Ethan, vil du egentlig ha på deg det du er for øyeblikket eller at skredderen ser deg på soverommet?"

"Jeg vil helst slippe å bruke teppene som passer bedre på sengen." Det var et brak, og etter å ha våknet fra den siste drømmen hans, bestemte han seg for å mumle høyt til noen begynte å få en slikk av mening. Selvfølgelig kunne planen hans også blåse opp i ansiktet hans, men å dømme etter Davids smil trodde han ikke det.

Da han satte den lange smale fingeren på brystet til Ethan, smilte David. "Er du villig til å fortelle Lilly det?"

"Vel nei." Ethan tok en pause og trakk pusten dypt. "Se, jeg er sliten. Verden min ... livet mitt ... har blitt snudd opp ned og revet i løpet av en enkelt dag. Det og jeg skal gifte meg og jeg er knapt nitten år gammel. Jeg møtte nettopp bruden min hvem skal være dronningen av Darke. dronningen. Og tonics eller hva, ikke det Lilly fortsetter å gi meg, begynner å få huden min til å prikke. For ikke å nevne tror jeg, Nisha har ikke noe bra siden både du og Lilly er prøver hardt å holde meg borte fra henne. "

"Ja vel. Nisha lover å ikke komme noe lenger på deg i minst ti år. Hvis hun holder ordet, er du trygg for i dag."

"Unnskyld deg?" Når ble et tiår til en dag?

David trakk på skuldrene og begynte å gå tilbake til sitt sakte tempo nedover gangen. "Nåvel, det er Nisha. Hun vil virkelig prøve å holde ordet, men du må huske at hun er en dronning. Og som dronning kan hun ikke kontrollere alle små ting som skjer. Nish kan prøve, komme med trusler og skremme dritten ut av de som ville motsette seg henne. Men hun kan ikke kontrollere dem. " David tok en pause mens han rakte ut hånden mot en rødmalt dør. "Vel, det kunne hun, men bare hvis de var blodbundet til henne. Og jeg tror virkelig ikke hun ville binde alle levende mennesker til henne hvis hun ikke trengte det." Han stoppet virkelig og tenkte på det han nettopp hadde sagt og revurdert. "Så igjen, med Nisha som gjorde det som har ført til at både Queen of Lite og kapteinen på hennes vakter ble holdt opp et sted, ikke med Nisha ... Jeg kunne nesten satse på at hun gjør for å gjøre noe for å skremme innbyggerne i Darke. " Et vennlig klapp på Ethans skulder, så sukket Davis. "Best å ikke spørre henne om det. Jeg tviler sterkt på hva det er, vil la henne holde løftet til deg. "

Ethan beveget seg ikke og prøvde å ta inn det meste av Davids vandring. Han var bemerkelsesverdig pratsom for en Draken, men David gjorde noen gode poeng. Ethan bestemte seg for å lukke øynene bare et kort sekund og sile gjennom alt det han nettopp hadde lært, og hørte en annen dyp stemme komme fra rommet som David hadde ført ham til. "Det handler om forbanna tid du møter opp. Jeg har en virksomhet å drive. "

Med en rystelse åpnet Ethan øynene og ville ikke ta et nytt skritt. Han ville egentlig ikke gå inn i det rommet. Ville ikke at Lord Taliare skulle røre ved ham. Ville egentlig ikke se ham. Alt dette gjorde ikke noe Nisha hadde ... betalt ... for et antrekk, og det antrekket måtte oppfylle hennes standarder. Uansett hva det var. Sakte paddet han inn i rommet og så David forklare noe så mykt bare skredderen hørte. "Lord Taliare."

"Er dette en slags vits? Jeg er den beste skredderen i hele Darke ... Jeg gjør ikke de fineste slitasje for HUNDER."

Buende ryggen vendte David seg mot Ethan. "Fetter, du vil kanskje vente ute. Jeg vil bare være et øyeblikk."

Fetter? Nei, best å ikke si det. Ikke da han kunne se bølger som raser i Davids nå grågrønne øyne. Øyne som hadde vært røde men øyeblikk før. Nei, best å ikke si noe akkurat nå. I stedet smilte han så rygget ut av rommet og lukket den røde døren som han gjorde.

Ethan visste ikke hvor lenge han hadde stått der og så på døren, men det neste han visste var en myk stemme som kom bak ham.

"Ethan?"

Lilly? Hvorfor var hun her? "Jeg ble bedt om å vente her." Øynene hans forlot aldri den røde døren. Eller rommet som han nettopp hadde hørt et forferdelig gurglet skrik fra bare et øyeblikk før.

"Ja, jeg er klar. Nå tar jeg deg tilbake til sengen, og antrekket ditt vil være klart før du våkner."

Han snudde seg litt. "Trenger ikke noen å ta målingene mine?"

"Å. Vel, David har dem allerede. Best ikke gå i det rommet mens han har biter av tøy å leke med."

Hva?!? "Jeg forstår ikke. Hva skjer med Lord ...?"

Tar armen til Ethan og smilte Lilly. "Kjære, David er en draken. Ikke misforstå meg, fordi dette ikke er noe David normalt ville gjort ... men idioten fornærmet David ved å fornærme deg. Hans liv er fortapt."

Snublende tilbake kikket Ethan sjokkert over skulderen over Davids handlinger. "På grunn av ord?!?!"

"Ikke bare ord." Lilly pustet dypt. "Se. Jeg vet at dette er vanskelig å forstå akkurat nå. Om et år eller to stoler på meg vil du aldri huske at du ikke var relatert til en Draken, men i Davids tilfelle er han også en del av Fey. Som en Fey er han noen ganger i stand til å hente tanker. Heldigvis ikke ofte, men når han gjør det ... "

"Tanken han tok opp kombinert med ord ..." Å ja, han kunne se det nå. Men hvilke tanker hadde David tatt opp?

"Ja vel. Jeg tror han tok opp to tanker ... rumpa 'så vel som din. Du må lære å ikke frykte alt ... spesielt når David er rett ved siden av deg. Han reagerer ikke bra på frykt. Mer når den frykten er av noen han anser som familie. Han ville aldri slå på deg på grunn av den frykten, men han vil eliminere noe eller noen som er årsaken. For den saks skyld, så ville Nisha. Selv om hun ikke holder sin sinne skjult så vel som min David. "

Det var den beste advarselen noen noensinne hadde gitt ham, det var bare så ille at Lilly ikke hadde fortalt ham det tidligere. "Jeg skal gjøre mitt beste for å huske det."

"Åh, åh, Ethan tror ikke at du gjorde noe galt. Du må prøve å forstå akkurat nå ... akkurat her ... frykten din signaliserer problemer. Betydning David kan finne et måltid i det som forårsaker frykten. Du ... vel, du er trygg. Nish ville drepe ham hvis han skadet deg. Og jeg ønsker ikke å tenke på hva hun ville gjort hvis han gjorde mer enn det. "

"Takk, Pri- Lilly."

"Bra. La oss nå få deg gjemt i sengen, og Nisha vil snakke med deg snart."

Shit, han hadde nesten glemt at han hadde bedt om å få se henne. "Takk skal du ha."

Kapittel 37:
Lilly

Lilly hadde knapt stukket Ethan inn i det som løst ble kalt sengen hans da hun følte at slottet grøsset. Ikke mer enn et hjerteslag senere skrek noe ... skrek ... høyt. Det hørtes ut som om det hadde kommet utenfra, men igjen kunne det ha vært selve slottet som ropte etter hjelp. Når hun så forbi steinveggene og mot hoveddøren, kunne hun nesten høre de grå polerte steinene stønne av redsel. Ja, det var trossig slottet som skrek. Eller i det minste håpet hun at det var slottet og ikke noe annet som var knyttet til dette slottet som ga de fryktelige lydene.

Lukkende øynene Lilly trakk pusten dypt. Noe har presset Nisha utenfor hennes normale kontroll ... Eller kanskje dette var hennes ide om å skremme alt og alle til lydighet ...

... Det var en mulighet. Det var heller ikke sannsynlig. Nei, Nisha ville aldri gjøre noe som kunne skremme Ethan. I det minste ikke før han var trygg på at hun ikke ville skade ham.

Hun beveget seg så fort hun anså det som trygt, og navigerte i labyrinten til salene til hun alt for raskt sto ansikt til ansikt med dronning Nisha ... og ringte Feyen-dronningen som sto foran henne, noe som virket uklokt. "Din nåde." Hun så på hvordan

Nisha tok flere veldig kontrollerte pust... ventet til fetteren hennes har fått tilbake en viss grad av kontroll over sin raseri. Ventet til de bortkomne sjelene fra de døde ikke lenger var synlige i den grå tåken som var øynene hennes.

"Lilly, vær så snill å se at den nye vennen min blir tatt godt vare på. Han vil trenges ved kroningen. Selv om jeg synes det er best hvis han ikke er for nær familien. I det minste ikke ennå."

*Greit? Hvilken ny venn?*Ikke best å ikke spørre det ... i det minste ikke før Nisha fortsatt ikke siver av raseri. "Er rommet overfor ditt tilgjengelig? Det vil hjelpe hvis jeg ikke trengte å komme meg for langt fra Lord Ethan ... i det minste ikke før kroningen." Det var ikke helt sant, men det ville være mer praktisk å ikke skynde seg fra den ene siden av slottet til den andre de neste timene. Ikke at hun ville tørre å si det akkurat nå. Ikke da hun ikke var helt sikker på om Nisha ville svare som fetteren eller som en forbanna Fey.

"Det er greit." Nisha snudde seg tilbake til måten hun hadde kommet og hvisket: "Skjeletter gir fryktelige medisinere, men de vil gjøre alt blir bedt om av dem."

"Skjeletter? Du har ..." Lilly stanset og ristet på hodet. "Ikke glem. Jeg ønsker ikke å vite noe mer om legene dine. Er det imidlertid noe nyttig jeg trenger å vite om vennen din?"

Nishas øyne lukket seg i flere øyeblikk mens mørk tåke som tendrils strømmet rundt henne. Etter flere dype åndedrag så hun nok en gang på kusinen sin mens hun bekreftet det hun allerede hadde kjent. "Han er en lettbærer og veldig vanskelig. Jeg slo ham ut før hjelperne mine kom." Når han snur seg for å enten gjøre et raskt tilfluktssted eller for å skremme noen andre, la Nisha raskt til: "Åh, når han er komfortabel, trenger jeg å snakke med ham. Jeg har spørsmål, og han har mest sannsynlig svarene."

"Selvfølgelig." Lilly tok en pause før hun ringte etter henne: "Ethan trenger å snakke med deg. Han sier det er veldig viktig. "

Lilly telte til ti ganger. Hun hadde bedt om at den veldig skadede lysbæreren skulle plasseres i karet ... hun sa ikke kaste ham, dunk ham eller noe annet ... hun hadde sagt plasser ham. OK ... greit… kanskje hun burde ha sagt forsiktig. Selvfølgelig kan dette være skjelettets måte å vise forakt på ... eller ... kanskje de ikke forstod hva som ble sagt usagt? Legg det til det faktum at hun aldri hadde sett et skjelett av et levende løp som hadde pigger for pigger, barberhøvler for fingre sammen med hugtenner. Kanskje hun kunne spørre Nisha ...

…Når jeg tenker meg om…

Pustet dypt begynte hun sakte å fjerne klutbitene som knapt dekket noe bortsett fra det som var mellom beina hans. Hun ignorerte alt som ikke var et sår, og vasket forsiktig det skitne ... skitt ... muck og tørket blod fra skulderen hans, og forbannet med oppriktig oppriktighet da hun inspiserte det som var skjult under. "Hva ..." Et eneste hjerterytme senere, og hun skrek, David!

Øyeblikkelig bekymring kom tilbake til henne, Lilly?

Jeg trenger deg. Nå.

Et øyeblikk senere og David krasjet gjennom døren fortsatt våt fra sitt eget bad. "Hva ..." Han tok en pause mens han så en ukjent Feyen-mann helt naken i bassenget med grumsete vann. "Hvem er det?"

Hun ignorerte hans dype knurring, og snappet: "En venn av Nish som trenger talentene mine."

Siden han ikke kunne krangle om det, og heller ikke kunne drepe mannen for ikke å identifisere seg, smilte David. "I så fall hva trenger du hjelpen min med? Siden du ringte."

Hun smalt øynene mot ham. Han virket rolig, men det betydde ikke at han var, eller at han ikke ville lage et måltid av denne mannen hvis han så det. "Jeg trenger å vite hva slags sår jeg ser på. Jeg trodde det var en bit av noe slag, men jo mer jeg ser på det ... Jeg tror det er en forbrenning? En bit, kanskje. Men ikke en infeksjon."

Da han gled over til henne, satt David på kanten av karet for bedre å undersøke det aktuelle såret. Lent seg nær mannens skulder, snuste han, og lot den talentfulle neglen veldig forsiktig kjærtegne kanten av såret for å føle for det øynene hans ikke kunne se. Etter flere anspente øyeblikk av stillhet lettet han tilbake, uttrykket hans var dystert. "Det er en slags forbrenning. Har en slags gift i seg."

"Å bra, jeg har noen salver som kan hjelpe da."

Han kikket ned igjen på fingeren, glad for at han ikke hadde rørt noe annet med klærne. "Lil, jeg tviler på at alt du har med deg vil hjelpe ham."

"David?"

David lukket øynene. Det var lettere å ha denne samtalen hvis han ikke så uttrykkene hennes. "Dette er en forbrenning fra en trollhybrid. Ikke en av de vanlige typene jeg kjenner, men jeg tror faren min ville vite bedre. Han skulle være her snart." Sakte åpnet han øynene og så nervøs ut. "Lilly hvis dette er en rase som er ... um ..."

"Bare si det. Vi vil takle resten senere."

David nikket: "Jeg tror ikke dette er en kjent trollsort. I alle fall har vi kanskje funnet en verdig motstander for min far å jakte på." Han vendte hånden for å vise henne neglen, nå sprø og grå.

Da det siste av dekslene ble pakket rundt hennes nyeste pasient, så Lilly sine slitne, blåblå øyne og så på henne med mild nysgjerrighet. "Åh, jeg trodde ikke du ville være våken en stund."

Mannen blinket en gang og prøvde å snakke: "Du er ...?"

Smilende lyst svarte Lilly og håpet hun kunne sette ham rolig. Likevel fremdeles forsiktig siden lysbærere sjelden hadde det godt. "Lilly. Prinsesse Lilly av Lite. Men for øyeblikket er jeg healeren som har til oppgave å sørge for din komfort. "

Med lett lukkede øyne mumlet han: "Fantastisk."

Det hørtes ikke ut som han var begeistret for at hun hjalp ham, så hun fortsatte å smile mens hun sa: "Ja, vel, jeg er fullstendig kvalifisert. Faktisk overgår jeg ferdighetene til de fleste Feyen Healer."

Han holdt øynene lukket og trakk pusten dypt mens han mumlet under pusten og håpet at hun bare ville dra. Håper at han irriterte henne akkurat nok til å finne en voksen som pleier ham. "Du snakker for mye for å være i slekt med Addy."

"Addy?" Hun hadde hørt det navnet før. Å, ja ... det gikk opp for henne "Å, tante Adrianna? Siden jeg aldri møtte henne, ville jeg ikke vite det." I pausen tok hun mer en autoritativ tone: "Nå vil du spise eller fortelle meg om skapningen som bet deg?"

"Troll."

Jeg vet så mye. "Jeg skjønner. Troll blandet med hva? Siden jeg kjenner flere arter og jeg aldri har møtt en bit som denne." Heller ikke gift som økonomisk kunne skade en Draken. Så igjen kunne det ha skadet David fordi han bare var en del av Draken. Uansett må faren være den som finner denne skapningen.

"Troll avlet med slange. De kontrollerer de nedre gruvene. Eller skal jeg si at de eier de nedre gruvene og har en tendens til å spise alt som kommer inn."

Lilly klappet betryggende på hånden, hvisket: "Se, det var ikke vanskelig. Men gruvene eies ikke av troll. Gruvene har alltid vært eid av kongehuset. I alle fall vil det bli tatt hånd om det snart. "

Åpne øynene enda en gang så på henne og prøvde å få henne til å møte blikket. "Vet du hvem jeg er?"

"Nei, men Nisha var ikke i humør til å bli stilt veldig mange spørsmål eller forklare mye av noe annet enn du måtte være ..." I det øyeblikket hun virkelig så på ansiktet hans, la hun seg tilbake. Samme, mykt meislet ansikt. Så rett rundt øynene "... Åh, du er faren til Ethan. Det forklarer så mye ..." Lilly stoppet og la omtenksomt til, "Å, jeg synes ikke det er lurt å fortelle Nish om trollene. Jeg vil fortelle Drakens i stedet. De vil være mye mer fornuftige enn Nisha. "

Galeron slet med å sette seg opp, "Ethan? Kjenner du sønnen min?"

"Å, selvfølgelig. Vi møttes i morges ... eller ... ganske sent i går kveld. Han og Nisha vil bli gift i kveld. Så det er ganske heldig at du ble funnet i dag."

Da er ikke alt tapt."Jeg vil gjerne sove nå." Det var det eneste akseptable han kunne si at skulle få den lille kjære til å dra.

"Selvfølgelig. Hvis du trenger noe, bare spør, jeg vil ikke være langt borte."

Kapittel 38:
Ethan

Det var ikke det myke ansiktet som vekket ham, men den tunge villfølelsen til rommet. Det var følelsen av at luften virvlet rundt ham. Forsiktig lot han øynene åpne for å se Nisha se på ham. I morges hadde han funnet trøst i blikket hennes ... men akkurat nå var det ingenting som trøstet ... ingenting menneskelig i de mørke villfarlige øynene. Han svelget hardt og prøvde å snakke. "Prinsesse?"

"Hva skjer med å kalle meg Nisha?"

Stemmen hennes var i det minste to nyanser mørkere enn den hadde vært da hun hadde snakket på festen i går ... og fortsatt fylt av irritasjon. "Jeg var ikke sikker på om det ville være velkommen akkurat nå?"

Hun vendte hodet bort fra ham og trakk pusten dypt. "Jeg er forbanna, men ikke på deg. Jeg trenger sinne litt lenger, men du har mitt ord om at du er trygg."

Det var den andre personen på få timer som sa det, og hverken hadde han trodd det. Likevel spurte han: "Er det noe jeg kan hjelpe med?"

"Så lenge du gjør det Lilly foreslår, gjør du alt du trenger." Hun stoppet, "Lilly sa at du trengte å snakke til meg. Noe om at det var viktig."

"Jeg- jeg ..." Ethan lukket øynene og prøvde å sette ord på det han trengte. "Hva synes du om drømmer?"

Nisha trakk leppene og trakk på skuldrene og skjønte ikke helt hvor denne samtalen var på vei. Og hvordan kunne hun da han ikke kjente seg selv? "Drømmer? Vel, snakker vi om drømmer, visjoner eller forutanelser? De tre, selv om de er i slekt, varierer mye."

Sakte sa han: "Jeg- jeg vet ikke ..." Det var forskjell? Det var det selvfølgelig. Hun hadde ikke løyet for ham ennå, så han måtte stole på det hun sa var sannhet.

"Fortell meg så om drømmen, så skal jeg prøve å finne ut hvilken det er. Ikke bekymre deg Lilly og jeg gjør dette ofte for hverandre. Du ville ikke tro hvor ofte en av oss har en drøm som trenger noen andre til å tolke. den."

Han var overrasket over at de to fetterne ville dele så mye med hverandre. Så igjen, de hadde vokst opp med hverandre nesten som søstre, så var det virkelig så rart at de ville lene seg så mye på hverandre? "Egentlig?"

"Selvfølgelig. Vi er begge seere, men det er vanskelig å fastslå en drøm ut fra en visjon eller en advarsel. "Hun presset leppene sammen og skjønte hva hun nettopp hadde fortalt ham.

Hun mente ikke å fortelle meg det. Likevel sa han ingenting om hennes evner, siden hun ikke var klar til å stole på ham med kunnskapen om hvor begavet hun egentlig var. Sitter litt opp ryddet han halsen og begynte: "Hver natt i flere år har jeg hatt den samme drømmen. En nydelig kvinne. Jeg tror. Vi er i en uendelig grå tunnel. Mørke i den ene enden og sterkt lys i den andre "Ethan stoppet og la raskt til:" Jeg har aldri sett henne mens jeg har vært våken. "

"Ikke bekymre deg Ethan. Jeg gir deg ikke skyld i drømmer eller noe annet. Dessuten kan det bare være tankene dine å nå ut til å finne noen du kan snakke med uten frykt. Eller for den saks skyld noen å snakke med i det hele tatt."

I lang tid var han stille før han hvisket: "Det har jeg aldri tenkt på."

Klappende hånden betryggende smilte Nisha. "Selvfølgelig ikke. Oppveksten din har vært mindre enn ideell. Vennligst fortsett."

Han nikket en gang. "I går kveld var annerledes. Jeg våknet i en tunnel, men det var blendende sterkt. Lyset dimmet da hun nærmet seg og for første gang kunne jeg se at det hun hadde på seg ... Jeg har ikke noe navn for stoffet." Han stoppet og la øynene lukkes slik at han kunne huske alle detaljene. "Vi vandret blant folket hennes, selv om jeg fikk beskjed om ikke å snakke. Etter å ha gått for det som føltes for alltid, nådde vi det hun kalte slottet sitt."

"Slottet hvor?" Tonen hennes var ikke i nærheten av å stille, men grenser heller til et spørsmål, men likevel nærmer seg en tone som sier at hun var bekymret for noe.

"Loon ... Luna ... Nei, det var Lunaista. Ja, det var det Lunaista en stjerneby."

"Lunaista." Hun tok tak i armen hans, denne gangen for alvor. "Hva annet utelater ikke noe."

Ja, det var problemer han kunne høre det med stemmen hennes nå. "Slottet var laget av gjennomsiktige vegger bortsett fra ett rom. Hun kalte det kartrommet. Det var fargede lys i hvert land. Jeg visste hvor landene var bare ved å se på det, men jeg har aldri sett et kart før. " Nå åpnet han øynene for å se om hun forstod det. Øynene hennes fortalte ham at hun gjorde det. "Uansett sa hun at Fey i Darke er i ferd med å dø. Og at svarene er i Mystic Woods. Du må dra dit for å finne dem før det siste lyset slukkes, ellers blir det ingen svar."

Nisha lente seg tilbake og slapp ut en myk luft, "Å, det er bra. Ja, jeg synes det er bra da."

Hvordan kan noe av det være bra? "Flink?"

Hun satt et langt øyeblikk og lot hjertet legge seg i brystet før hun svarte: "Jeg har dine ord, du vil ikke gjenta det jeg skal fortelle deg?"

Det kan ikke være bra. Ikke med bekymring i stemmen eller noe mer enn bekymring i øynene. Nei dette var ikke bra i det hele tatt. "Du har mitt ord."

"Fey, hele Fey i Darke er blitt tvunget til slaveri eller kalt hunder. Ørene deres beskjæres omtrent som dine og vingene fjernet. I går kveld da du fortalte meg, begynte det å gi mening, men jeg ventet til Lilly kom for å bekrefte. det jeg mistenkte. I dag ... ved middagstid ble alle slaver eller hunder ført utenfor vestmurene. Jeg bundet dem alle til meg. Alle bortsett fra en, er for tiden på vei til spiret for riktig behandling. Jeg ville hatt dem førte inn, men jeg stoler ikke på dem som bor her. Jeg har heller ikke de ansatte som kan pleie så mange skadede Fey på en gang. "

Han brydde seg ikke om at hun sendte Fey til spiret. Har ikke hatt noe imot at en av dem blir igjen for å bli sett av Lilly. Han hadde noe imot at hun bundet dem alle til henne. Nei ... Nei, det kunne hun ikke ha. De fleste kongelige kunne bare blod binde noen titalls borgere til dem, ikke flere poeng ... Og absolutt ikke tusenvis. Likevel ... "Blodet bundet ... alle sammen?" Ethan knirket.

"Mange hadde tidligere vært bundet til moren min. Andre som du var små barn da brannen skjedde. Det var veldig fornuftig å binde dem slik at de kunne vokse til deres evner i stedet for å bli styrtet inn i dem. Dessuten er det bedre å ha en sterk Fey binder seg til dronningen enn å risikere en som prøver å overmanne den kongelige familien. "

Er det det som skjedde for atten år siden? Noen som burde vært bundet til moren din, var ikke og gjorde opprør på grunn av det. Eller gjorde de opprør fordi de ikke trodde hun trodde at de hadde vært verdige til å være bundet til henne? Ikke at han kunne spørre det, men han kunne spørre: "Og den som er her."

"De trenger en begavet healer nå snarere enn senere. Lilly er blitt bedt om å se på ham til vi kommer til spiret en gang i kveld."

Til skadde å bevege seg. Det var det hun fortalte ham. Likevel trengte han å avklare en annen mistanke. "Så ... det var ikke en drøm? Det var noe annet?"

Hun nikket en gang. "I morgen er det snart nok til å forklare det for deg. For i dag vet du at vennens frykt var rettferdig og har blitt tatt vare på i det minste for dagen. Det vil ta meg litt å sette alt på rettigheter, men jeg har funnet noen kan være villige til å hjelpe meg. Andre kan være fornøyde med å komme tilbake til Feyen. Uansett vil de være trygge. "

Han så henne stå fra sengen og nå nøyd med å forlate. "Tror du jeg kommer til å se henne igjen?" Er det greit hvis jeg gjør det?

Hun så på ham merkelig før hun svarte: "Ethan, jeg vet ikke hvordan eller hvorfor den vennen kom til deg, men det er en bekymring for en annen dag. Jeg er imidlertid villig til å stole på henne som en pålitelig venn og vet at hun vil nå ut til deg når hun vil. " Nisha tok en pause og smilte før hun kysset kinnet. "Nå hvile. Vi har fortsatt noen timer før kroningen, og jeg vil ikke at du skal se topp når du møter de andre kongelige i familien."

Ethan la den kongeblå jakken på den som hadde blitt etterlatt ham. Han var ikke sikker på hva materialet var, men det var mykere enn noe han noen gang hadde følt før, ikke bare at den lette vekten gjorde det lett å glemme sårene på ryggen som fortsatt var for smertefulle å berøre. Da han kneppet ermet, kjærtegnet han stoffet nok en gang. Ikke sateng, men en slags pels ... og laget bare for ham.

David lente seg på dørkarmen og en flis av noe hvitt ble holdt med tennene mens han smilte. "Å bra, jeg trodde fargen kunne være riktig for å få frem fargen på øynene dine. Selv om jeg kunne ha lagt litt mer gull til jakkeslaget."

Han smilte til David og valgte å ignorere flisen som han nå kunne se, kan være et stykke bein. "Jeg kan nesten ikke tro at dette er noe for meg. Jeg har aldri følt noe så mykt før, og heller ikke hatt noe som hadde vært i nærheten av denne kvaliteten. "

Ved å skyve av dørkarmen kom David veldig sakte til ham for å undersøke arbeidet hans. "Ja vel, jeg fant materialet i skredderveskene. Jeg spurte Nisha om hun trodde materialet ville passe etter at jeg hadde farget det. Det var en fryktelig muck brun farge før. Ikke egnet for et bryllup. Vel ikke egnet for noe egentlig ... Men det tok godt å holde forskjellige farger. Etter at hun hadde godkjent denne fargen, spurte hun noen hva materialet kan være. Siden ingen vet med sikkerhet, tror hun at det må være en sjelden dyresort. " Han trakk på skuldrene. "Jeg tilbød meg å finne en til henne hvis jeg noen gang skulle på jakt når jeg besøker."

Dyr? "I så fall er det noen små raser som bor nær begge grensene til den mystiske skogen og myren. De pleier ikke å reise så langt nord eller vest. Og flere andre skapninger kan bare finnes i nærheten av de forbudte ødemarkene. . Ikke i dem selvfølgelig, men nær grensen. "

"Ah. Da burde jeg finne en grunn til å gå så langt sør. Vanligvis synes jeg været er for fuktig etter min smak, men jeg kan gjøre et unntak." Ved å kaste beinet i ildstedet fortsatte David: "Er du klar til å gå til bryllupet ditt, eller trenger du litt tid til å bli vant til ideen om å være gift?"

"Et øyeblikk?" Med Davids nikk hvisket Ethan, "Lilly fortalte meg om skredderen."

Et øyeblikk stod David der, ikke sikker på hvordan han skulle lese sin snart fetter, og bestemte seg til slutt for en direkte vei. "Åh? Ikke bekymre deg Ethan, du hadde all grunn til å være redd for den grusomheten. Jeg ønsker ikke å tenke på hva som kunne ha skjedd hvis jeg hadde latt deg gå alene ... Ikke at du virkelig hadde vært alene. Nish bekreftet at etter at hun roet seg fra møtet ... Men ... det er uansett, han kan ikke plage noen lenger. Virkelig, han kan ikke engang plage henne i underriket. Mat kommer aldri der. "

Ingen nytte å spørre noe om underriket ... ingen nytte å spørre om hva David anså mat. Ingen nytte å spørre noe i det hele tatt, siden han var sikker på at han ikke ønsket svar på noe han kanskje kunne spørre om. Da han lukket øynene, smilte han. "Takk skal du ha."

David trakk på skuldrene mer avslappet. "No big deal. Nish sa at jeg kunne lage et måltid av en levende borger. Dessverre kjente jeg ikke hans løp slik at jeg kunne unngå det i fremtiden."

Gjør seg komfortabel på Ari ... En raseri ifølge hushjelpen. Uansett hvilken raseri var ... Ethan spurte: "Åh?"

Tar den andre stavestolen, en som heldigvis ikke hadde vært en annen skapning på en gang, sa David med spøk, "For mange bein for min smak og altfor mye fett. Ikke en god blanding. Og du ville ikke tro hva jeg måtte gjør for å få skitten ut av klørne mine. "

"Og her var jeg bekymret for smaken."

Len seg tilbake i stolen, lo David. "Ser du vil passe godt blant familiens Drakens." Da han lot stolen løfte seg fra gulvet, fortsatte han: "Kom og jeg vil introdusere deg for familien min." En kort pause da, "Å, en ting til ... ikke oppmuntre faren min. Han er av den oppfatning at man skal kjempe før de gifter seg. Han er ikke fornøyd med at du ikke har lov til å ta del i den moroa ... mer siden han tok med seg et troll for å drepe deg. "

*Et troll ... å drepe?*Hvordan ville han noen gang kunne drepe et troll? Svaret ... han kunne ikke. "Jeg tror ikke det ville være bra for verken Lilly eller Nisha hvis jeg prøvde."

"Ethan, det ville ikke passe bra til moren min hvis han så mye som nevnte det. Stol på meg verken Lilly eller Nisha ville få et ord med moren min så nært." David lente seg nærmere for å hviske: "Vi vil ikke fortelle moren min om trollet. Hun tror det er til hans før middagsmat. "

I flere minutter snakket ingen av dem da Ethan tok sikte på veggtepper som skildrer den første Fey som kom til dette landet. De som lever i selve en stjerneby. Andre han visste ikke hva de skulle være av, men de var fantastisk å se på. Til slutt spurte han: "Vet du hvem som skal delta? Eller hvor vi skal?"

"Ja, og ja. Først bør du vite at alle som deltar er familie eller i slekt på en eller annen måte. Som min far og mor. Min mor er Nishas tante på farssiden. Så har du min eldste søster og en eldre bror. hvem er kronprinsen, men bare fordi min kjære søster nekter å styre noe annet enn garderoben hennes. "

"Jeg antar at hun har mange ... um ... ting?"

"Tre garderobeskap, og hun finner fortsatt ikke noe å ha på seg. Å leve med Lilly, jeg tror det må være noe helt kvinnelig siden hun hadde et helt rom fylt med ting og aldri har det noe spesielt å ha på seg."

"Det er ..."

"Umulig? Hun er kvinne. Nisha gjør det samme og det er derfor hun ikke kan berøre skapene. Det får hushjelpen til å bli full. Nå som hvem ellers vil være der ..." David begynte å stole på sine talentfulle fingre. "... Dronning Celeste av Lite vil fortsette med kroningen siden det foreløpig ikke er noe råd. "

Ingen råd? Nei, det kunne bare ikke være sant. Vel, ikke helt sant i det minste. Men det var mulig de trakk seg etter at Nisha fjernet de to fra Darke i går kveld. "Ikke for å avbryte, men hva skjer med den som har hersket siden brannen?"

"Ethan, ikke spør det spørsmålet ... noensinne ... Dronning Celeste er allerede ved siden av seg selv på grunn av det som allerede har skjedd i dag. Og jeg spør ikke Nisha noe som jeg er sikker på at jeg ikke vil ha svar på."

"Nisha?" Bør han nevne at Lilly hadde trodd at hun kom til å skremme alle Darke-borgere? Da han så på David, bestemte han seg for det.

Sakte nikket David. Da han byttet motivet tilbake til originalen, ryddet han halsen. "Blake, det er Lillys far, vil være der. Jeg tror det er det, men med Nisha er det vanskelig å si. Tross alt kan hun ha invitert hele Under Kingdom for alt vi vet. Ikke at jeg skal vite at hun har venner der. "

Hvorfor ... eller hvordan ... ville hun kunne invitere de døde. Et annet spørsmål han ikke ville stille siden svaret ... det mulige svaret var skremmende. "Ville hun?"

"Nish? Avhenger av om Freya var i stand til å snakke henne ut av det eller ikke."

"Åh." Freya? Et annet navn han burde lære siden hun hørtes ut som noen som kunne hjelpe ham med å kurere Nishas dom over noen ting. "En gang ble jeg fortalt at det ville være parader og baller. En stor affære i tidene."

"Å, ikke misforstå meg. Det vil være baller og en parade ... så vel som mange mennesker som kommer og går, så vil du noen gang se på ett sted ... men det vil være når vi når spiret. Freya, det er Nishas personlige vakt Jeg er sikker på at du allerede har møtt henne, men har ingen anelse om hvem hun egentlig er. Vel, hun tror ikke at dette slottet kan beskyttes ordentlig for slike festligheter. Nisha er enig. Så de har alle som ønsker å gratulere den nye dronningen å gjøre det på Spire. "

"Freya? Fey som forfølger hallene?"

"Det er henne."

En gjennomtenkt pause. "Så seremonien vil ta ..."

"Mindre enn tjue minutter inkludert bryllupet." David holdt en pause mens stolene landet mykt utenfor et par røykgrå dører. "Ikke tenk mye på det, ellers vil du arbeide deg i kalde føtter." Når han lyttet til skravlingen utenfor dørene, rynket han rynken "Hva gjør dronning Alista her?"

"Dronning Alista?" Var dette et annet navn han skulle lære?

"The ... um ... Queen of Feyen. Hun reiser aldri utenfor sitt eget land ... noen gang. Jeg trodde ikke hun ville komme hit for bryllupet. Men heller har Nisha kommet til henne i Feyen på et senere tidspunkt."

Kapittel 39:
Celeste

Celeste strøket bundet og satte tilbake de svarte blonderbuene enn det som var lagt på baksiden av hver håndfull stoler. Etter bare å ha hatt timer på å planlegge dette arrangementet, som skulle ha tusenvis til stede, var det bare en håndfull mennesker, og ingen av dem var fra Darke. Hun ristet på hodet og lot ut et frustrert skrik og prøvde å ikke gråte.

Det var for farlig å ha festene her, men Nisha ville ha gjort kronen på balkongen. Nisha eller Freya stolte på de som jobbet her på slottet, men hun inviterte fremmede som hadde liten eller ingen bruk i rommet for å være her for å se henne bli dronning.

... Det ga ingen mening. Ingen. Så igjen hadde Nisha aldri mye mening. Hun var så mye som bestemoren hadde vært. Så mye det var rett og slett skummelt.

Da hun hørte en dør knakke sakte opp, vendte hun seg kraftig mot lyden som allerede forberedte seg på et angrep. Så så hun kvinnen som hun hadde kjent de siste atten årene. "Freya, du skremte meg."

Hun sa ingenting og gled over til der Celeste sto. Hun stoppet nærmere midten av rommet og rynket pannen. "Du har ennå ikke bordet for kronene."

Hun stirret på feyen som skulle snakke til henne med mer respekt ... likevel hadde hun aldri snakket med henne med mer enn sivil tone. "Jeg tar ikke av meg kronen før det er nesten på tide."

Freya tok et skritt nærmere henne og hevet stemmen. "Du høres ut som et barn. Trenger jeg å minne deg på at dette ikke handler om deg, men om seremonien. Faktisk er denne dagen viktigere enn noen krone noen gang har vært."

For ikke å være ute, hevet hun stemmen høyere enn det Freya hadde brukt ... "Og trenger jeg minne deg om at jeg er den eneste som kan lede denne seremonien."

Det var da Blake ga den åpne døren et symboltrykk før han kom helt inn, "Kjære, det er en gjest du trenger å snakke med."

Hun så ham nervøst skyve hånden gjennom det blonde håret. Så på at mannen hennes som sjelden viste tegn på nerver, så mer bekymret ut enn hun noen gang hadde sett dem siden de ble gift. "Noe galt?"

"Avhenger av hvem du spør."

Svar, men ikke svar. "Freya, vil du bli igjen?"

"Siden jeg allerede er her, ser jeg ingen grunn til å dra bare for å komme tilbake."

Hvordan taklet Nisha henne hver dag? Svaret Freya likte Nisha, hun var hennes dronning ved valg, ikke bare ved å bo i et land som Nisha hersket over. Ikke at noe av det noen gang har betydd noe for Freya. Å nei, hun ville snakke med hvem som helst, men hun så det, og det hadde inkludert Feyen-dronningen. "Takk. Blake, vær så snill å vise ..."

"Jeg har ikke tid til dette." Svart tåke svulmet opp gangen inn til rommet til en eldre kvinne med ravnefarget hår sto foran henne. De samme fiolette øynene som hun husket at hun vokste opp og så på. Den samme kommandoen som alltid hadde overskygget hennes egen.

"Mor."

"Datter." Dronning Vasilissa så over datterens skulder til den andre Fey, "Freya."

"Din nåde." Fray ga et lite nikk av respekt ... fremdeles ikke å vise ordentlig respekt for en dronning.

"Tsk. Jeg er ikke her som dronning, og jeg har heller ikke vært en i mer enn to hundre år, og jeg har heller ikke tenkt å forlate denne jævla forlatte plassen."

"Mor! Vær hyggelig dette er en gledelig dag." Eller i det minste skal det være en gledelig dag. I alle fall skulle hun ikke la noe dempe niesens spesielle dag. Ikke engang hennes egen mor.

Vasilissa stirret på sin datters sinne som lyste øynene til en nesten fluorescerende fargetone.

"Lykkelig? Du kaller dette lykkelig? Noen få medlemmer av en enkelt familie krøp sammen i et hemmelig rom for å se en dronning som skulle være den mektigste ta hennes rettmessige plass blant de mest begavede siden den første Fey kom til denne verden. Og du ringer denne farsen lykkelig?!?! "

"Dronning Vasilissa du glemmer plassen din."

Vasilissa suste av irritasjon. "Ikke nå, Freya-"

Skygger flagret inn langs veggene der ingen ekte skygge kunne ha vært. "Ikke la meg fjerne deg fra dette riket. Du vil ikke dempe gleden til Nisha denne dagen."

"Du ville ikke ..." Ristet på hodet og regjerte i temperamentet. "Selvfølgelig ville du det. Jeg er ikke din dronning eller noen venn av deg. Du ville ikke nøle med å fjerne meg."

Moren rygget ned? Umulig, men hun hadde akkurat sett henne gjøre nettopp det. "Du kom fra underriket. Hvorfor?"

"Å se på at barnebarnene mine blir kronet. Hvorfor ellers?"

Celeste så bort mens hun hvisket: "Det er mulig bare en vil være."

Vasilissa smilte med Celeste-ansiktet i de rynkede hendene. "Hvis du tror det, er du en tosk. Kan Nisha styre både Lite og Darke? Uten spørsmål. Tross alt er hun barnebarnet mitt. Men ønsker hun å herske mer enn hun trenger? Jenta mi, se deg rundt deg som Nisha har mer å ta vare på her enn noen noensinne kunne forestille seg. Faktisk, hvis jeg hadde trodd det var så ille, ville jeg ha styrt som hennes fullmektig å fikse noe av dette lenge før jeg lot henne trekke seg i dette rike. "

"Du var allerede en del av Under Kingdom."

"Etter mitt valg ikke fordi jeg var eller er borger der. Jeg lette etter søsteren din eller noen av Feyene."

"Og fant du noen svar?"

Det var da Lilly styrtet inn i rommet, "Åh Grand'Mere var jeg ikke klar over at du hadde kommet?"

"Jeg bare. Det å løpe rundt med en skittkledd strømpe er ingen måte for en prinsesse å kle på."

Lilly så ned på smokken og den underliggende kjolen og smilte: "Derfor er jeg her. Mor, jeg kunne bruke din hjelp til å gjøre en av vennene til Nisha klar. Han er veldig vanskelig å pleie og i liten stand til å være til stede . "

Celeste spurte ut: "Og jeg antar at det er uaktuelt å fortelle kusinen din at han ikke kan bli med oss?"

Lilly tok fingeren mot leppen og tappet på det som om hun vurderte å si kusinen sin: "Vel, vi kunne fortelle henne, men jeg tviler på at det ville svinge hennes mening. Hun var veldig bestemt på at denne gjesten var her."

"Veldig bra. Mor, kan du se til resten av forberedelsene?"

"Gå. Jeg vil gjøre det som allerede burde ha blitt gjort. Og legg igjen kronen din. Dette handler om seremonien, ikke din dårlige stolthet, datteren min."

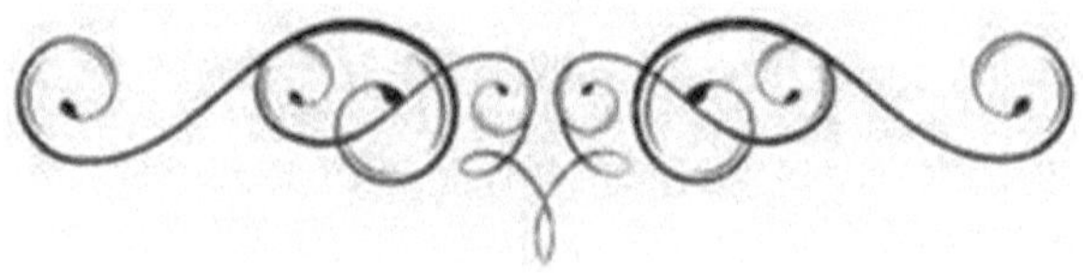

Nesten til gangen som skulle føre til gjestesuitene, la Lilly ut en smertefull latter, "Grand'Mere er i sjelden stemning i dag."

"Visste du at hun skulle komme?"

"Mor, jeg spør ikke Nisha ting. Hun nevnte bare at flere av hennes innbyggere uttrykte interesse for å se henne kronet som dronning. Jeg tør ikke spørre hvem. Ikke at Grand'Mere virkelig er en borger av Under Kingdom, men likevel."

Hvis hennes elskede datter visste at bestemoren ikke var død, hva valgte hun ellers å ikke fortelle henne om? Tanken kjølte henne. "Så balkongen er for ..."

"Antall borgere som ikke lenger er i full levetid. Nisha proklamerte at ingen skal komme inn i slottet iført en glamour-magi. Vel, hun kunne ikke ha dem i Darke uten å ha på seg en, og hun vil ikke ofre dem til en skjebne som er verre enn døden. fordi de ønsket å se henne kronet ... "Lilly pustet dypt. "... Det var den eneste løsningen at alle ville være lykkelige.

Dessuten kommer ingenting inn i slottet uten at de døde vet om det. Tenk på det ... det er en ekstra forholdsregel hvis Freya har rett i at slottet ikke er trygt. "

Scores av ... ikke best å ikke spørre ... prøver å holde hodet på seg fra Nishas siste eskapade Celeste dyttet opp den svarte døren som holdt personen som datteren hennes trengte hjelp til. Hun tok et eneste skritt inn i rommet og så en fullvoksen mann i lett søvn med intet mer enn et tynt laken som dekket ham.

Pust sakte dypt, gled hun over til ham og gispet selv med huden hans hengende løst fra kroppen, hun kjente ham hvor som helst. "Gale?"

Øynene åpnet seg ikke, men han la ut en smerte hviske, "Addy?" Da hun ikke svarte, åpnet han øynene og så feilen hans. Samme stemme men feil søster. "Etter all denne tiden kan jeg fremdeles ikke skille deg ut med stemmen alene."

Celeste visste nok at han aldri ville be om unnskyldning med mindre det var helt nødvendig. Ikke at han trenger å beklage, i det minste ikke om å forveksle stemmen hennes med tvillingen hennes. Sitter forsiktig i nærheten av midten, bestemte hun seg for en sløv respons snarere enn en beroligende. "Du ser fryktelig ut."

Når Galeron lukket øynene igjen, lot han et smil trekke på de tynne leppene. "Jeg føler meg verre, jeg er sikker."

Kysser pannen på en mann hun en gang tenkte på som en bror, hun smilte. "Vel, la oss føle deg litt bedre før sønnens bryllup."

Å prøve å sitte opp og vite bedre å argumentere med Galeron spurte: "Hvorfor gjorde Nisha det hun gjorde i dag? Selv moren hennes var ikke så uforsiktig."

"Du mener? Deklassifiser de som ikke ble ansett som borgere?"

Frykten løp over ansiktet hans. "Du hørte ikke." Avslappet og virkelig ønsket at det ikke var han som hadde denne samtalen, la han til. "Celeste, du er vennen min, så vær så snill å ikke ta dette på feil måte, men jeg forstår hvorfor hun gjorde det. Jeg er faktisk takknemlig. Men det jeg refererte til var hvorfor hun blodbundet hver Fey eller del Fey som er for tiden i Darke? Ikke at vi ikke har forberedt oss på denne dagen. "

"Hun gjorde hva!?!?! At ... det er sinnssykt. Nei, mer enn sinnssykt, det er ..."

Forståelse tente øynene hans. "Hun nevnte det ikke for deg?"

"Nei, hun nevnte det ikke for meg." Ser på døra og til datteren som hadde vært altfor stille i altfor lang tid Celeste snappet: "Visste du om dette?"

På kanten inn i rommet prøvde Lilly å se utmattet ut. "Vel, ikke akkurat. Men jeg vil heller spise stein og deretter spørre Nisha om noe som egentlig ikke hører med meg. Jeg mener egentlig, hvorfor skulle jeg ønske å få svar på noe som jeg like gjerne kunne late som om jeg ikke visste om ... Dessuten, da Nish fortalte meg om ... vel, Lord Galeron og hans tilstand ... var hun forbanna. Du hørte slottet stønne, ikke sant? "

"Jeg trodde det var vinden." ble sagt samtidig som "Slottet stønnet? Da Myrddin var forbanna, ville gargoyles skrike."

Da begge damene ble palet, la Galeron seg tilbake og la ut en smertefull latter. "Dere er begge mus. Det er ingen måte hun kan være dårligere enn begge foreldrene sammen."

Celeste stirret på ham. "Vil du satse på det?"

Kapittel 40: David

Ser bekymret ut, begynte David å reise seg fra stolen. Han la merke til at Ethan gjorde det samme og ristet på hodet. "Ingen Ethan, bli sittende."

"Men..."

Han klemte nesebroen og ønsket virkelig at han ikke var den som skulle forklare Ethan, og sukket da han begynte å si: "Du er en del av Nishas hus nå. Det gir deg visse rettigheter."

Ethan smalt øynene i spørsmålet "Rettigheter?"

"Hmm. Du står bare når Nisha kommer inn i et rom. Gjør det bare for andre hvis du føler deg tilbøyelig til å gjøre det. Nisha er veldig vanskelig og følger ikke normale høfligheter. Jeg mistenker at du vil finne hennes måte å gjøre ting på mye lettere. enn å gjøre dem riktig. For i dag, bli sittende til dørene avslører Nisha. Ingen vil tenke seg om to ganger. Hvis de gjør det, vil de fortelle henne om det. Eller klage til hverandre når hun ikke er i nærheten for å diskutere det. "

Da han gjorde seg selv enda mer komfortabel i Aris omfavnelse, spurte han: "Tror du noen vil? Si til Nisha jeg mener."

Med et huff hvisket David: "Helvete nei. Ingen i det rommet diskuterer noe med Nisha med mindre det er nødvendig. Og det å klage fordi du følger hennes eksempel, er ikke en nødvendig samtale."

"På grunn av temperamentet hennes?"

"Nei. På grunn av hva de mulige svarene kan være. Stol på meg. Snakk hvis du har lyst, men blir sittende. Lilly vil ha skjulet mitt hvis du beveger deg for mye. Og Nisha vil ha mer enn skjulet mitt hvis du ser ut uvel for seremonien. "

Vente? Hva? "Så ... jeg skulle ikke gå ennå, jeg gikk i morges?"

"Forvirrende, er det ikke? Bare gå med det." Ser på Ari, rynket David. "Vel, dette vil ganske enkelt ikke gjøre for å møte Dronningen av Feyen." Pekende den lange, tonede fingeren mot raseriet, gikk fargen fra en lilla falmet grå til en dyp grønn. "Nei. Den fargen passer ikke anledningen." Etter flere forsøk til og han ble til slutt fornøyd med en kongeblå med gullkant. En farge som nesten samsvarte med Ethans dress. Så antydninger av svart for å skissere Aris øyne, det var en forholdsregel, slik at alle ville vite at dette ikke bare var en stol, men en raseri. "Der som skal gjøre det."

Ethan så ned. David hadde ikke bare skiftet farge, men også materialet. Ari var blitt ... laget? ... av et slags tykt materiale som så glatt ut, men føltes grovt å ta på. Men nå ... myk fløyel dekket hver centimeter av raseriet. Og innholdet som spinner ... Ah ... Ari må også godkjenne endringen. "Hvordan gjorde du det?"

"Nåvel ... mamma er Feyen og veldig kraftig i seg selv. Hun lærte hver enkelt av oss visse trylleformularer og besvergelser. Bare de som passer til vår personlighet. For meg er det noe å gjøre med klut. Nå er du klar? Jeg gjør så vil finne ut hvorfor dronningen er her før Nisha. "

Med et nikk spurte Ethan: "Tror du at hun vil reagere dårlig?"

Da han vendte ryggen mot Ethan, hang David hodet. "Jeg tror i dag kommer til å bli fylt med mer underholdning enn det som er nødvendig."

Da han åpnet de høye gyldne dørene, stanset han ikke bare dronning Alista, men også Larna. Selv om hun satt nær baksiden av rommet og stirret ut i verdensrommet ... var hun fremdeles der ... og fremdeles i stor grad en trussel. Det var uklokt å vende ryggen mot en fiende, men det var ingenting Larna kunne gjøre ... i det minste ikke med skyggene som fladret nær henne. Da han snudde seg for å se over skulderen, sørget han for at Ethan fulgte, og deretter tok han nøye de få nødvendige trinnene over til der dronning Alista veldig stille diskuterte noe med ... "Dronning Vasilissa?"

"WHO?" Ethan så opp nå, bekymret siden David hadde gispet. Og Drakens gispet aldri ... viste aldri frykt eller bekymring ... og ville absolutt aldri gjøre det foran en kongelig familie.

David tok aldri blikket av de to dronningene. "Å, dette kan ikke være bra."

Nå begynte Ethan mer enn bekymret å stå. "David?

"Nei, bli sittende. Noe er galt. Dronning Vasilissa har vært ... um ... død i nesten femten år." Selv om hun så på henne, så hun ikke død. Nei, hun så veldig levende og frisk ut. Da han fikk pusten tok David en mer fyrstelig holdning og la hånden på ryggen til Ari. "Hold deg rolig og oppfør deg uinteressert." Det var det beste rådet han kunne gi for øyeblikket. Nå bare hvis han kunne følge det selv.

"Du mener å si ingenting og høre alt. Ja, jeg har det."

Flott bare flott, han klarte bare å fornærme den personen han ikke ville ... spesielt siden han snakket med Lilly og fant ut at han var en utrent Fey som krefter og evner ennå ikke var ukjente. "Dronning Alista, dronning Vasilissa, en glede å se deg. Kan jeg introdusere Lord Ethan Leuthar, brudgommen."

Alista snudde seg for å se hvem som hadde våget å nærme seg henne uten å bli bedt om å gjøre det. Hennes store sjøskumgrønne øyne smalnet sammen mens hun ikke så på David, men på gutten som satt på et raseri. "Leuthar? Det er en familie i Feyen med det navnet. To sitter nå i eldrerådet mitt."

Prøver å smile David mildt sagt, "Hans mor var Lady Faerydae, din nåde."

De svake, gylne vingene hennes åpnet og lukket av frustrasjoner. "Jeg skjønner. Da burde du, prins Davkren, ha instruert gutten om hvordan du riktig skulle motta en besøkende dronning."

Ethan lente seg litt fremover i stolen. "Hvis det er et problem med hvordan du ble mottatt, bør du snakke med prinsesse Nisha." Hva i helvete gjorde jeg bare? Jeg vet bedre enn å fornærme en høytfødt.

"Ja, jeg ser at du er fra Leuthar-blodlinjen. La meg nå. Vasilissa og jeg har mye å diskutere før seremonien."

David tok en liten bue med fingeren for å lede Ari bort fra de to dronningene. Da han gikk, kunne han høre Vasilissa knipse: "Du glemmer plassen din, Alista."

I nærheten av balkongen hvisket Ethan: "Hva handlet det om?"

"Jeg vet ikke, men det er sagt at hun er en veldig gretten Fey. Nå vil du se kronene, eller ta stilling på balkongen?"

"Det som er tryggere for øyeblikket."

"Så begynner vi med bordet som holder kronen, og drar deretter utenfor. Og håper vi ikke finner noen overraskelser der ute."

Bekymring og mistenksomhet fylte Ethans stemme. "Hva slags overraskelser?"

"Å, ikke høres så bekymret ut. Det er Nisha, så en overraskelse fra henne kan være alt fra en sølvdrage som skyter gjennom himmelen og skremmer omtrent alle ..."

Ethan gispet. "Drager eksisterer ikke ... er de vel?" Bevingede hester, visst. Døde hester som førte de levende til de dødes tunnel ... han kunne ikke bevise det, men han var villig til å satse på deres eksistens. men drager?

"Vel ... vi har aldri vært i stand til å bevise at hvis det var en illusjon eller reell. Og Nisha nekter å si noe."

"Jeg tror ikke jeg vil vite det."

"Ser du, du fanger allerede. Nå ..." David stoppet midt i trinnet og gispet. "Dette er ikke riktig."

"Hva?" Ethan toppet seg rundt Davids side for å se et gullbord med tre kroner og to septer. En krone laget av gull med en eller annen klar perle i hvert av punktene. Det matchende septeret som legges av til venstre for det. Så en sirkel av sølv uten utsmykninger for å si at det i det hele tatt var krone. Til slutt en krone laget av svart polert stein. Røde perler som glitrer nær punktene. Det er septer som legger til høyre en drage viklet rundt hiltet, en ravneklo som holder en eneste svart perle. "Jeg kjenner kronen til Darke, men de andre ... hvorfor er de her?"

David gispet og prøvde å finne ord for det han så. "Jeg vet ikke. Gullet er fra Lite. Det skulle være Lillys, men ... "

"Men du tror Nisha ..." Han lot resten henge i luften da doble dører krasjet åpnet seg, og en høy, tøff mann med store storfehorn sto i døråpningen og trakk en Wendigo i foten. "Edrich."

David smilte at minst én ting ble tatt vare på i riktig rekkefølge. Det var nok for ham å gjenvinne roen. "Ah godt dyret er funnet. Jeg burde fortalt deg tidligere, faren min er en utmerket jeger." Å snu seg fra kronen og bekymringen for hva som vil skje om noen minutter, smilte han. "Jeg burde introdusere deg før festlighetene. Han har en tendens til å bli cranky hvis ikke fortalt ting på forhånd."

Etter å ha fulgt David der faren hans sto, trakk Ethan pusten dypt. Ikke på grunn av hvem han skulle møte, men på grunn av hvem som ble dratt inn i rommet.

"Far ..." David kikket ned på skitten som var bevisstløs på gulvet. "... Jeg ser at du fant Lord Edrich."

"Herre? Han er avskum. Ikke engang egnet for mat. Selv trollene vil ikke spise denne." De talentfulle fingrene hans strammet seg rundt beinet og knuste beinene i to. "Bah. Verdiløs pose med bein. Ikke engang muskler for en matbit. "

"Craykren, oppfør deg selv." En høy, slank kvinne med kullsvart hår og rubinvinger kom opp bak Darken og slo armen hardt nok til at han kunne vende seg til henne. "Du vil ikke spise den skitten i mitt nærvær."

"Jeg vil ikke spise det i det hele tatt. Det er ikke mat verdig. Trollene vil heller ikke ha det." Han slo hodet til Edrich mot veggen mer av frustrasjon enn fra å prøve å bryte opp hodeskallen.

David blinket. Aldri ... ikke en gang har han noen gang hørt faren nekte byttet hans en hederlig død. Noensinne. Moren hans må være like overrasket siden øynene hennes var nesten dobbelt så normale. "Kanskje en av vaktene kan fjerne ham fra dette rommet til du bestemmer hva som skal gjøres med ham."

"Ja. Veldig bra. Skitt er ikke velkommen til seremonien. Kanskje fett det opp. Skjulet kan være nyttig."

Blake som hadde stått på balkongen med utsikt over folkemengdene, kom nærmere Draken-kongen: "Cray? Kanskje en av vaktene mine kan ta ham nå? Vi vil ikke irritere damene."

Craykren kastet den slappe kroppen mot vennen sin. "Han er glatt. Kutt halsen hvis han prøver å unnslippe."

Ser på det slappe kjøttstykket, trodde han ikke rumpa kunne rømme. I hvert fall ikke denne gangen. Ikke med bena brukket, eller med hodeskalle blødende. Men så igjen, han hadde unngått alle andre som hadde lett etter ham.

"Nei." Ikke en stemme i rommet, men en rett utenfor. Raskt fløy Celeste inn i rommet. "Nei, forbrytelsene hans er for mange til en enkel død. Freya, vær så snill å se at han blir værende i fangehullet til Nisha ordentlig kan ta seg av ham."

"Selvfølgelig. Å konspirere for å drepe den kongelige familien er en avskyelig forbrytelse. Jeg lurer på hva andre han har begått."

Celeste nikket en gang og så Feyen-krigeren ta besittet av dyret, og vendte så oppmerksomheten tilbake til gjesten. "Kong Craykren kan jeg introdusere Lord Ethan. Nisha er forlovet."

Snuste i luften og nikket en gang. "Du er skadet. Vi kjemper ikke i dag."

"Craykren, jeg sverger at hvis du gjør så mye som en forstyrrelse i løpet av niesens spesielle dag, vil jeg gjøre deg om til en nisse ... igjen."

David snudde seg skarpt for ikke å la faren se ham smile av trusselen. Når alt kommer til alt, å se faren hans ble til en farget pixie iført skjørt og bare omtrent den sjette av en av hans lange klær ... var

det vanskelig nok til ikke å le. Det var også en
advarsel siden faren hans hadde holdt seg slik i
nesten en uke sist. Han hadde ikke vært fornøyd i det
hele tatt over det.

Kapter 41: Myrddin

Myrddins hode rullet til siden da han sakte begynte å bli oppmerksom på omgivelsene. Da huden hans begynte å gjenkjenne smertene i ryggen, rykket han armen som svar ... jernkjettene som bundet ham til huletaket, raslet og banket sammen. Med lukkede øyne lot han tankene lure på et kort øyeblikk ...

... I for mange år hadde han vært bundet her. Ifølge fangerne hans var han blitt fratatt alle sine evner og mørke krefter. Hvis de bare visste sannheten ... Hvis de bare visste at han kunne unnslippe når som helst ... at han kunne ødelegge dem med ingenting mer enn en tanke, og med det ville ingenting av dem forbli ... ikke en dråpe blod eller en beinbit. Hvis de bare visste at han kunne ha forhindret alt dette. Hvert gram smerte han hadde tvunget seg til å tåle i alle disse årene. Hvert forsøk på livet hans. Hver trussel de hadde fortalt ham. Han kunne ha ødelagt dem for alle år siden ... men det var grunner til at han ikke hadde ...

... Nisha ...

... Hvis han hadde, ville datteren hans ... hans eneste grunn til å være aldri vokst til hennes fulle styrke. Inn i alle evnene hun burde ha nå. Gavene hun trenger for å redde ikke bare hjemmet hennes, men også hans. Hun ville aldri ha lært alle leksjonene hun trengte. Hun hadde aldri kjent kjærlighet. Aldri har lært når du skal stole på de som er rundt henne, eller når de skal ignorere dem fullstendig. Nei, så vondt han trengte å bli her.

Og i live.

I live. Noe fangerne hans lærte ganske raskt at de ikke kunne lage ham. Det spilte ingen rolle om de sultet ham eller satte fyr på ham. Det spilte ingen rolle om de fylte lungene med vann og heller ikke om de prøvde å kvele ham. Det gjorde ikke noe. Ikke engang å kutte kroppen hans i små biter hadde ikke drept ham. Og det var en overraskelse for til og med seg selv og ikke en opplevelse han ønsket å gjennomgå igjen. Å holde seg i live og ikke kunne dø hadde kommet til prisen av vanvittig smerte at selv når det ikke var synlige sår, kunne han føle de som lenge var blitt helbredet. Da begynte hallusinasjonene som ble altfor hyppige å få ham til å stille spørsmål ved sin overbevisning om å gjennomføre dette. Gjorde ham til å tenke nytt om sitt offer for de han elsket.

"Du burde la deg dø, mørke prins."

Dark Prince, et navn som fangeren hans hadde gitt ham for en tid tilbake. Lenge før opprøret. Lenge før Nisha var født. En tid da slangen hadde prøvd å posere som en venn. Likevel nektet han å gi bastarden tilfredsstillelse med å vite hans sanne identitet. En sannhet som ikke Adrianna, kona hans, ikke visste. Kunne ikke vite. "Apep." Gjespende prøvde han å høres uinteressert ut da han sa: "Har du funnet på noe nytt for å prøve å drepe meg eller komme til å kjede meg med dine svake forsøk?"

Å gå nærmere sin fange, smilte Apep like mye som den stramme øgle-lignende huden ville tillate ham. "Min sssson vil snart gifte seg med din dyrebare jente. Så vil du se henne dø."

"Dine løgner bar meg slange."

Å plassere den firefingrede kloen over hjertet hans, lo Apep. "Meg? Løgn? Jeg har ingen usse for liesssss."

Da han lukket de midnattblå øynene, smilte Myrddin mens han valgte å se pågangene i Castle of Night. "Vi får se hvem som lyver og hvem som skal styre Fey." Åpne øynene en gang til, bøyde seg frem så mye som kjedene lot ham og hvisket: "Og vi får se hvem som ser på barna dine skrike når de dør." I et øyeblikk danset flammer like bak øynene hans.

Stepping bakover Apep falt over sin lange grønne kappe. "Du har ingen makt her. Du kan ikke."

"Du tror ikke. Hvordan lever jeg ennå, slange? Hvordan?" Ingenting mer ble sagt før han en gang var alene i cellen sin ... så lo til hjertet hans vondt av å ikke se hans elskede datter vokse til den vakre kvinnen hun hadde blitt.

Alene innhyllet i mørke lot Myrddin usynlighetsformelen falle fra bryllupsbåndet sitt. Inntil nå hadde det vært den siste trylleformuleringen han kastet ... følte det kalde metallet mot huden, og han lot seg ikke bare føle bandet, men utover det. Dae hadde vevet sin tryllekunst bemerkelsesverdig godt for den dyktigheten hennes hadde vært for alle årene siden. Men det var ikke grunnen til at han smilte ... han smilte fordi hans elskede Addy hadde på seg hennes.

Hun levde. Til tross for hans manglende evne til å finne henne ... til tross for at slangen fortsatte og gikk om hennes død, hadde han visst at hun levde, og nå hadde han beviset at hans hjerte trengte. Et øyeblikk lenger og tårene falt fra øynene. Hun hadde ikke bare på seg ringen ... hun lette etter ham. Hjertene deres slår allerede i takt med hverandres. Ville hun forstå hvorfor han følte seg så svak?

Nei. Han hadde aldri delt med henne magi han brukte. Heller ikke fortalte henne hva han hadde gjort natten Nisha ble født. Så foreløpig måtte hun være fornøyd med at han levde og trøste seg med å vite at han ville finne henne.

Selv om det i realiteten kan være hun som fant ham først.

Han pustet dypt og slapp den sakte ut. Det var tid. Så mange vil ha blodet hans når dette var gjennom, men det kan ikke si noe, ikke nå. Ikke i dette øyeblikket. Han tillot seg et eneste hjerterytme for å revurdere å ringe etter hjelp. Et hjerte banket mer for å diskutere hva han ville og ikke ville si. Et pust mer og han håpet av hele sitt hjerte ... av hele sitt vesen ... at han ikke gjorde en feil. Han trengte hennes hjelp for å få slutt på dette, men selv visste han ikke om hun ville avslutte dette marerittet og redde begge livene deres. Nei, hun kunne veldig godt la ham være der og forsegle skjebnen til begge deres hjem og deres liv.

"Estare." Han visste at hun lyttet. Mørket var alt hun trengte for å høre selv så langt unna som hun virkelig var, visste han at hun kunne høre ordene til enhver ekte Fey. Etter det som virket som timer, ropte han ut enda en gang, denne gangen skjulte han ikke raseriet og frustrasjonen i stemmen, "Jævla, kjære søster, svar meg!" Et øyeblikk lenger og han la litt mer bitt og autoritet til sin grove stemmen, men svaide ikke i sin overbevisning om å ringe til henne. "Svar meg!"

Til slutt omgav ham sterkt, skimrende lys, og smeltet rustdekkede jern som hadde holdt ham i for mange år. Da lyset presset utover og opplyste rommet, brant svart ild og blokkerte utgangen og enhver sjanse for at noen løp inn for å avbryte møtet. Vel vitende om at det ikke var noe han kunne gjøre før hun valgte å gjøre seg kjent, satte han seg på den blod gjennomvåt bakken og ventet til ...

"Du ... utakknemlig ... ryggstikker ... bastard. Hvilken rett har du til å tørre å innkalle meg?"

Han så henne ikke, noe som virkelig var skremmende, siden han kjente henne hvert ord vibrere av beinene og ringe i hodet på ham. Sittende tilbake slik at han ser ut til å være upassende, kastet han øynene. "Hei også deg, kjære søster. Skal vi snakke åpent eller ønsker du å skjelle meg for at jeg forlot Lunaista?"

Da hun gikk gjennom lysveggen, presset hun de glitrende vingene sammen og det smale ansiktet hennes flammet av raseri mens hun knurret: "Du forlot ikke bare Lunaista, du stjal søsteren vår da du flyktet."

"Jeg reddet livene dine begge to. Eller har du ikke funnet ut av det nå." Han kunne ikke hjelpe det i flere hundre år uten å snakke om dette ... aldri komme tilbake for å konfrontere hverken moren eller yngre søsteren ... han ville bli forbannet hvis han tillot henne å snakke så kaldt til ham. "Nei, jeg kan se i øynene dine at du ikke gjorde det."

"Damn deg. Mor og far drepte seg selv på grunn av din vanære."

"De drepte seg selv som et offer for å blidgjøre de andre stjernebyene." Han kom seg opp og sto ruvende foran henne. "Har du ikke mottatt en pynteboks med bare noen få stykker kjøtt lagt inne?"

"Ja men..."

La et utbrudd av rå kraft strømme fra hånden hans, og eksploderte hulen i hulen og kom til å stå foran henne igjen. "Damn det, Estare, åpne øynene dine. Det var biter av de andre barna som kunne ha styrt. Det ekstra avkomet til den kongelige Fey. En gave slik at de andre skulle vite at de ikke var noen trussel."

Hun snublet tilbake og presset seg mot steinmuren. "Nei det..."

Han tok frykten hennes ... han fortsatte med en stemme som ingen ville tørre å stille spørsmål til, ikke engang kona hans, dronningen, "Tror du virkelig at jeg ville tillate meg å bli konge til noe hvis det betydde å drepe deg? Drepe vår søster? Da blir vi tvunget til å kutte dere begge sammen for å sende biter av dere til dem? Nei, vær sint på meg hvis du vil. Vær blind hvis du må, men jeg vil ikke be om unnskyldning for å gjøre det som var riktig.

Hun så ham snu og være i tempo, og svarte i en myk hvisking nær tårer. "Du kunne ha fortalt meg det før."

Myrddin ristet på hodet. "Det var forbudt. Som så mange andre ting du siden har offentliggjort."

"Du vet?!"

"Kom nå, vi vet begge selv blant de andre stjernene, og kongelige Fey er det ingen som er halvparten så mektig som meg."

Hun vendte ryggen mot ham og prøvde å skjule hva det var hun følte. Med en myk stemme som hun sjelden brukte, sa hun: "Så du vil ha kronen din tilbake." Ikke så mye et spørsmål, men en håpefull uttalelse.

"Helvete, nei, jeg vil ikke ha den kronen. Men jeg trenger din hjelp."

Estare pustet dypt, "Gå kjære bror. Hva, si, trenger du hjelpen min med? Siden dere alle er så mektige."

Han falt ikke for småerte, men prøvde i stedet å holde stemmen sin nivå: "Din niese, har du nå ut til henne?" Han håpet, men han tvilte også på at hun hadde det. Ikke da hun trodde at han hadde forlatt henne til det kalde dødstedet hun kalte hjem.

"Nei, men ved et uhell nådde jeg ut til hennes forlovede." Hvilket hadde forvirret henne første gang ... nå?

"Ethan? Bra. Faerydae, det er moren hans, er datteren til Magmas. Han sendte henne hit for å redde henne fra offeret. Ikke tvil om å skjule blodlinjene eller hans egen evne."

"Magmas? Men han ... Han er hersker over alle stjernebyene."

"Ja, jeg vet. Det høres umulig ut at han vil ha en smule medfølelse i seg. Ikke desto mindre ... Det er hans blodlinje som styrer det som kalles Feyen. Det er imidlertid ikke kjent, i det minste ikke her."

"Oh wow. Jeg visste at folket vårt var beskytterne av Fey her på den faste jorden, men ikke om den andre."

"Vi har ikke tid til dette. Når dette er over, skal vi snakke om hva som må gjøres for å redde hjemmet vårt. Akkurat nå må jeg redde datteren min."

"Veldig bra. Vi vil diskutere de andre senere. Fortell meg hva som må gjøres."

Han snek seg bort til veggen av svart ild og kikket ut. "Hvis jeg krysser bålet, vil min kone bli drept før jeg når henne. Du må fortelle Nisha at hun holdes nær munningen av den helbredende elven."

"Er det ikke der en av søylene ble sagt? Landingsstedet for feene som velger å komme hit?"

"Ja, Eostre bodde der en gang. De var faktisk de offisielle hilsener for de som kom til dette landet." Han stoppet og kjente at sinne vokste igjen. "Og det er grunnen til at de ble slaktet. Noen ville ha kraften til at de blødde bort fra de som reiste dit. Jeg mistenker at det var de samme bastardene som nå holder min kone fanget."

Estare snudde seg mot hulen. "Nei, kyllingøssen er altfor ung. Kanskje en fjern slektning kan være ansvarlig."

"Mulig." Han tok de kalde hendene hennes, "Vil du hjelpe?"

"For så kraftig som du er. Og for å vite ting som andre umulig kan vite ... hvordan tror du at jeg ikke ville hjelpe niesen min selv om hun er ditt avkom?"

Han ga et mykt kyss i pannen og hvisket: "Takk. Gå nå min lille feniks."

Hun gikk bort fra ham og nikket og sakte begynte å forvandle seg til den formen som så få kunne holde. Og færre visste kunne fremdeles dannes.

Kapittel 42:
Nisha

Nisha sto og så på seg selv i et høyt sølvspeil i full lengde som hun svevde foran seg. Noen få øyeblikk før hun hadde bestemt seg for hvordan hun skulle bruke håret og plukket ut de få smykkene hun skulle ha på seg ...

... Men det hadde vært før.

For et øyeblikk siden hadde hun følt noe. At noe hadde vært nok for henne til å ta forsiktighet og se etter hva det hadde vært. Da hun snudde seg for å se hele rommet, visste hun hva hun følte - noe eller noen som så på henne. Hvem eller hvem de var langt borte. Ikke i Darke ... nei ... selv grensen til Mystic-skogen føltes nærmere enn personen følte. Så de var ingen trussel. Ikke i dag. Etter følelsen visste hun imidlertid at de følte seg lettet over å se henne. Det føltes som de hadde håpet at hun skulle gjøre akkurat det hun gjorde ... å gjøre seg klar til bryllupet sitt. Som ikke ga mening - ingen i det hele tatt? Hvis noen ønsket å se henne gifte seg, måtte de bare komme til slottet og se på. Med mindre noe hindret dem i å gjøre det. "I morgen er det snart nok til å finne deg."

Sukkende nok en gang tok hun inn refleksjonen og prøvde hardt å ikke tenke. Hun hadde alltid vært flink til å skjule det meste av det hun følte. Ensomhet ble maskert av en sassy tartness. Bekymring maskert med over sprudlende entusiasme.

Kjærlighet? Kjærlighet? Hun hadde alltid brydde seg om sin tante og kusiner både David og Lilly, men fryktet at hvis hun elsket dem, ville de også bli tatt fra henne ... så hun hadde aldri sagt ordet. Men i dag?

Ville hun ha mot til å la seg forelske seg i Ethan? Ville han noen gang returnere den kjærligheten hvis hun gjorde det? Lilly fikk det til å se så enkelt ut med David. Fra første gang de så hverandre, hadde hun ønsket seg ingen andre ... Men Ethan? Selv bundet til hverandre syntes han mer sannsynlig å følge noen ordre enn å gi hengivenhet. Så igjen, han trenger kanskje bare tid til å tilpasse seg å ikke være slave.

Men også dette var en bekymring for en annen dag ... I dag ...

I dag ga hun etter et øyeblikk for å ønske moren var her for å fortelle henne hva hun kunne gjøre for å gjøre kjolen passende for et bryllup. Hun ga etter for øyeblikket av anger for ikke å ha foreldrene som hun visste elsket henne med alt de hadde hatt. Sniffende så hun tilbake på kjolen sin. Egentlig ikke en brudekjole, men den fineste hun eide og alt hun kunne finne på for å få det til å se mer passende ut var en fin svart tåke som flettet seg sammen med den spindelvevete grå kjolen som bleknet inn i et tynt slør som dekket bena. Moren hennes ville tross alt vite hvordan hun skulle gjøre det helt fantastisk hvis hun kunne designe en kjole for hennes seremoni om å bli eldre bare timer etter fødselen, kunne hun designe en brudekjole.

Det burde vært mulig. Det burde det vært.

Likevel ... det var det ikke.

Sniffende nok en gang holdt hun tårene i sjakk. Da hun lot det ravnefargede håret kaste seg nedover ryggen, trakk hun en enkelt streng over skulderen, og plasserte den lille øreøringen i beinet i øret, slik at hun kunne spore det delikate punktet. Tanten hennes hadde ikke de spisse ørene, heller ikke Lilly, så ble de arvet fra faren hennes? Hun visste ikke. Det var ikke et eneste bilde, hologram eller maleri av ham. I det minste ingen som hun hadde funnet i noe slott hun noen gang hadde vært i. Inkludert dette. Tante Alyisope hadde heller ikke ører som hennes heller. Men de kunne bare ha hoppet over henne. Når hun berørte ørene hennes igjen, snuste hun, det var det eneste hun hadde av faren.

Hun ga ikke tårene og trampet foten i frustrasjon. Han burde være her for å eskortere henne til hennes forlovede. Kanskje på en måte han var. Han hadde gitt henne Ethan. Han hadde valgt ham fra alle andre.

Da hun lukket øynene, satte hun foreldrene i bakhodet. Hva kan det med å bli gråtende gjøre henne i dag? Nei, hun trengte å være trygg. Hun trengte å være dronningen av underriket og kronprinsessen av Darke. Hun trengte å være fryktløs og fantastisk. Hun trengte å fremstå som voldsom.

Hun trengte vingene sine. Vingene som også var fra foreldrene hennes.

Ikke vingene hennes som hun skaper så ofte. De laget av tåke og hvisking. Nei, hun trengte vingene sine. Vinger som tanten hennes tenkte på som falsk dekorasjon. De som skremte Lilly. Lilly ville tilgi henne, tross alt, i dag handlet det om å se ut og ikke berolige sine slektninger. Hun holdt tett lukket og buet ryggen mens vingene ble formet mot ryggen. Et øyeblikk for å komme over den rivende smerten som alltid hadde kommet når hun enten fjernet eller dannet vingene, så pustet hun et siste dypt pust for å se dem.

Vakker. Fantastisk. Og dødelig. De var perfekte.

De hadde ikke form av eventyrvinger, men lignet heller de som tilhørte de store dragene. De bøyde seg over hodet og knyttet seg nesten sammen med sølvklærne sine. Øynene hennes så på dem og sørget for at de ikke hadde blitt skadet på en eller annen måte, så puste lettet da hun så hvordan de stoppet bare et pust før gulvet. Et øyeblikk grublet hun over dem.

Av noen tilfeller ble de ikke laget av hud eller kjøtt. Ikke laget med fjær eller membran, ikke engang vekter. Nei, hun var ikke sikker på hva de var laget av, men hun visste at de var klare. Lagre den av de grå, blå og svarte fargene i fargen og sølvkonturen. Nei, de var en raritet. Sterkere enn stein, i motsetning til eventyrvinger som var så fryktelig delikate. Likevel så de ut til å se mer delikate ut enn til og med den minste sommerfuglen. Ja, de var perfekte, og etter i dag trenger hun ikke å holde dem skjult.

De blodrøde leppene krøllet seg inn i et smil. Så få hadde sett vingene hennes. Selv blant familien hennes hadde bare hennes tante og Lilly sett dem, og bare Lilly visste at de var ekte. Det hadde ikke noe å si at hun ikke hadde på seg dem for gjestene sine, hun hadde på seg den ene tingen hun hadde fra begge foreldrene sine. Den eneste gaven de hadde gitt henne og skjulte for alle til hun hadde vært gammel nok til å skjule den selv.

Et bank på døren hindret henne i å tenke noe lenger. "Det er åpent." Hun mente ikke å knipse, men hun trengte å ikke gråte.

"Nis -" Lilly stoppet opp og kikket rundt i rommet. Hauger med kjoler, tunikaer, hårdekorasjoner spredt rundt. "Å, du har så mye trøbbel."

Hun vendte seg til kusinen sin og smilte så søtt. "Jeg tviler på det. Tross alt gjorde Mari det meste av rotet selv."

"Marigold? Gjorde dette?" Lilly tok et skritt tilbake i vantro, "Sikkert ... Ikke." Så la hun merke til vingene. "Nisha?"

"Jeg vet at de gjør deg ukomfortabel, men som dronning av Darke trenger jeg dem. Foreldrene mine forstod det."

Lukke døren slik at ingen kunne høre Lilly senket stemmen. "Du vet at de får deg til å se ut som den første Fey."

Sakte hvisket hun: "Jeg vet det." Tross alt hadde hun sett veggteppene i både Spire og Castle Sun-tear. Og hadde sett mer enn det i drømmene sine. Drømmene som hun fremdeles ikke hadde fått seg til å fortelle fetteren om.

Trekk seg oppreist Lilly pustet sakte dypt da hun sa: "Vel, de er dine, så hvem er jeg som skal dømme vingene til en annen kongelig?"

Nisha smilte og slettet den siste biten av tristheten. "Derfor liker jeg deg, Lil, du ser meg for meg og likevel ikke frykter meg."

Lilly returnerte smilet. "Frykt deg. Å, du skremmer meg med jevne mellomrom, men vi er bundet til hverandre, så jeg vet at du ikke kan skade meg."

Hun koblet armen til kusinen og spurte: "Har du ikke fortalt noen om det?"

"Nisha ... egentlig hvorfor skulle jeg noen gang fortelle en eneste sjel at når vi var fem, drakk vi hverandres blod og sverget på å aldri skade hverandre? Ser jeg ut som jeg vil høre et foredrag om blodbinding?" For ikke å nevne den andre bindingen da de var tretten. Nei, det var grunn til å fortelle noen om noen av dem noen gang.

Begge jentene lo et øyeblikk før Nisha rettet seg opp. "Vi burde dra. De døde blir urolige."

Går sakte nedover, den lange gangen, lente Lilly seg inn i Nisha. "Faren til Ethan sitter på bakerste rad. Han har klart syn på sønnen."

Stopper kort Nisha sverget: "Jeg beklager, jeg burde ha fortalt deg hvem som trengte å bli helbredet. Jeg var bare ... så ... forvirret ... forbanna ... jeg vet ikke. Men jeg burde ha fortalt deg det."

"Jeg er glad du ikke gjorde det. Ærlig talt, jeg er ikke sikker på om jeg kunne ha trodd deg hvis du hadde det. Jeg mener virkelig ... vi ble fortalt at han var borte ... død. ? Nei, jeg ville ikke ha trodd deg før jeg så ham med mine egne øyne. "

Nisha blåste pusten ut enda en gang, "Er han komfortabel?"

"Så mye som mulig. Han trenger å spise, men det blir tatt hånd om snart. Og sove ... mye søvn. Da må jeg finne noe som hjelper til med å helbrede noen av sårene jeg fant. Selv mamma vet ikke hvordan å behandle dem. "

Flott. Nei, hun ville ikke dempe stemningen i stedet for å glede seg over at han var der for å være vitne til denne anledningen. "Vi skal til Spire for mottakelse. Freya vil gå gjennom hele slottet uten å måtte passe på meg."

"Og her trodde jeg at nyanser kunne gjøre det på bare noen få øyeblikk."

Fargen tappet fra ansiktet til Nisha. "Lilly, ikke spør dem. Altfor mange har tørst etter blod. Jeg vil vite hvem som kan stole på og hvem som ikke trenger å være her ... før ... Jeg lar dem jakte."

Det faktum at Nisha var bekymret for nyanser ... å ja, de var farligere enn alle hadde trodd. "Ja, det høres ut som en veldig god idé da. I noen minutter snakket ingen av dem før ..." Dronning Sedna kom for noen øyeblikk siden. "

"Å, bra, jeg håpet hun kunne komme. Hun trenger ikke en kule med vann å sitte i, gjør hun?"

Lilly nikket bare, "Jeg trodde du hadde invitert henne. Mamma trodde meg ikke." Da hun husket spørsmålet, la hun til: "Å, hun har det bra. Tilsynelatende kan sirener gå på fast grunn i flere timer og noen ganger dager. Og hvis det er fornuftig, så fortell meg. For jeg er veldig forferdelig med de som bor i sjøen. . "

"Moren til Sedna var en sirene. Faren hennes, som du allerede vet, var en vannboer. Hans eksakte løp vet jeg ikke. Jeg vet at han ikke kunne forlate vannet og var veldig fornøyd med at datteren hans kunne. Eller så jeg ' har blitt fortalt. "

"Så når hun er en del sirene, kan hun vandre landet."

"Ja." Nisha trakk på skuldrene: "Selv om hun kommer på land for en dag for å utforske, er det ikke det samme som å komme for en spesiell anledning."

"Ah, så korallkrone og glitrende kjole laget av fiskeskala er for utstilling."

"Kjære du aner ikke. Sist jeg besøkte henne, diskuterte hun hvilken farge korall ville ha med håret ... og det var alt hun hadde på seg."

"Fortell meg at korallen dekket henne."

Hun ga kusinen sidelengs og ristet på hodet og sukket. "Vi setter regler for når vi besøker. Slik som at hun vil være kledd i noe jeg kjenner igjen som klær, eller bare vil jeg ikke bli. "

Kapittel 31:
Ethan

Ethan pustet dypt og slapp den sakte ut. Han visste ikke om det var hans egne instinkter, eller om Nisha fortalte ham at hun var nær ... men han kunne føle henne. Lukt henne nesten. Kjenner nesten at hun kjærtegner huden hans ...

"Ethan?"

Da han så opp på David, så han på ham nikke mot døren. Han lukket øynene og sakte. "Er Nisha sikker på dette?" Ikke stedet, men gifte seg med ham.

Overfor Ethan la David hendene på skuldrene til sin nye fetter. Både for å stabilisere ham, men også holde full oppmerksomhet. "Du er den eneste gaven foreldrene hennes noensinne har gitt henne. Stol på meg selv om du var en hårete siklende trollsnegle, ville hun gifte seg med deg."

Trollsnegl? Var det noe slikt? Det gjorde ikke noe at det hadde fått ham til å smile, noe som sannsynligvis var Davids intensjon til å begynne med. "Takk skal du ha."

"Gutter."

David hengte hodet mot Celestes strenge advarsel. "Vi vil oppføre oss ... mamma."

Øynene hennes bare smalt litt mer, men før hun kunne si noe, åpnet dørene seg da Lilly flagret inn i rommet. Føttene skummet lett over gulvet mens den knuste røde kjolen dannet seg rundt henne. "Datter."

"Nish er på vei. Um ... noen trengte hennes oppmerksomhet for å takle noe? Jeg ventet ikke på å se eller høre at hun trengte å vite før jeg kom inn."

Å holde øye med det lille dramaet Ethan tvang seg til å holde et rett ansikt da Queen of Lite mumlet: "Noen håper jeg."

Lilly så bare på moren og smilte og valgte ikke å si noe videre om personen som snakket med dronningen, "Skal jeg finne henne?" Et trykk på døren og hun så faren sin stå der. Hans kongeblå dress perfekt presset og prydet med så mange medaljer og bånd at jakken hans nesten var fylt. "Ikke husk det ..." Hun stoppet plutselig og ristet på hodet. "David litt hjelp, vær så snill Nisha har et lite problem."

David børstet forbi ham og ga bare et lite nikk å sitte. "Din nåde?" Det var et akseptabelt begrep, ikke sant?

"Ethan, kjære du er familie. Tante Celeste kommer til å gjøre det bra."

Han lot seg absorbere ordene. Ikke bare tante men familie. "Er det en grunn Lilly og David bare fløt den ene gjesten ut til gangen?"

"Sannsynligvis. Med hell vil jeg aldri vite årsaken." Da hun så mannen hennes komme til henne med et sterkt målbevisst ansikt, visste hun at det ikke ville være tilfelle. "Blake?"

"Vet han?" Han stirret ned til Ethan som igjen satt i stolen.

"Ikke ennå."

"Vet jeg hva?" Ethan knirket ut.

Blake låste øynene med Celeste og nikket begge, "Nisha kan forklare det." Da han så frykten krype inn i Ethans øyne, gikk Blake ned på det ene kneet, slik at Ethan ikke måtte se opp på ham: "Du har mitt ord om at det som skjer ikke vil skade deg. Bare forvirre deg. Helt ærlig forvirrer det meg, men det er bra. Du har mitt ord. "

"Og Nisha er ..."

"Det jeg kan fortelle deg er at mannen som ble eskortert ut, var en nær venn av faren. Hun vil at han skal eskortere henne hit i stedet for meg." Det burde ha skadet stoltheten hans, men det gjorde det ikke. Ikke da han ble overveldet av at noen hadde opplevd den natten. Ikke da han hadde savnet vennen sin og var lettet over å kunne se ham igjen. Og ikke når det ga ham håp om at alt som Nisha allerede begynte å løse, skulle vise seg å bli best.

For lett. Likevel lyktes ikke bærere. Kunne ikke lyve ... i det minste i henhold til det som ble fortalt om dem. "Det høres ikke så ille ut."

Et pust mer og både Lilly og David kom inn i rommet igjen. Da øynene hans møtte henne, smilte Lilly sterkt til ham: "Vi kan begynne nå. Å, og Grand'Mere vær så snill å la være å skjelle ut Nisha, jeg er ikke sikker på at hun kunne takle en ting til i dag. Hennes temperament er allerede flosset utover til og med hennes toleranse. "

I det øyeblikket Nisha og hennes navngitte eskorte var i døren, sto han. Fra der han sto kunne han ikke se henne tydelig. Først da hun var nesten halvveis til ham da ...

... En skjønnhetsvisjon som Estare ikke engang kunne fullføre.

Og han giftet seg med henne. Han ville være ved hennes side for all tid. Hvordan hadde han vært så heldig å bli valgt til å være mannen hennes?

Han trengte ikke noe svar. Ville virkelig ikke ha en. Nei, alt han ønsket var å huske hvert øyeblikk av dette bryllupet. Han trengte å alltid huske de grå spindelvevene som flettet seg sammen med svart tåke ved midnatt. Et tynt gullkjede og det røde anhenget som henger like over den hjerteformede halsen. Men det var vingene hennes som var så mye mer enn fantastisk, men han hadde ikke noe ord for å beskrive dem tilstrekkelig.

Et stykke av et minne trakk ham. Han hadde sett vinger som dette i Lunaista. Ikke Estare, men det hadde vært malerier av andre som hadde hatt dem. Senere kunne han utforske det minnet ... i dag skulle han bare tenke på dem i dette rommet. Nei, han ville bare tenke på hva livet hans ville bety nå som han giftet seg med den mest unike og dristige personen han noen gang hadde møtt.

Så så han mannen som ble tatt ut av rommet bare øyeblikk før. Ved å begrense øynene bestemte han seg for at han var altfor tynn til å være bare tynn, men ... Nei, han kunne ikke tenke akkurat nå. Eller i det minste ikke å tenke på årsakene til at han var så tynn, eller hvorfor han så ut til å være syk. Nei, han kunne definitivt ikke tenke på det. Men han ville konsentrere seg om Nisha, hans snart kone og dronning. Etter at festlighetene var ferdig, kunne han bekymre seg for alt annet.

Da han så Nisha da hun tok sitt siste skritt ut på balkongen, skjønte han øynene og skjønte ikke den lille nikkingen til mannen før han kysset kinnet hennes og tok plass. Likevel grublet han over det lille vennlige kysset til Nisha spurte "tante Celeste?"

"Vi skal snakke etter." Da sto dronningen av Lite så høyt hun kunne og lot vinden styrke stemmen hennes, "Kjære borgere og familie, takk for at dere samlet for denne herlighetsdagen. Som dronningen av Lite er det min ære å tildele kronen til Darke. til sin rettmessige dronning. "

Brølet fra folkemengden som sto på gårdsplassen overrasket ham, men Nisha klappet beroligende på hånden slik at han ville forbli rolig. Da vendte Nisha seg mot ham de mystiske vingene som bare slo ut et hår.

"Ethan?"

Han kunne ikke mer se bort fra henne da han kunne ta sitt eget liv. Stemmen hennes skyllet over ham. Hun gjorde noe mot ham. Hun måtte være siden han ikke kunne se de som hadde kommet for å være vitne til denne dagen. Nei, han kunne bare se henne og en vegg av solid svart tåke. "Min dronning?"

Hun berørte ansiktet hans oppmerksomt og smilte. Hun har et så nydelig smil. Han tenkte like før han hørte henne si, "Nisha vil gjøre det bra."

Ethan nikket og vendte hodet for å kysse fingrene hennes. Han visste ikke hvorfor han hadde det, men det føltes riktig. Smilet i ansiktet hennes bekreftet at han tok den riktige avgjørelsen. "Jeg vet ikke ordene som skal sies."

"Stoler du på meg?"

*Gjorde han? Kunne han gjøre det?*Han nikket bare. "Ingen kan se oss, ikke sant?"

Smilet hennes forandret seg fra et lykkelig smil til et sammensvergende, "Lilly kan. Alle andre? De ser noe. Hør noe. Hver vil se og høre hva de ønsker."

Han trakk pusten dypt og så dypt inn i øynene på henne. Dype kløfter. Hint av ild og røyk. Ice spiking. Så så han noe. Død. Han kunne se det i øynene hennes. De tapte sjelene som ikke kom til Under Kingdom. Sjelene som ikke lenger hadde kropper å holde på ... alle ventet på å bli sluppet løs. "Nisha?"

Fingeren presset mot leppene hans. "Løfter du å dele alt vi lager sammen?"

Han slikket leppene hennes da fingeren trakk seg. "Jeg gjør."

"Så som i dag vil jeg dele alt det jeg er med deg. Du er min likemann i ordets virkelige betydning." En liten kniv dukket opp i hånden hennes. Poenget som stikker spissen av en finger. Blått livsblod hovnet opp like før hun la en eneste dråpe på underleppen. "Med dette er vi bundet. I liv og død er det ditt som er mitt. Det som er mitt, er ditt. Jeg bekrefter dette båndet." Så tok hun bladet og stakk fingeren og tok den eneste dråpen blod til leppene.

For et øyeblikk svaide hans visjon, og han var sikker på at han kunne se ting utenfor rommet ... utenfor slottet. En score på folk som prøver å bryte seg inn. Noe han ikke kunne se for å holde dem utenfor. Et skjold av noe slag? "Nisha?"

"Jeg kjenner Ethan. Jeg ser dem også. Det er ingenting i dette riket som jeg ikke kan. Hvis jeg velger det." Hun presset leppene mot hans. Så gikk tilbake og avsluttet den trylleformen hun hadde opprettet.

Celeste så fortumlet ut. "Um ... Unnskyld meg det ser ut til at jeg er tapt for ord."

"Kanskje vi burde fullføre kronen?" Nisha smilte på en måte som gjorde et spørsmål til en kommando.

Et rist på hodet, så kom Celeste seg. "Selvfølgelig." Svever det lange gullbordet over til balkongen Celeste sto stolt. "Vanligvis presenteres bare en krone ... men på denne historiske dagen, velg kronprinsesse Nisha Devros din arv."

To kroner for to land og den enkle sirkelen til Fey. En krone som var laget for den første dronningen av Fey. Nisha lot hånden sveve over bordet. La piskene til Darke tendrils kjærtegne hver av kronene og la kraften snakke til henne. "Lilly kom hit."

Ethan så Lilly gi både Nisha og moren et forvirret blikk, men tok de få trinnene over til bordet. "Nisha?"

Svært forsiktig plukket Nisha opp den gyldne kronen og snudde seg, "Ved den makt som er gitt meg som dronning av underriket, kroner jeg deg til dronning av lite."

Dette var ikke det som skulle skje. Det var det ikke. Det kollektive gisp fra rommet fortalte ham så mye. Det faktum at rommet ... et rom som hadde blitt tent, var nå fylt med en lysstyrke som bare solen kunne matche. Laget det som skjedde mye, mer skremmende. Likevel kunne han ikke si noe.

Lysstyrken ble langsomt svakt, og Lilly, den nye dronningen av Lite nikket til moren som så mer bekymret ut, enn hun skulle hatt hvis dette hadde vært planlagt. Lilly kjærtegnet forsiktig kronen til Darke og plasserte den deretter på sølvkretsløpet. "Med den kraften som er gitt meg som Queen of Lite, kroner jeg deg som eneste dronning av både Darke og Feyen."

Like før kronen berørte, hørte Nisha et forferdelig skrik brøt ut fra kvinnen som hadde blitt sittende i ryggen. "Nooooo !!!! Det er mitt !!! MIN !!!"

Kapittel 44:
Nisha

Sakte vendte Nisha seg mot lyden av den skrikende kvinnen. Øynene hennes brant med en mørk ild. "Så, dukken kan tross alt snakke." Hun tok noen skritt nærmere kvinnen, og dragevingene rullet seg akkurat nok der pigger kunne sees rundt kantene. "Morsomt, ifølge min fars fortryllelse skal du ikke ha kontroll over tungen din med mindre du fikk et hjerte. Men ikke hjertet ditt siden det fortsatt er låst. "

Larna prøvde å hoppe etter kronen som nå satt på hodet til Nisha ... kom knapt til føttene da hender laget av tåke grep henne og trakk henne til bakken. "Det er min! MIN!!! Du kan ikke ha det. Jeg vil ikke tillate det! "

Alle som hadde blitt sittende i det lille rommet, kom seg raskt opp ... og presset seg like raskt mot veggene. Inkludert King Craykren, som ikke kunne stole på at selv han ville leve gjennom en krangel hvis Nishas temperament gled. Eller for den saks skyld om tåken som nå holdt Larna virkelig var det dødelige løpet som bare var kjent som Shades.

Nisha strakte ut hånden hennes og kjærtegnet den falne dronningens ansikt med ingenting annet enn spissene på de lange røde neglene. "Ja, jeg ser at du har et hjerte. Synd det hører ikke til deg. Du mottok det heller ikke ærlig. " Hun vendte øynene nå og låste på Ethan som som alle andre prøvde å ikke bevege seg. "Min mann, vil du vite hvordan det er at jeg vet at hjertet hennes ikke er hennes ... faktisk er det ikke engang fra en Fey."

Hvordan kunne hun vite det? Bare en måte å finne ut av. Ethan nikket en gang, men avsto fra å snakke.

"Veldig bra." Plutselig dukket det opp et septer laget av bein i Nishas grep. Et hjerterytme senere som også Darks septer. De to scepterene skapte et sterkt lilla lys og smidde seg til en lang stav. En svart steindrake pakket nå rundt beinbiter. Ravnekloen holder nå ikke bare nattens stein, men en klar rød stein med virvlende tåke inne. Den steinen kunne bare være den lenge glemte Seer-steinen. "Jeg etterlyser det som var skjult." En sølvkasse med intrikate innlegg dukket opp foran henne.

"Nisha!" Ethan skrek ut. "Ikke åpne esken." Han snublet noen få meter før han ikke lenger kunne bevege seg. Noe hindret ham ...

... Ikke noe ... Nisha.

For et hjerteslag låste hun øynene med ham. "Ingen skal berøre innholdet, bortsett fra meg. Du har mitt ord, Ethan. " Et tynt slør av hvitt lys omringet henne da hun gled lokket opp. Inne var ikke bare hjertet som faren hennes hadde tatt, men også et annet. Tentativt berørte hun den største av de to. Bilder strømmet til henne. Ikke mordernes, men farens. Bilder av fødselen hennes. Så bilder fra mye, mye senere.

Hun ville finne svarene på spørsmålene disse bildene hadde vist henne, men ikke nå. Nei ikke, akkurat nå, men etter at hun hadde med Larna å gjøre. Låste øynene med Feyen-dronningen og grep hjertet. Hun hadde fått et brev adressert til henne bare noen øyeblikk før hun kom inn i rommet for kroningen. Det hadde gått fra faren hennes ble forseglet til hennes attende år. Nå forsto hun hvorfor han hadde tatt hjertet. Synd at hun ikke kunne dele bildene.

"For lenge siden tok faren hjertet ditt, og alle de som var vitne til det, måtte ikke snakke om den dagen. Jeg løser dem fra den bindingen. " Fingrene klemte det fortsatt bankende hjertet akkurat nok til ikke å miste grepet. "Kjære Gwydion, vær så snill å stå foran meg."

Svart tåke virvlet foran henne sakte og forvandlet seg i form av en mann. Forsiktig knelte han foran henne. "Min dronning?"

"Jeg kjenner noe av folket ditt. Er det sant at hjertet til en fiende er en sjelden delikatesse? "

Han så opp på henne, øynene hans var ikke lenger tåke, men flytende ild. "Det er."

"Vær så snill å akseptere hjertet til en fiende som ville gjøre det samme mot alle Feyen-landene som en forræder gjorde mot din."

Gwydion nikket en gang. "Du er nådigst, dronningen min." Sakte stod han og tok hjertet fra henne: "Med dette hjertet løser jeg sjelen hennes for å vandre i all evighet." Han brakte den til munnen, og bet en gang og lot det svarte tåke-lignende blodet dryppe ned på gulvet.

Nisha så på hvordan kroppen til Larna falt sammen til bakken. Hennes sjel er allerede fanget i septersteinen. Hjertet som hun hadde stjålet med å dø. Hjertet til Lord Edrich. Hun tok et øyeblikk å puste før hun ble syk, og vendte seg mot gjestene, og øynene hennes viste aldri annet enn selvtillit. Senere kunne hun tenke på hvordan Larna hadde koblet Edrich ut av sitt hjerte. Og mye, mye senere ville hun bestemme om det hadde vært Larna eller Edrich som hadde ødelagt alt hennes familie hadde jobbet med å bygge. Men akkurat nå hadde hun andre ting som prioriterte.

Med en klar stemme som bare en dronning skulle bruke, talte hun: "Ærede gjester, slottet er ikke lenger trygt for deg å vende tilbake til vognene dine. Jeg har andre midler for deg å nå spiret. "

Rumpa på personalet banket på steingulvet tre ganger. "De dødes port, jeg befaler deg å åpne."

Døde kropper dannet selve døren. Døren ikke mer enn en rød tåke. "Hvis alle ville være så snille å gå gjennom. Du har mitt ord, ingen skade skal komme til deg. "

Lilly var den siste i rommet, annet enn Nisha. "Nish, hva skjer?"

Hun vendte seg mot fetteren, med øynene fylt av tårer. "Min far lever."

"Egentlig? Å, Nisha ... "Hun brettet armene rundt fetteren sin. "Dette er fantastiske nyheter."

"Nei det er det ikke. Lil, han har så mye vondt. Jeg kan føle det." Hun omfavnet fetteren og lot tårene falle til hun fikk pusten. "Kom, vi må få alle til spiret, så har vi arbeid å gjøre."

Langsomt trakk Lilly seg og tørket den siste tåren til Nisha. Hun kunne ikke spørre om Myrddin, men hun kunne spørre: "Kan vi virkelig gå til spiret på denne måten?"

"Døråpningen fører bare til verden mellom levende og døde. Ingenting kan skade dem som kommer inn. Og akkurat denne gangen vil de som reiser gjennom denne porten fortsette å leve. Jeg vil virkelig ikke ha hele familien i mitt rike, ikke i flere århundrer til. Det er allerede ille nok å ha Grand'Mere der, og hun er ikke engang død. "

"La oss gå, og i morgen vil vi vite hvor faren din er og hvem som holder ham."

Nisha grep armen hardt nok til å få blåmerker. "Lilly, jeg vet hvem. Jeg må finne hvor. Og så må jeg finne ut hvorfor. "

Da hun så de dødes sjeler skriker i Nishas øyne, var hun ikke i tvil om hva fetteren hennes sa. Og ingen tvil om at uansett hvilken skjebne som ventet på dem, ville døden bare være begynnelsen.

Nisha steg et stort tomt rom ved spiret. Familien hennes krøp sammen i det som burde vært mottakelsen. De var alle redde, kalde og bekymrede. Det at hun kunne føle deres uro, burde ha bekymret henne ... burde ha gjort det, men gjorde det ikke. Nei, hun hadde mye mer presserende ting å bekymre seg for.

En var hvordan hun skulle forklare hvor hun trengte å gå, og hvorfor. For det andre ... hennes far.

Hvordan skulle hun noen gang forklare at han hadde revet ut sitt eget hjerte for å redde seg selv? Ingen gjør det. Ingen burde hatt evnen til å gjøre det.

Så kanskje han ... hennes far ... burde være den som skulle forklare så mye. Ja, rett etter at hun sørget for at han var bundet til henne, slik at ingen kunne skade ham etter at han hadde forklart seg. Ja, det hørtes ut som en mye bedre idé.

Et mykt trykk på døren fikk henne til å fryse midt på trinnet. "I."

Ethan stakk hodet inn i rommet, "Kan jeg komme inn?"

Pustet dypt, brukte hun et lett vindkast for å trekke opp den grå paneldøren, "Ethan, du trenger ikke å be om tillatelse."

"Du har ikke sett øynene dine." Han gispet, mente tydeligvis ikke å si det. "Jeg mener…"

"Det er helt ok, jeg vet at øynene mine ikke er menneskelige når temperamentet mitt blusser." Nok et dypt pust. "Jeg er rolig nå."

Han tok sakte et lite skritt inn i rommet. "Vingene dine er fantastiske."

Hun smilte sjenert. "Ingen har noen gang sagt det før. De skremmer deg ikke? "

Da han kom bort til henne, berørte han forsiktig vingene. "Hvorfor skulle de. De er deg.

Kraftig. Sterk. Unik. Og helt fantastisk. Men jeg har allerede sagt det. " Han pauset. "Jeg vandrer."

*Ja, det er du, men jeg har ikke noe imot det.*Glede løftet hjertet hennes. "Sa Lilly at du kan gå rundt?"

Et skuldertrekk. "Hun sa ikke at jeg ikke kunne. Så har hun igjen andre ting som kan holde henne opptatt for øyeblikket. "

Hun tok hånden hans og trakk forsiktig: "Kom igjen, vi må finne deg en seng før Lilly husker at du fremdeles trenger hennes pleie."

Han ristet på hodet og nektet å flytte. "Jeg har det bra, Nisha. Bedre enn jeg noen gang har vært. Egentlig."

Hun la hånden på ansiktet hans, og la tåkeflater strømme rundt seg, og sukket. "Nei Ethan, det er du ikke. Hvordan du har det akkurat nå er av spenningen. Jeg frykter hva som vil skje når kroppen din husker at den fortsatt heler. "

"Men…"

"Nei, du blir gjemt i en seng og Lilly kommer til å gjøre det bare hun kan. Så om morgenen vil jeg ha noen svar. Du har mitt ord."

The Spire ble sagt å huse det største biblioteket i hele Feyen-landene, så hun skulle kunne finne et kart. Eller i det minste noe hun kunne bruke til å finne faren. Bør ikke bety at hun ville. Kikket opp på kolonnene og radene med bøker, pergamenter og andre ting som hennes forfedre hadde valgt å bruke for å registrere alt fra magi og besvergelser til vær og historie ... hun tvilte på at hun ville kunne finne det hun trengte før morgen. Tvilte på at hun ville kunne finne det hun trengte før neste år.

Den lette brisestemmen som kom fra gangen fanget Nishas oppmerksomhet. "Å kjære, hvis du er her, så må det være problemer. Du hater å lese ... hva som helst. "

Hun så over skulderen og prøvde å smile til fetteren mens hun holdt en ganske skitten bok i den ene hånden og et rullet pergament i den andre. "Hjelp?"

Lilly tok et enkelt skritt inn i rommet og lukket stille døren bak seg, "Før jeg hjelper, må vi diskutere hva som skjer før vi kommer hit?"

Selvfølgelig gjorde de det. Nisha pustet dypt. "Hvordan har alle det? Jeg trodde de ville roe seg hvis jeg bodde et annet sted. "

"Drakens er fine. Det var en god maktutstilling, og de er stolte av at du er familie. Dronning Sedna har reist tilbake til sitt rike. Tilsynelatende vil hun ikke vite hvorfor hun trengte å komme inn i Under Kingdom. Grand Mere, vel, hun er rolig eller mest rolig. Du kjenner henne, hun beskylder for tiden mamma for at du åpner porten i stedet for å håndtere det som prøvde å få tilgang til slottet. "

"Troll. Legioner av dem. Ogres som hjalp trollene. Noen få Menehune, noe som ikke gir mening siden de bor i myrlandene og i de varmere områdene i Draken. Så var det litt Taraque. Taraque, en av de legendariske skapningene som ble laget av den første Fey og sies å være utdød, men de var ... er i Darke. Tenk på det, Lilly, de jobbet sammen for å få tilgang til slottet. Noen eller noe må kontrollere dem. Og jeg må finne ut hva. Jeg frykter hva som vil skje hvis jeg ikke gjør det. "

Svelger hardt Lilly ventet i flere øyeblikk før hun prøvde å si noe. "Oh wow, well ..." Da Lilly så kusinen hennes på randen av hysterikk, fomlet hun med ordene sine. Hun turte ikke spørre Nisha om hvem hun trodde kunne kontrollere utyret. I det minste ikke akkurat nå. Så hun valgte å bruke litt kompensert humor og håper hun ikke gjorde saken verre. "I det minste var det ikke en Drague."

"Å, ikke vær dum Drague eksisterer ikke egentlig. Eller i det minste, ikke siden ... "Hun stoppet og revurderte alt hun hadde lært siden i går, og nikket deretter enig. "... Så kan du igjen ha rett. Ja, det kan du godt være. " Pusten pustet enda en gang og spurte Nisha: "Hvordan har tante Celeste seg?"

"Åh, mamma er ved siden av seg selv. Hun hadde planlagt kroningen helt ned til festen og ballene. Hun er ikke glad for at du valgte å krone meg i dag. Hun er heller ikke glad for vingene dine. "

Fornærmet bøyde Nisha ryggen, de svarte ristene av mørk tåke sivet ut til hvert hjørne av rommet da temperamentet begynte å flair. "De er vingene mine. Mine sanne vinger, hvis hun godkjenner dem eller ikke, er det ikke opp til henne. Hvis moren min ... hennes egen søster ... ville ha dem ikke på kroppen min, ville de ikke være festet til kroppen min. "

Hun la hendene i en overgivende stilling og tok et skritt tilbake. "Whoa, Nish. Jeg tviler på at mamma vet at de er dine sanne vinger. Siden du holder dem skjult og bruker tåke oftere. Når du viser henne at de ikke er dekor, vet du at hun vil bli fascinert av dem. Akkurat som Ethan er. " Noe som fetteren hennes burde ha gjort for mange år siden, men inntil Nisha ble roet ned, ville hun, som alle andre, ikke si et ord om hva hun mente at Nisha burde ha gjort bra før nå.

Å puste dypt Nisha vendte seg bort fra fetteren og lukket øynene mens hun prøvde å få tilbake roen. «Jeg skjuler dem fordi de er forskjellige. Jeg ville at Ethan skulle se dem. Han liker dem, så jeg vil ikke skjule dem for ofte. Ikke nå lenger."

Hun trengte å snu fetterens humør raskt, for hun brydde seg ikke om måten Nisha snudde fra sinne til gråtende, så hun tilbød: "Så hva trenger du hjelp med?"

Tørk av øynene Nisha sniffet mens pusten hakket bare en gang. Hennes følelser er for rå for sin egen smak. For uforutsigbar. Uansett hadde hun fortsatt arbeid som måtte utføres. "Jeg trenger et kart. En som viser alle Feyen-landene. Og Mystic Woods. Helvete, jeg vil gjerne finne en av Under Kingdom, men jeg vet at den ikke eksisterer. "

"Alle?"

"Ja, Lilly alle sammen. Jeg tror Myrddin er i Mystic Woods, men jeg kan ta feil. "

Et stort rundt trebord dukket opp i midten av rommet. "Før jeg ringer inn kartene, kan jeg spørre hvorfor du tror han var i skogen?"

Nisha ropte inn i sølvboksen og satte den på bordet og åpnet lokket så forsiktig og avslørte det store bankende hjertet. Hjertet til faren hennes.

Kant over bordet Lilly kikket inn i esken. "Et hjerte? Med blått blod, fremdeles i blodårene? "

Hun nikket en gang. "Det tilhører min far. Han lever, Lilly. I live. Og jeg må finne ham. Og jeg kan ikke vente mye lenger. Heller ikke jeg vil. Noe er veldig galt. Jeg kan føle det som små lyn som danser under huden min. Jeg følte det i det øyeblikket jeg ble kronet til dronningen av både Darke og Feyen. "

Lilly snudde seg tilbake til døren og sørget for at den var lukket ... så vel som låst. "Det kan være en annen måte."

"Lil?"

Hviskende siden hun ikke ville at noen skulle vite at de hadde akkurat denne gaven, sa Lilly: "Vi har makten, Nish. Du vet at vi gjør det. "

"Ja, men ... det er farlig utover all dumhet."

"Nisha Devros, vi har begge Dream-Walked før. Og ikke tør du si meg at du er redd. Jeg vet bedre. "

Ser rundt i rommet Nisha smilte. "Jeg trenger å bli beskyttet. Jeg ville bli avskåret fra alle mine evner mens jeg er et annet sted. "

"Jeg vet." Lilly løftet hendene og innkapslet rommet i et gyldent lys. "Jeg låste dette rommet. Ingen kan komme inn uten mitt samtykke. Eller min kunnskap. "

"Er du sikker?" Ikke at hun tvilte på at Lilly låste rommet, men at hun kunne hjelpe henne med å finne faren.

En enkel nikk var svaret hennes.

"Greit, men du har glemt noe." Hun løftet hendene over hodet og kastet dem raskt ned til bakken. En lav rumling rev gjennom rommet. "Jeg Nisha Devros, dronningen av underriket forbød noen å komme inn levende eller døde." Biblioteket ristet voldsomt mens lilla virvler flettet sammen i lyset som Lilly hadde skapt. "Bedre. Mye bedre"

Rullende øynene smilte Lilly. "Å ja, vi kan ikke ha døde som forstyrrer deg."

"Det vil også holde nyanser ute. Du ville ikke tro hvor nysgjerrige de er. Spesielt når jeg gjør noe som jeg ikke forteller dem om på forhånd. "

"Nish, jeg vil ikke vite det." Hun hoppet opp slik at hun kunne sitte på bordet og spurte: "Har du lysene?"

Tretten lilla lys dukket opp rundt i rommet. Deretter en enkelt gylden kandelaber. Et enkelt hvitt lys i midten. Rød til venstre og svart til høyre. "Jeg vil våkne når det hvite lyset blåser ut. Jeg burde ha tolv timer. Men det kan være mindre avhengig av hvor langt borte han er. Og hvor svak. "

"Jeg vil holde øye. Og Nish ... "Nisha løftet et eneste øyenbryn. "Når du finner ham, vær snill. Jeg er sikker på at han ikke vil bli skjelt ut før han er hjemme. Da kan vi bytte. Du, jeg og mamma. Jeg antar at Davids mamma og pappa i tillegg til å gi mammaen hans også er gjemt et sted. Men vi tre vil definitivt være først. " Lilly stanset sammen og trakk leppene sammen før hun la til: "Jeg antar at Grand Mere også vil skjelle ut ham."

"Åh, ikke bekymre deg, jeg planlegger å vente til jeg virkelig kan berøre ham før jeg skjeller på ham. Når alt kommer til alt, er det å skelle så mye bedre når du vrir nakken på en person. "

"Ja, jeg antar at du har rett."

Pustet inn duftene av sandeltre og jasmin, lukket hun øynene. Sage ville bære sjelen til astralplanet. Havsalt ville holde henne bundet til de levende. Myrddin. Den eneste personen hun ønsket å trekke til seg. Hun visste navnet hans, men ingenting annet. Nei det var ikke sant ... hun var datteren hans, et bånd så tykt som blod ... hun ville finne ham. Hun måtte.

Sakte omringet et sterkt, skimrende lys. Bight purples og blues. Nyanser av greener og gule. Alle sammenflettet virvler sammen og lager en forbløffende mosaikk rundt henne. Likevel ingen annen person.

Da hun lukket øynene mens hun var i denne drømmeverden, ropte hun igjen. Myrddin.

Der en slepebåt. Han kjempet mot henne. Hun kjente det. Hun gravde føttene i bakken og ønsket seg å trekke hardere. Myrddin. Nok en slepebåt på en linje som bare hun kunne se, da endret mosaikken seg rundt henne. Ikke lenger lyse levende farger, men dype purpur. Midnight blues. Greenene endret seg til nesten svart som det gule til grått. Sakte dannet det seg en figur foran henne. Svarte kapper av høyt fødte gull på mansjettene og ned foran. Royalty. Ekte royalty. En som hun kunne satse på, var ikke fra dette riket. Sakte ble hendene og ansiktet dannet. Til slutt vingene hans ... speilet fra henne, men svart som natt og ikke nesten gjennomsiktig. "Myrddin?"

Sakte fokuserte hans sjeløse øyne på henne. Så et sakte motvillig smil. "Datter." Han tok et eneste skritt mot henne. "Du må jobbe med å drømme deg, men dette vil gjøre for det vi trenger å diskutere."

Stemmen hans var dypere enn hun hadde forestilt seg. Og han var høyere enn det hun hadde trodd han ville være. Nesten to fulle føtter høyere enn seg selv. Hun så ut til at han var mer enn et hode høyere enn tanten hennes. Ja, absolutt ikke fra dette riket. Ingen Fey royal eller på annen måte hadde vært så høy siden den første Fey falt fra stjernene. Dette var noe som bare de fra Under Kingdome fortsatt visste. Og noe hun aldri ville diskutere utenfor de dødes slott. Å puste et eneste pust sa Nisha raskt: "Larna er død."

"Ah. Så du fant boksen min. " Så smalt øynene øynene hans. "Og åpnet den til tross for at vi fikk beskjed om å ikke gjøre det?"

Hun nikket en gang. "Det førte meg hit." Forsiktig spurte hun: "Du visste hva som ville skje den kvelden, ikke sant?"

Han snudde seg fra henne. "Jeg vil svare på spørsmålet ditt, men ikke her. Ikke nå. Det er liten tid. "

De hadde all den tiden de trengte nå som han hjalp henne i stedet for å kjempe mot henne. "Til?" Spurte Nisha sakte.

"Kjenner du historien til Eostre?"

"Noen. Gwydion og jeg har ikke hatt tid til å diskutere hans folk i detalj. I det minste ikke ennå. "

"Gwydion?"

"Den siste kongen av Eostre. Kjenner du han?"

Han visste at hun ville være mektig, men forestilte seg aldri at hun kunne bli venn med en Eostre. Så igjen, det kan bruke henne til sine egne formål. "Nisha, hør nøye. Det du kjenner som sannheten er ikke hele det. Eostre er ikke døde. I det minste ikke alle. Før krigen dro flere til et toppmøte. De ønsket mer enn bare å være vaktmester for Fallen Fey. Fey ... den sanne Fey diskuterte det i stjernebyene. Mens det var på toppmøtet med de kongelige i stjernebyene, ble det begått en forferdelig forbrytelse. Alle Eostre som var ... her ... på denne jorden ... de døde. De som var på toppmøtet erklærte krig mot alle de de hevdet var ansvarlige. Hele Feyen på både denne jorden og stjernebyene.

Etter. Da grensene ble satt, hevdet Eostre som var igjen Mystic Woods. Hele Mystic Woods og dens kraft for seg selv, da skogen alltid hadde vært deres hjem, og det ville forbli. Nettstedene der de som kom fra stjernekoloniene hvilte og ble komfortable med dette landet, ble de for det meste ødelagt og forhindret de fleste fra å komme seg hit. De fleste, men ikke alle. "

"Vent… Hva? Sier du…"

"Bare hør, lille, du må vite det hele." Da hun nikket, fortsatte han: "Et sted i Mystic Woods blir jeg holdt fast. Eller i det minste tror jeg at jeg er det. Så igjen kunne jeg være nær ruinene av den store krigen. Uansett, hvis du kommer til meg først, vil moren din dø. Hvis jeg slipper unna, vil hun dø. Hvis du går inn i skogen, kan du bli drept. "

Fantastisk, akkurat det hun trengte; enda et puslespill. Denne måtte løses for å redde familien hennes. "Vet du hvor moren min er?"

"I Mystic Woods. Det … skogen er et merkelig sted de tar bort lærte evner, men forbedrer naturlige. Jeg tror hun ville være i nærheten av en av ruinene til søylene. Kreftene som styrer skogen er sterkest der. Sterkest ved munningen av den helbredende elven. "

Nisha snudde seg fra ham. "Greit, så for å finne mor, er jeg med på en kamp. Hva annet?"

"Boksen min. Det kan ikke komme inn i skogen. De der vil ta det. Det er for kraftig, og jeg frykter at det ikke bare vil ødelegge dette riket, men også stjernene. Ikke innholdet, men selve boksen. Selv om du forsvinner et sted å bli kalt til deg … vil de som bor i skogen kunne rive den fra deg. "

"Jeg kan ikke la det være på Spire. Jeg tror ikke det er noen som kan beskytte det. "

Nei, Spire ville ikke være trygg nok. I det minste forsto hun det. "Spør tanten din. Hun kan ha en løsning. "

"Tante Celeste? Å, jeg kan ikke, hun har allerede skranglet. Og jeg har ikke engang fortalt henne at jeg fant deg. "

"Nei min kjære. Estare. Innkall henne. Ikke Dream-Walk men innkalle henne. Hun svarer. Ikke forvent at hun skal være hyggelig. Faktisk, vær for en kamp når du gjør det. Hun er ikke en som blir innkalt. Egentlig ikke en som skal kalles inn i drømmer som disse. Vet dette at hun er kraftig, men ikke så mye som deg. Men hun har flere års erfaring i sine evner enn du. Forvent at hun bruker hvert unse av disse ferdighetene mot deg. "

Tåken begynte å endre seg. Tiden deres sammen var nesten over.

"Når jeg finner deg, vil jeg ha forklaringer ... ikke gåter eller flere spørsmål. Jeg vil ha svar på alle spørsmål jeg kan komme med. "

"Når vi kommer tilbake til nattens slott, vil du få alle svarene du ønsker. Det vil moren din også gjøre. "

Kapittel 45:
Ethan

Ethan ventet til han var sikker på at Nisha hadde forlatt ikke bare rommet, men også gangene i nærheten av rommet også før. Da han trakk sengedekslene av, bestemte han seg for å utforske det store rommet der hun hadde forlatt ham ... Nei, ikke et rom, men rom ... en hel suite ... korrigerte han seg selv. Soverommet hadde blitt farget i en dyp lilla som nesten så svart ut, men med hvitgrå kommoder for kontrast. Sengen var derimot laget av grå og svart marmor med visker i andre farger som med jevne mellomrom ble funnet i søylene.

Han undret seg over dette siden ingenting stemte overens. Så enten ble denne suiten satt sammen med eiendelene som ingen ønsket lenger, eller Nisha hadde veldig merkelig smak i innredningen. Begge var en mulighet. Åpne sakte en dør som ikke gikk til hallen, og fant en stue som han kunne passe i hele underetasjen til Edrichs ... hjem ... i. Av posisjonert i det fjerne hjørnet var det en steinløve som ble gjort til en foss. Nei, ikke en løve, bestemte han seg for å se nærmere på, men en Merlion eller en kimær. Uansett var skulpturen fantastisk. Så så han på hvordan vannet glitret i gull og blått i en krystallbasseng. Når han tok et skritt nærmere, kjente han væsken mens den strømmet ut. Han kunne se tydelig nå at dette ikke var vann. Ikke egentlig. Visst, det var klart og flytende, men altfor silkeaktig til å være bare vanlig vann. Det måtte det være.

Et trykk på døren fikk ham til å hoppe. Han trodde han hadde blitt tatt for å gjøre noe som var forbudt, og skulder seg da han vendte seg mot den som hadde kommet inn. Til hans overraskelse var det en ung jente i en grå tjenerdrakt som holdt et stort brett. "Um ... Kan jeg hjelpe deg?"

Jenta smilte sakte. "Lady Nisha og Lady Lilly trodde det ville være bedre om du spiste alene. Det ser ut til at de voksne er for krøllete til å bli behandlet i kveld. Selv prins Davkren har bedt om å spise alene denne kvelden. Som for ham er veldig særegent. "

Rumlet? Fra det han hadde observert, var de tidligere dronningene et sted mellom sjokkert og redd, men likevel grenser forbanna. Ikke skriket var forbanna at Lilly hadde sagt at de ville være, men den typen hvor noen skulle betale for det med blodet. "Å spise alene høres rimelig ut."

Når du setter brettet på et lavt bord, smilte hushjelpen igjen. "Personalet var ikke sikker på hva du liker, så vi la litt av alt på platene." Hun laget et ansikt. "Bortsett fra hva Drakens spiser. Ingen spiser de tingene bortsett fra dem. " Hun stakk ut tungen og fortsatte: "Yuck. Jeg forakter å være den som tar dem mat. Blodet kommer overalt. " Hun ga seg selv et øyeblikk for å komponere seg selv og ikke kneble, og fortsatte: "Uansett hvis du finner noe du liker, gi oss beskjed og mer, vil bli tatt opp."

Løftet det første lokket av fatet, øynene vidnet. En haug med mat. Alt nøye merket. "Jeg kan ha mer ... av noe?" Dette var mer mat enn han normalt spiste på et år. Og han kunne ha hva han ville når som helst. Munnen hans vannet allerede av luktene han plukket opp.

"Lady Nisha sa at du er altfor tynn. I tillegg sa Lady Lilly at du fortsatt er veldig svak. Begge damene vil ha deg riktig matet. Hvis jeg kan legge til, bør du starte med den siste tallerkenen, den har noen veldig deilige desserter på. De vil helt sikkert hjelpe deg med å legge vekt på. "

Da han så ned på nattskjorte som var utenfor den komfortabelt tøffe og nattbuksa som han hadde bundet litt tøy rundt, slik at de ikke skulle falle, spurte Ethan: "Vil du være uenig med dem?"

"Å, jeg vil aldri være uenig med Nisha, men Lilly? Det er bra å holde henne på tærne. "

Siden hun virket villig til å prate, spurte han: "Hvorfor ikke Nisha? Det ser ut til at vi er gift, men jeg har nettopp møtt henne. "

"Vel, Nisha har veldig flytende ideer, og når den blir utfordret, slutter den uenige vanligvis å være enig bare så hun vil slutte å forklare poenget sitt." Hun klappet på hånden. "Jeg er sikker på at du vil finne det mer rimelig å si tenker som Jeg forstår poenget ditt, men ... så forklar poenget ditt. Det er uenig, men hun kan høre på deg. Så igjen, hun kunne fortelle deg at gresset er lilla, selv om det er klart grønt, og så vil hun fortelle deg hvorfor det er lilla.

Med mindre hun endrer den til fargen for å bevise poenget sitt. "

Ethan snublet et skritt tilbake. "Hun ville gjøre det? Endre fargen på noe for å bevise at hun har rett? " Hvordan hun kunne gjøre det var utenfor ham, det var tross alt ingen Fey med den evnen. Eller i det minste ikke en som han noen gang hadde hørt om. I alle fall var det godt å vite å ikke argumentere for poenget hans veldig ofte.

"Hvis hun ville ... kjære hun har. Pixies var ikke veldig fornøyd med David siden han var den som utfordret henne. Nå skal jeg dra, og du må spise. "

Han nikket en gang med respekt, men angret også på at han kanskje hadde fått henne i trøbbel. "Å, jeg beklager at jeg tok deg tid."

"Ikke vær. Personalet som jobber på Spire har blitt hevet rundt de kongelige. Vi snakker alle fritt og gjør det som gir oss mest glede. Det er jobbene våre. Mine ser at gjester inkludert kongelige har alt de trenger. Jeg mistenker at det du trenger er noen å snakke med. Selvfølgelig inkluderer det mat. Mye og masse mat. Men vi begynner med platene som jeg allerede har tatt med. Det vil gi deg en ide om hva du liker og hva du ikke liker. "

Nå så han på henne og så ikke en ung jente, men en fe. Spisse ører. Krystallgrønne øyne. Bare vingene hennes var ikke synlige. "Er du en fe?"

"En sprite. En fe av huset. Vennligst ikke forveksle meg med en husniss. "

Han visste ikke hvordan han skulle svare, og sa bare: "Jeg beklager, men jeg vet ikke forskjellen. Min utdannelse i Feyen-løpene ser ut til å mangle. "

"Å kjære. Jeg må bare utdanne deg. Men ikke i kveld. I kveld spiser du, og når spiren blir ryddet ut av de som er veldig stikkende, vil jeg utdanne deg i alt du trenger. For i kveld kan jeg imidlertid fortelle deg at både sprites og alves kan gjøre noe av det samme, men alver er veldig frekke der sprites er sprudlende. "

"Takk ... Um ..."

"Eolande. Det betyr fiolett blomst. " Da han ikke forstod, ble hun til en liten blomst. En fiolett. Vend så tilbake. "Leksjon en: Fey er oppkalt etter hva de kan bli til."

"Så Lilly kan ..."

"Å nei. Frøken Lilly er altfor kraftig til å være bare en blomst. Hun er solen. Lyse og gyldne. Du ber ikke henne om å bli en annen form. Det er veldig bekymringsfullt. Selv for en dronning av Lite. Og Ethan, ikke be Nisha om å vise deg henne. Noensinne."

Forsiktig spurte han: "Hvorfor?"

"Nisha er nattens datter. Hun har ikke en form hun kan forvandle seg til ... vel ... noe fabel eller ikke, ekte eller hennes egen fremstilling. Alt som en gang ble sagt, gikk over natten. "

"Så, dragen ..."

Eolande kom nok en gang nær ham og senket den myke munter stemmen til rett over en hvisking: «Du vil ikke fortelle de andre at dragen var Nisha. Det er forbudt å diskutere det. ”

"Jeg forstår. Takk for at du fortalte meg det." Å se en drage hørtes fortsatt interessant ut. Kanskje han kunne finne en måte å spørre uten å spørre. Ja, han måtte tenke på det. Så var igjen dragen stor nok til å ri? Ville han ha mot til å be kona om opplevelsen?

Kanskje etter at hun var roligere. Ja, han måtte definitivt spørre om det ikke var noe annet enn sin egen nysgjerrighet.

Ethan tok en bit av den søte konfekten som Eolande tåpelig hadde lagt foran seg. En bit og han ønsket mer ... akkurat den rette mengden søthet og fuktighet som den smeltet i munnen hans. Da han lukket øynene, smakte han på smaken. Nå for enda en av de små kremdekkede kulene, la han merke til at Lilly sto i døråpningen og så på ham. Svelger den siste biten som var i munnen hans, smilte han og holdt platen ut for henne. "Vil du ha litt?"

Hun ristet på hodet, men returnerte smilet. “Det må være en guttesak. Legg et søtsettbrett foran deg, så glemmer du å spise den virkelige maten først. "

"Ekte ..." Han snudde seg og så en overbygd tallerken som han ikke allerede hadde kikket under. "Åh. Jeg har ikke kommet til den ennå. "

"Uh ha. Du kan komme tilbake til det snart. Nisha trenger å se deg. "

Han trakk på skuldrene. "Kan jeg ta med dette?"

"Kjære, ser jeg ut som om jeg ville våge å skille deg fra søtsaker? Selv om du kanskje vil redusere farten. Jeg har virkelig ikke lyst til å sørge for at magen ikke begynner å surne på grunn av den. Selv om jeg er sikker på at David allerede har bestemt seg for ikke å gi akt på advarselen. "

Hvordan ville magen sur? Det ga ikke mening. Så igjen, hvordan ville hun vite om David eller hva han spiste hvis hun sto foran ham? Ikke noe han kunne spørre akkurat nå. "Hvor er Nisha?"

"I biblioteket. Kom igjen. Vi vil se henne, så kan du gå deg vill i alle de fantastiske bøkene. Du liker bøker, ikke sant? Nish trodde du kanskje. "

Øynene hans vidnet seg. "Bøker? Jeg kan lese dem? "

"Å, for kjærligheten til Lite. Selvfølgelig kan du lese dem. Egentlig anbefaler jeg at du gjør det siden Nisha nekter å hente noen av dem. " Hun tok armen hans og trakk ham til han begynte å bevege seg i den retningen at hun trengte at han skulle gå.

Etter å ha slått ned flere korridorer og kommet til sentrum av spiret, hadde Lilly stoppet noen meter før den vanlige tredøren. Hun hadde sagt at Nisha trengte ham, så Lilly ble kanskje ikke invitert til dette møtet? Mulig, så hvorfor prikket huden hans i advarsel?

Ved å skyve døren opp så han de lange dragevingene fladre rastløs mens hun så på noe på det runde bordet. "Nisha?"

"Å, gode Lilly fant deg." Hun snudde seg litt. "Hadde du sjansen til å spise?"

"Jeg spiste noe." Han kunne ikke huske navnet på den søte. Senere måtte han finne ut hva det har vært.

Han så henne nikke en gang før hun sukket. "Jeg trenger din hjelp."

"Min ... hjelp?" Skuldrene strammet seg opp. Den siste gangen noen ba om hans hjelp, ble han slått til han ikke kunne gå, sultet i over en uke.

"Å, nei, Ethan, det er ikke dårlig, jeg lover. Men Estare kjenner deg, og jeg må snakke med henne. Det er veldig viktig."

Avslappende prøvde han å smile. "Hun finner meg når jeg sover. Jeg vet ikke hvordan jeg skal kontakte henne."

Hun flyttet til å stå foran ham, slik at han ikke trengte å komme lenger inn i rommet. "Det er ok fordi jeg gjør det. Jeg trenger bare din hjelp til å gjøre det ... Jeg forstår om du ikke kan ... "

Da han hørte nervøsiteten i stemmen hennes, tok han et skritt nærmere henne. "Hva kan jeg gjøre?"

"Bare hold hendene mine."

Det kunne han gjøre. Faktisk følte han seg jordet når han berørte henne. "Jeg kan gjøre det."

Hendene hennes føltes som to små isblokker i hendene hans. Da han lukket øynene, lot han sine egne instinkter ta overhånd. Så hørte han Nisha begynte å snakke.

"Dronning Estare, jeg innkaller deg. Kom frem foran meg. "

Da ingenting skjedde, følte han noe. Makt? Elektrisitet? Han kunne ikke være sikker. Åpne øynene både han og Nisha var omgitt av svarte flammer. Likevel brant ikke flammene. Så så Nisha på øynene på ham, men bare to svarte kuler. Nei, det var ikke riktig. Han stirret nærmere og kunne se tusenvis av stjerner. Tusenvis av bittesmå lys. Farger og mønstre kunne han bare forestille seg. Så kjente han henne anspent.

"Dronning Estare, jeg vet at du hører meg. Jeg befaler deg å vise deg selv. "

Å, det kunne ikke være bra. Han kjente Estare godt nok til å vite at hun ikke var en person å befale noe fra. Visste nok at hun ikke ville svare godt på disse kommandoene. Han burde advare henne, men før han kunne si noe ...

Før han rakk å si noe, brølte stemmen til Nisha gjennom rommet, *"NÅ!!!"*

Rommet ristet voldsomt. Bøker som hadde blitt plassert i hyllene deres, fløy rundt i rommet og krasjet i hverandre før de falt på gulvet. Det brant ut en ild i ildstedet som brenner ukontrollert. Forsiktig prøvde han å få henne til å stoppe. "Nisha, kanskje ..." Hans ord stoppet mens glasset i vinduene knuste. Vinduer som en gang hadde åpnet for innendørs gårdsplasser, lå nå for føttene.

En buegang laget av det ødelagte glasset og iriserende blått lys virvlet inn i den. "Hvem tør innkalle meg?!?" Ikke egentlig et spørsmål, men en kommando. Så gikk hun ut av tåken, det lange, svarte håret som blåste med en luftighet som var både vakker og skremmende. Vingene hennes fremdeles skjult i døråpningen.

Nisha slapp hendene og vendte seg mot kvinnen som nå sto foran henne. Skuldrene hennes kvadrert. "Jeg gjorde."

Estare så seg rundt i rommet og så rundt. "Du er bare et barn. Hvordan våger du? Vet du til og med hvem jeg er? Hva jeg er?"

Krystallbuegangen eksploderte i raseri, "Jeg er dronningen av både Feyen og Darke. I tillegg til at dronningen av underriket ikke undervurderer meg ... tante. "

Tante? Ah, dritt. Dette var ille. Så veldig, veldig dårlig. Estare visste alle hemmelighetene sine. Nisha var kona og dronningen. "Damer?" Begge ignorerte ham og så klare ut til å angripe hverandre.

Estare gikk først tilbake. "Du snakket med min forræderbror. Det er han som ba deg tilkalle meg. Og du lyttet tullete. " Hun krøllet.

Tatt Nisha tilbake veldig forsiktig, "Hva mener du forræder? Og hvorfor skulle jeg ikke stole på ham? "

Avslapping av spørsmålet Estare snudde seg nå og tok inn i rommet: "Så dette er hullet han valgte å leve i stedet for å herske over Lunaista. Så rart. Men han var alltid den rare. Selv blant Fey. "

Tar et nytt skritt tilbake, så Nisha forvirret, til og med bekymret. "Han var kongelig før han giftet seg med moren min? Men hvordan?" Det forklarte henne så mye. Nok for Ethan å vite at hun bare lot en av spørsmålene hun nettopp hadde fått svar på.

"Selvfølgelig, barn, han var en kongelig. Den mest begavede av alle stjernerikene. Sannferdig, han kunne ha erobret dem alle hvis han så ønsket det. Ikke at han tenkte på det som en løsning. " Når hun smalnet øynene, dannet det seg et grusomt smil i ansiktet hennes. "Faktisk, så kunne du herske over stjernekongerikene som den absolutte herskeren. Selv nå har han ikke den kraften du gjør. " Sakte begynte hun å stryke i rommet, fingrene kjærtegnet med hyllene der bøker en gang ble lagt. "Hvorfor er jeg her?" Sakte vendte hun seg mot Ethan. "Ethan kunne finne meg hvis han hadde valgt å og må mindre dramatisk, kan jeg legge til."

Nisha satte seg på bordet mens Estare stryket over det bokbelagte gulvet, "Jeg trenger din hjelp."

"Åh. Og hva slags hjelp trenger den så kraftige dronningen? "

Ethan tok et skritt tilbake. Han visste ikke om Nisha var klar eller ikke, men Estare gjorde seg klar til å angripe. Synd at han ikke visste hvordan han visste dette.

Et kjedelig blikk falt på Nishas ansikt. "Hvis du angriper meg, vil du være død. Nå skal vi snakke sivilt eller se hvem som styrer hjemlandet når dette er over? "

Hun visste. Nisha visste. Han var overrasket, men ansiktet på Estare sa at hun var forferdet.

Med en huff trakk Estare seg til full høyde. "Hvorfor er jeg her, niese?"

Nisha kalte sølvboksen som en gang holdt Larnas hjerte, og rakte den ut. "Vet du hva dette er?"

Denne gangen var det Estare som tok noen skritt tilbake i gru. Ethan så på hvordan hun nesten snublet over bøkene som nå lå rundt gulvet. Hun hadde visst at Nisha hadde en boks, men hadde antatt at det var innholdet som var langt kraftigere at det ville være mer enn dumt å åpne den ... hun hadde imidlertid ikke visst at det var selve esken som inneholdt kraften ... før nå. "Hvordan fikk du det? Det er forbudt å forlate stjernene. Det er altfor farlig å forlate dem. " Hvorfor hadde broren hennes stjålet boksen? Boksen av den første typen av noen av stjernebyene? Boksen som sifret all den dødes makt. Hvorfor hadde broren hennes valgt å stjele boksen? Hvis han skulle stjele noen av dem, hvorfor kunne det ikke bare være en enkel hyllestboks? Svaret var enkelt ... han visste noe.

På en eller annen måte hadde han hørt tankene til Estare, men hvordan?

Bedømt av Nishas forundrede blikk var det ikke svaret hun forventet. "Faren min la dette igjen for meg her på Spire. Det holdt en gang hjertet til en ... la oss si ... den korrupte dronningen som ønsket å slavebinde alle Feyen-landene. Imidlertid holder det for tiden min fars hjerte og hans kraft. " Hun tok et skritt nærmere Estare og fortsatte: "Han fortalte meg at du kunne hjelpe meg med å finne hvor både han og moren min befinner seg i Mystic Woods."

Fangende seg Estare smilte. "Det er en hyllestboks. Inntil nylig trodde jeg det var en måte for stjernerikene å dele sin makt med hverandre. I sannhet sender de ... "Hun stoppet og bestemte seg for ikke å gå i detalj. Det ville ikke ha noe godt å forklare hvordan makten ble delt. "Boksen kan ikke komme inn i Mystic Woods, og jeg kan heller ikke holde den trygg hjemme. Det er mange som vil oppsøke den kraften. "

Med forståelse nikket Nisha en gang. "Hva foreslår du?"

Estare kom sakte på beina og passet på å ikke berøre sølvboksen. Når hun tenkte på alt, tenkte på alt hun visste ... ikke bare om hjemlandet, men også om det hun hadde blitt lært om dette landet, spurte hun: "Har du utforsket hele underriket?"

Merkelig. "Ikke ennå. Hvorfor?"

Bøkene var igjen i bevegelse denne gangen da de falt, hadde de laget et kart. Eller i det minste en oversikt over et kart med grenser. "Dette er hele underriket slik det ble laget. Det er mulig at det nå er større. "

"Ok?" Nisha forsvant sølvboksen og pekte på et sted i midten som så ut som en forseglet boks. "Hva er dette?"

"Øyet. Bare dronningen kan komme inn og ikke bli ødelagt. All kraften til de som ikke lenger har kropper ... er lagret der. Det er det tryggeste stedet for den boksen. "

"Hvorfor sa ikke faren meg det?"

"Fordi han ikke hadde visst det. Det er en hemmelighet som overføres fra en linjal til den neste etter at hyllestene er laget. I mitt tilfelle fant jeg ut av Skriftene snarere enn gjennom munnen. "

Det ga ikke mening, men på en måte visste Nisha at hun snakket sant. "Ok, så jeg må sette boksen der og finne familien min."

"Ingen kjære. Når boksen er der, har du to dager, maksimalt tre til å returnere hjertet til faren din. Eller han vil være utenfor din egen rekkevidde. "

I et langt øyeblikk sto Nisha bare der før hun jamret: "To dager? Hvordan skal jeg noen gang finne begge foreldrene mine om to dager? "

En luftig hoste fra døråpningen fikk de tre til å snu.

"Gwydion?"

"Jeg har kanskje litt hjelp." Han tok et skritt inn i rommet og prøvde å smile. "Jeg tror moren din er i det som en gang var hjemmet mitt. Nylig ba en liten mus om hjelp fra forfedrene. Jeg hørte henne. Det er veldig bekymringsfullt at en mus skal snakke. Mer slik at jeg ikke har klart å finne den siden. "

Greit, det vil ta seg av en av foreldrene. "Og faren min?"

Denne gangen snakket Estare. "I en hule. Jeg kan kanskje finne den og merke den. Men faren din var veldig tydelig at moren din skal bli frelst først. "

"Avtalt." Da hun gikk over til døren, så Ethan på hvordan Nisha stakk hodet inn i gangen. "Du kan komme inn nå."

Kapittel 46:
Nisha

Med Ethans hode hvilende i fanget stirret Nisha ut av vinduet mens Pegasus fløy over grensen til Lite og Darke. Vevemønsteret deres tok tid, men sørget for at ingenting fulgte dem. Ikke så veldig mange ting kunne, men hun satte pris på den ekstra forholdsregelen.

"Når lander vi?"

Hun kikket ned på Ethan som så rolig ut til hun så fingrene hans gripe tak i blusen. "Så snart vi når ytterkanten av Ødemarkene. Det tar ikke lang tid nå. Jeg føler allerede forskjellen i vindstrømmene. " Fingrene hennes kjærtegnet lett på hodet hans. Forhåpentligvis var bevegelsen beroligende for ham.

"Å bra. Jeg tror ikke jeg liker å være i luften. "

Galeron løftet hodet fra setet overfor dem. Fortsatt for svak og sår til å gjøre mye mer enn å ligge stille. "Du vil bli vant til det til slutt." Å fly med egne vinger var selvfølgelig mye bedre enn å fly i en boks som ble transportert av flygende hester. Ikke at han ville si det ... ikke til gutten sin og ikke til dronningen som han fremdeles ikke forstod. Kunne ikke forstå og sannsynligvis aldri ville.

Hun føler at Ethan er spent under hånden hennes og vet at han ikke var komfortabel med mannen som lå overfor ham, og bestemmer seg for å prøve å fortelle Ethan hvem han var og hvorfor han måtte følge med dem i stedet for med Lilly og David. "Du har ikke spurt noe om gjesten vår."

Sakte reiste han seg opp og satte seg. Øynene hans smalner for et hjerteslag før han sier: "Jeg har ikke for vane å stille spørsmål jeg ikke vil ha svar på."

Hoster for ikke å le Galeron mumlet: "Du høres ut som moren din. Hun stilte sjelden spørsmål heller. Selvfølgelig hindret det henne ikke i å kritisere omtrent alt med mindre hun hadde tenkt på det selv. "

Ethans øyne smalnet litt mer, "Hvordan vil du kjenne moren min?" Stemmen hans var en stiv knurr og tenkte at mannen lyver.

Ser på Nisha, viste Galerons ansikt ingenting enn bare et snev av sinne da han snurret, "Du fortalte ham ikke?"

Nisha trakk på skuldrene. "Det var ikke mitt sted å fortelle ham. Foruten deg, Galeron, ba meg ikke om det. Og jeg ville aldri avsløre en hemmelighet til noen med mindre den hemmeligheten satte noen jeg brydde meg om i fare. Så igjen, hvis det satte noen i fare, ville det være dødt og ikke lenger være en hemmelighet. "

Nå satte Galeron seg opp og ignorerte det faktum at han fremdeles var svak. Han ignorerte måten kroppen hans ristet av anstrengelsen. "Du ..." Flere ord gled over leppene hans ... ingen av dem smigret til dronningen som hun var, eller datteren til hans kjære venn. "Faren din var ikke … er ikke … så vanskelig. Det var heller ikke moren din. "

Shishinging Nisha smilte. "Jeg tar ordet for det. Etter min forståelse var han mye verre. "

Ser frem og tilbake mellom Nisha og Feyen-mannen Ethan hvisket: "Hva blir jeg ikke fortalt?"

Å legge seg ned Galeron stemte overens med Ethans sus. "Spør kona din. Den lille vixen trenger å lære når man ikke skal holde hemmeligheter. Og når ikke å være en torn i siden av noen som til slutt kan hjelpe henne. "

Nisha slo på de lange øyenvippene og ble til en rød rev, og så satte hun seg altfor rolig og svai på halen. Poten hennes hvilte på fanget til Ethan og irriterte begge mennene hun kjørte med.

Sittende opp Ethan mumlet: "Jeg tviler på at jeg kan få svar fra henne mens hun ikke lenger er en ekte form."

"Bah. Salongtriks. Hvis hun var en ekte formskifter, ville hun velge en mer intimt form. "

Å snu seg tilbake gliste Nisha. "Egentlig er det ganske enkelt ikke nok plass til å skifte til en drage, men kanskje senere vil jeg ta deg med på en tur i klærne mine. Eller ville du like det? "

Galeron avviste trusselen hennes og sa tørt: "Drager eksisterer ikke."

"Hvem skal si at de ikke gjør det? Bare fordi du aldri har sett en, betyr ikke det at de ikke gjør det. Skal jeg vise deg Lord Galeron? "

Vognen dyppet. Liggende ned slik at magen ikke kom til halsen, sukket Ethan. "Å, bra, jeg tror vi lander. Og jeg tror ikke han vil synes det er morsomt å ri i klær. " Han tok en pause og sa truende: "Du bør ta ham litt tid."

Nisha gikk ut av vognen og la hånden på hoften. "Vel, jeg antar at" Ødemark "betyr ørken av svart sand som til og med den tørre vinden ikke kan blåse."

Galeron gjespet og stakk hodet ut av det tildekkede vinduet. "Sanden var en gang hvit. Under den store krigen så mange døde blodet deres fuktet i bakken og for alltid forandret sanden til svart. Eller det er i det minste det jeg har hørt. "

Å se tilbake på sanden var Nisha forbauset. "Oh wow. Jeg må be Gwydion om han var her før krigen. Jeg vil gjerne vite hvordan det så ut før. "

"Hvem er Gwydion?"

Denne gangen svarte Ethan fra innsiden av vognen: "Han er skyggen som følger Nisha. Eller i det minste, jeg tror han er en skygge. Bare sett ham noen få ganger. "

"Å bra, dere to kan tenke på at mens jeg tar meg av noe, så møter jeg dere nær munningen av Healing River."

"Vil du at vi skal dra dit alene?" Stammet Galeron.

En dør til Under Kingdom åpnet seg. "Selvfølgelig ikke. Gwydion følger med deg. Siden han er derfra, kan han sørge for at ingenting prøver å spise deg. " Nisha ristet på hodet: "Av alle ting, hvorfor skulle du tro at jeg ville sende deg et sted uten skikkelig eskorte? Jeg sverger, for jeg hadde vært i morsrådet og trodde du ville vite bedre. Jeg ser at jeg må se at du er skikkelig utdannet når dette er over og ting ordner seg litt. "

Da han så Nisha forsvinne gjennom døren, snappet Ethan: "Vil du fortelle meg hva hun snakker om? Eller hvem er du i navnet Darke? "

Nisha så seg rundt veggene på bein. Hun hadde aldri vært i denne delen av riket sitt før. Visste aldri at noe som denne labyrinten fantes. Hun berørte veggen lett og lurte på hvilke løp beinene hadde kommet fra. Var de noen av de første? Hvor er de av stjernefolket? Fey? Sann Fey? Eller hadde de blitt skapt ved et uhell da feyen tok de andre som kompiser? Så drept fordi de ikke tjente noen reell grunn til å være.

Dette var så spennende! Senere måtte hun komme tilbake og se hver tomme av dette stedet ... Akkurat nå hadde hun noe viktig å gjøre.

Sakte fant hun en dør som hun håpet hun trengte etter å ha åpnet flere som bare førte til et rom som var laget med biter av kjøtt og råtne muskler. Å se dette også var ikke det rommet hun hadde sett etter, hun avslått flere korridorer til hun fant en annen dør. Egentlig den eneste virkelige døren hun hadde kommet over. Den eneste døren som ikke hadde vært laget av bein, men heller et mørkt tre av noe slag.

Nervøst la hun hånden på krystallhåndtaket. Tanten hennes sa at noe kraftig ville være rett inni. Hva det ville være ... Estare visste ikke. Litt nervøs trakk hun pusten dypt. Hun var dronningen og bare dronningen kunne komme inn. Det betydde ikke at hun skulle komme inn. Men det var ikke noe sted tryggere å skjule boksen, og det tok ikke to dager å hente den. Faktisk skulle hun bringe faren hit for å stå utenfor denne døren da hun ga ham hjertet tilbake.

Nok et pust, så dyttet hun døren opp. Fortsatt ikke å ta et skritt inn i rommet, så hun i ærefrykt som den vakreste skapningen hun noensinne hadde sett, ser rett på henne. Vanskelig å fortelle hva det var eller hadde vært, men ansiktet var på en Fey med strålende vinger halvparten av hennes egen størrelse, men nøyaktig den samme. Ved andre øyekast var de ikke de samme. Hennes var helt svart, ikke gjennomskinnelig i det hele tatt. "Um. Hallo?"

Skapningen forvandlet seg til en Feyen-kvinne bare ansiktet og vingene forble de samme. "Bare dronningen kan komme inn i disse salene."

Hun smilte så søtt. "Jeg vet."

Så smilte kvinnen. Ikke et vennlig smil, men et som var grusomt og truende: "Det er ingen dronning av underriket."

Å ta et skritt inn i rommet, smilte Nisha. "Du må ta feil av at jeg har styrt i nesten ti år."

Kvinnen hoppet mot Nisha og skrek: "DU! Tror du at du kan trone meg? Jeg er den største dronningen som noensinne har vært! "

Da Nisha så den tidligere dronningen ikke kunne røre henne, gjespet han. "Du kjeder meg. Hvis du var så flott, ville du ikke bli sperret inne i et rom skapt av beinene til de som var blodbundet til deg. " Hun visste ikke hvor ideen hadde kommet fra, men utseendet på den tidligere dronningens ansikt fortalte henne at hun hadde rett.

Hun forvandlet seg til et spøkelse og fløy hektisk rundt i rommet. "Dette kan ikke være! Hvorfor kan jeg ikke røre deg? Du stikker av liv, ikke av døden. Hvordan kan dette være?" Kvinnen fløy rundt i rommet flere ganger. Ved hvert pass prøver du igjen å berøre den lille dronningen.

Til slutt strakte Nisha ut vingene som fylte det meste av rommet. "NOK! Du er statsborger i underriket. Du er ikke lenger dronningen. Utbytte."

"Jeg gir etter for ingen!"

Da hun sa stemmen hennes så høyt hun kunne, sa hun nok en gang: "Jeg sa YIELD!" Hånden hennes strukket ut og en slyng av utrent makt viklet rundt kvinnens ... Dypets ... bare ben som trakk henne til bakken. Ved hjelp av sin egen negl stakk hun fingeren og lot en eneste dråpe blått blod svulme opp. Spenningen holdt kvinnens hode og klemte de bleke kinnene til leppene ble åpnet. Dråpen blod falt på leppene hennes. Hun ville ikke gjøre dette, men hun hadde ikke tid til å tenke på noe annet. "Med mitt blod binder jeg deg. Du og alt som var ditt er nå mine. Du vil gi etter. "

Kraft fylte henne mer enn hun noen gang hadde følt. Med den kunnskapen om den første Fey. Dette var den første Fey. Den første som falt. Nei, ikke fall ... hun duv til den faste jorden. Historiene hadde vært gale. Det var ikke en mann som kom og ble forelsket, men det var en kvinne som var fast bestemt på ikke å gifte seg med en mann som bare ønsket hennes makt. De dødes makt. Kraften til å bringe det som skal være død tilbake til livet. Kraften til å skape og ødelegge. Kraften til å erobre alt hun ønsket. Og kraften til å skape nytt liv fra ingenting annet enn luft.

"Hva har du gjort? Du vil ødelegge kreasjonene mine. " Kvinnen jamret.

Å løslate kvinnen fra benene hennes Nisha tok et skritt tilbake. "Jeg gleder meg ikke over å ødelegge noe. Og hvis du hadde gitt etter, hadde jeg ikke bundet deg. Nå som du er, forstår jeg imidlertid hvorfor du omgir deg med beinene til de som var lojale mot deg ... "Hun stoppet da og spurte:" De er hæren din? De beskytter deg slik at du ikke ble funnet. Å beskytte deg siden du på grunn av din makt ikke klarer å dø, og du frykter at de kongelige i stjernebyene vil komme for deg. "

Sammen med seg selv hvisket kvinnen: "Ja."

Forsiktig kom Nisha og satte seg foran henne ... denne mistede dronningen av feyen. Den første dronningen av Feyen. "Jeg trenger deres styrke for å beskytte noe som jeg holder av, jeg kommer snart tilbake for det."

Forbløffet over en uvanlig stillhet sa hun til slutt: "Alt som lever, lever bare to dager. Tre hvis den er sterk. Selv nå er kreftene mine for sterke til å holde ting i live mye lenger. I det minste mens jeg bor her. "

"Jeg forstår. Jeg burde bare være borte en. " Nisha vippet hodet, "Hva heter du? Vanligvis kjenner jeg navnene på alt som er knyttet til meg, men jeg finner ikke ditt. "

"Primitiva."

Nisha nikket en gang. "Så Primitiva, jeg legger igjen denne boksen i din omsorg." Sølvboksen til faren hennes materialiserte seg i hendene hennes. "Lokket åpnes bare for meg."

"Det er en hyllestboks. Dette er ikke fra tesens grunn, men fra byene til stjerner. De er veldig kraftige. Du burde ikke ha en slik boks ... ikke her. Ikke utenfor stjernekongerikene. "

Nikkende nok en gang sa Nisha da hun snudde seg mot døren. "En dag vil jeg gjerne vite mer. Men ikke i dag, jeg må gå nå. Jeg har ikke mye tid til å sette ting i orden. "

Klemte boksen i hendene på henne, Primitive sniffet. "Queens skal ikke være bundet til en annen."

"Det er sant, men du burde ha gitt deg. Bindingen kan ikke angres. " Hun var lei seg for å gjøre det mot en sterk dronning, men hun hadde forlatt sitt lille valg.

Nisha opprettet en døråpning for å lede til stedet der vognen skulle vente. Var ikke så overrasket over å se at den bare kom til syne. Å vite at hun hadde et minutt eller to, så hun på vannet. Ikke klart som hun forventet ikke engang en blågrønn farge på Endless Sea. Nei dette var en lys lilla som en fin tåke. Ved å berøre den kunne hun føle at kraften absorberes i huden og forsvinner den lille stikket hun hadde laget.

"Hu h. Veldig interessant." Hun kalte inn den lille posen med helbredende forsyninger og trakk ut flere tomme hetteglass og fylte dem før de forsvant igjen, akkurat da vognen landet. Hun la merke til Gwydion før vogndøren til og med åpnet seg. "Er de i orden?"

"Du er ... samboer ... er rufsete. Han er ikke så god med å få de som var døde for ham, dukket opp nå. "

"Ja ... vel, det var ingen effektiv måte å fortelle ham at alt han hadde blitt fortalt var løgn. Men jeg prøvde å forberede ham. "

Å gli over til Gwydion bøyd bare et hår. "Min dronning, ingenting kan forberede en gutt til å møte faren som han ikke har noe minne om. En som han hadde tenkt på som død. Men jeg er sikker på at begge mennene kommer over i dag for å bygge en fremtid som begge fortjener. Mer hvis du finner de du søker. Etter min mening har kvinner en tendens til å være fredsbevarere mellom sine mannlige familiemedlemmer. "

Ekte. Eller, med begge som Feyen-menn, kunne de tilbringe et århundre eller to som ikke snakket. Noe som var fullt mulig. Ikke at hun ville diskutere det akkurat nå. Kanskje senere. Eller kanskje hun lot moren diskutere det for henne. Ja, det ville vært mye bedre. Tross alt hadde hun hørt historier om hvordan moren elsket å diskutere ting. Mer om personen som ble diskutert med var både mannlig og Feyen i blodet. "Vil du be dem begge komme hit?"

Gwydion stirret på elven og spurte: "Har du tenkt å bruke det helbredende vannet?"

Bristling spurte hun: "Det gjør jeg. Er det et problem?"

Gwydion vippet hodet. Hans mørke øyne smalner sammen i små spalter: "Har du ikke makten til å helbrede?"

"Jeg ..." Gjorde hun det? Tross alt var hun knyttet til Lilly som Lilly var knyttet til henne. Nei, vent at linken deres ikke var en sann binding bare en annen måte å sikre at ingen av dem kunne skade den andre mens hennes binding med Primitiva? "...Jeg kan prøve. Gwydion kan jeg stille et spørsmål? "

Han så henne forvirret, "Dronningen min?"

"Hvis du hadde sjansen til å leve igjen, ville du ta det?"

Ansiktet hans så trist ut i bare et minutt. Litt angrende til og med. "Selv du, min dronning, har ikke slik makt. Bare en har noen gang, og hun vil ikke bruke den selv nå. Hun er blitt spurt. "

"Når dette er over, vil jeg snakke med Primitiva. Som du sa, for mange døde som var uskyldige. "

Hvis han hadde vært solid, hadde han snublet tilbake ... fordi han var laget av tåke, spredte han seg før han formet om. "Du så henne ?! Hvordan passerte du vaktene ?! De spiser på alt som har kjøtt. Bor eller ikke. "

Gikk over til vognen, smilte hun. "Er jeg eller er ikke jeg dronningen?" Da hun åpnet døren, så hun begge mennene som hvis de var ute i det fri ville slå seg sammen for å slåss eller noe slikt tull. "Jeg er sikker på at vi ikke har tid til det dere to har i tankene."

Galeron suste mens han pekte svakt på Ethan. "Du burde ha fortalt ham det."

"Hvorfor, når du er mye flinkere til å forklare alle de tingene jeg virkelig ikke har tid til, hvis vi skal redde moren min og ikke drepe min far i prosessen." Da hun så en lynbue i øynene, fortsatte hun: "Nå, vil du bli helbredet for denne satsingen eller bli som du er nå og forklare den vi finner hvorfor du nektet å bli helbredet av en dronning som du nå er bundet til til?"

Ethan lente seg tilbake mot setet og forstod trusselen. "Jeg vil gjerne se den sanne fargen på huden min igjen. Hva med det, lysbærer? Eller tror du hun ikke har evnen til å gjøre det. "

Hun vendte seg lett til mannen sin og skjelte veldig stille: "Ethan, vær snill. Ingen av dere har hatt gode to tiår. "

"De to første årene mine var fine. Eller så kan jeg anta. "

Forvirret så hun på ham. "Jeg trodde du ble født innen ett år etter fødselen min?"

Når han presset seg inn i sitt eget sete, fnystet han: "Han var. Det andre året ble han skapt. Jeg antar at det var et godt år for deg, men du satte moren din i vanvidd. Jeg er glad jeg bare måtte gjennomleve det en gang. "

*Bra, de spilte pent slik at hun kunne gjøre det som var nødvendig uten at de kjempet mot henne.*Hun lukket øynene og prøvde å se hva hun trengte. Når hun lot seg føle rundt seg, kunne hun nesten se Ethans og Galerons kropper. Kunne nesten finne ut en tredjedel, selv om den ikke hadde noe stoff. Bein kom først i fargen på elfenben. Hvit og sterk hardere enn de burde være. Små strenger ... nerver ... grå med informasjon som blir sendt. Blodkar blå i Ethan, men nesten lilla i faren. Ah ja, nå forsto hun den tredje kroppen da blodkarene ble dannet, svarte som natt i Gwydion. Veldig interessant nå da hun kunne se ryggene og den lange reptilhalen som begynte å danne seg. Muskler røde med sene linjer. Melkekrem kjøtt å dekke ... Ikke hennes kjære venn, nei, han var en blanding av grå og grønn. Brune og svarte. Hver pansrede skala blander seg inn i den neste, ingen to farger er like ved siden av hverandre. Tennene hans alle tre rader skarpe som nåler. Klørne hans er enda skarpere. Men ansiktet hans ... hvilket kjekt kongelig ansikt enhver mann ville være stolt av.

Hun åpnet øynene akkurat mens det blå lyset bleknet fra innsiden av vognen, og hun så ikke bare de i familien helt helbredet, men så Gwydion sitte frosne og stirre rett på henne. Frykt og frykt resonerer i hans mørke tåke røde øyne. "Ditt folk har alltid vært i stand til å forvandle seg til tåken, men jeg tror det er på tide å være mer?"

Det tok ham et øyeblikk å huske å puste ... Nok et øyeblikk å forstå det han så med egne øyne. "Hvordan?" Hans stemme hvisket. Gwydion rakte frem hendene før han flyttet dem til de jevnere som kona en gang hadde foretrukket. Øynene hans fylles med tårer som ikke burde være der. "Dette er umulig. Bare en skaper har denne kraften. "

"Det er ikke viktig. De av folket ditt som ønsker å gjenvinne det som ble tatt, vil jeg gi dem liv. Etter at vi reddet moren min. "

Gwydion blinket og svelget hardt og husket oppdraget. Senere hadde han kanskje nerver til å spørre mer om hva dronningen hans nettopp hadde gitt ham tilbake. "Hun er plassert i den store byen for mitt folk. De som styrer nå er ikke venner. De spiser på kraften hennes som holder henne svak. Jeg vet en vei inn, men ... "Han så på hendene og skarpe klørne ennå ikke husket hvordan han en gang hadde åpnet en dør. "Det har gått litt tid siden jeg åpnet døren selv." Så blinket han igjen ... uten å vite hvordan han visste med sikkerhet hva han nettopp hadde fortalt henne.

"Fortell folket ditt at de som prøver å stoppe meg, kan gjøre med det de vil."

"JEG..."

"Gwydion, de er fortsatt bundet til deg. Bindingen du gjorde i livet stoppet ikke i døden og er sterkere nå. Jeg sørget for det. Du har makten til å snakke med dem uten mer enn en tanke. På samme måte som du har kommunisert i mange år. "

Gwydion henvendte seg til lysbæreren, "Visste du at hun kunne gjøre dette? Jeg visste ikke at hun kunne gjøre dette. Og jeg har vært sammen med henne siden litt etter fødselen. "

Svelger hardt fordi løpet av mannen som nå satt ved siden av ham, hadde blitt ryktet om å drepe noe venn eller fiende og aldri var redd for noe ... nå så ikke bare redd ut, men hørtes forferdet ut. Galeron sa nølende, "Nei. Men etter i dag gleder jeg meg til å se hva annet hun er begavet i. Og be moren hennes kan trene henne ordentlig. "

Nisha så opp på den store kuppelen. Det så ut til at det hadde blitt laget fra midnatthimmelen, inkludert stjernene som danset i måneskinnet. "Hva var dette stedet?"

"Et sted der de første kunne komme og tømme noe av kraften sin før de drar ut for å finne sin plass."

Nisha stammet, "Drain their…"

"De fleste var for mektige til å bo her og ikke bli drenert til et trygt punkt. Den første bestemte seg for denne beskyttelsen. Den holdt balansen i sjakk i flere århundrer. " Gwydion nikket mot en stor busk som nå vokste vilt. "Jeg hater å se hjemmet mitt på denne måten. Dette pleide å være en vidunderlig hage, og fontene glitret av vann fra elvene. Det er et fryktelig sted som nå er gjengrodd og uomsorg for. Og se fontene er ikke annet enn steinsprut. "

Nisha la forståelsesfullt hånden på skulderen hans, og sa: "Gwydion, du vil gjøre den vakker igjen. Men døren, vær så snill. "

"Ja." Han pauset. "Bare naturlige evner fungerer inne i kuppelen."

"Forstått."

Han gled mot veggen bak busken og fant døren. "Det er her, men ... Tilgi meg ... det har gått for lenge siden jeg har hatt bruk for noe slikt."

Hun berørte skulderen hans igjen. "La meg." Så til Ethan: "Er du klar?"

Ethan nikket en gang. "Jeg har alltid ønsket å være helten. Ser ut som i dag får jeg gjøre det. "

Folk snakket inne. En slange å dømme etter trukket ut S. Den andre kunne hun ikke være sikker på. Nisha forsøkte forsiktig å lytte til det som ble sagt. For dempet til å høre faktiske ord, men tonen ... ja, slangen var ikke glad for noe. Med en stemme som bare hvisket spurte hun: "Gwydion, kan du se eller høre?"

Et øyeblikk lyttet han og smilte: «Den lille slangen er nød. Sønnen hans fullførte ikke oppdraget med å gifte seg med deg. Den andre er forbanna at prinsen var så svak. De vil ha deg, min dronning. De vil ha kraften de tror du vil la dem kontrollere. " Han lo nesten av hvor dumme de hørtes ut og trodde at hun ... dronningen hans ... noen gang ville la noen kontrollere henne.

Åja, tydeligvis visste de ikke hvem eller hva de ba om. Hun tok en dronning stilling og smilte mens hun sa: "Så skal jeg ta imot dem ordentlig."

Ethan gjorde et grep for å ta tak i armen hennes, men det ble til tåke før hånden hans kunne berøre henne. "Nisha?"

"Moren min kalte meg godt. Stol på meg." Med hodet høyt og skuldrene bak gikk hun inn i det store tomme rommet og klappet sakte. "Bravo, kong Apep. Du klarte å danne en allianse med de som vil bringe døden til alle. "

"Du. Du burde ikke være her. "

"Å ja. Vel, hva forventet du? At jeg skulle gifte meg med en slange i stedet for min forlovede? Kom nå, hjernen din er ikke så liten, eller er det? " Hun tok en pause og så en mann som hadde et lignende utseende som Gwydion, men som var mindre definert. Mindre truende. Likevel fremdeles en Eostre. "Og du. Å være en etterkommer av Eostre bør du virkelig vite bedre. Tross alt var det dine forfedre som forårsaket den store krigen. Eller har du konspirert for å fullføre arbeidet de hadde startet? "

Mannen tok et usikkert og bevoktet skritt mot henne. Ett trinn til da hun ikke beveget seg, og han var på henne, men da han prøvde å angripe, passerte han bare gjennom kroppen hennes. "Hva er dette?"

"Å, vet du ikke? Alle Eostre er bundet til meg. Prøv å ta tak i alt du ønsker. Med mindre jeg vil det, vil du ikke engang komme i nærheten av meg eksternt. Imidlertid ... "Svarte tendrils strømmet fra rundt spissene som brant av ild. En enkelt piskebevegelse og begge menn ble pakket inn i brennende vinstokker. "... Jeg kan skade deg." La tendrils stramme seg rundt. "Hvor er moren min?"

"Du-- din tispe." En annen stemme. Et tredje løp hun ikke visste hva slags. Kunne ikke fortelle om det var mann eller ikke. Men denne fløy på vinger som ethvert flaggermus ville være stolt av. Det er halen ... vel, hun kjente en drage med en som var mer imponerende.

"Så, vil du spille? Greit ... jeg er spill. " Hun så over skulderen og ropte: "Finn min mor; Jeg skal takle dem! " Hun ventet til de hadde glidd inn i en gang før hun transformerte. Før hun lar hennes sanne form ... hennes favorittform ... ta form.

Kapittel 47: Primitiva

Primitiva gikk inn i tronerommet hennes. Fingrene hennes som sporer beinene til hennes elskede Shesha. Han hadde vært hennes første kreasjon. Hennes største beskytter. Og hennes lojale venn. Men det hadde vært andre. Hennes første ...

Snart ville de trenge å bli vekket. De ville trenge å komme tilbake til de levende. Nå som barnet var født. Nå som hun hadde makten til alle de som hadde dødd. Og hadde kraften til de som fortsatt var i live.

Det hadde gått mange stjernesykluser siden hun har snakket med ord til en annen fey. Mange flere siden hun hadde blitt presset til å bruke noen av sine sanne evner. Nå ... Hun hadde ikke noe valg.

Nisha hadde bundet henne. Hennes evner var nå barnets å ta.

Primitiva kom tilbake til trone av bein. Endelig kommer Solace over henne. Snart skulle alle løgnene som ble fortalt komme frem. Alle de lidende ville snart være over. Magmas-regelen, herskeren over Pallas, ville snart være slutt.

Men til hvilken pris?

Han hadde allerede tatt kjærligheten hennes og barnet hennes. Ville han ta hennes mestere også? Nei ... Nei, barnet fra hennes for lenge siden visjon ville aldri tillate at han fikk sine krefter.

Så foreløpig må hun stole på denne Fey. En fe som hun bare kjente som mørket.

Kapittel 48:
Ethan

Bygningen skalv og taket begynte å smuldre rundt dem. Fryktelige skrikende skrik kom fra rommet de nettopp forlot. "Gwydion, hvor ville de ha Nishas mor?" Ethan skrek over lyden av stein som krasjet til bakken.

"... Det er bare ett sted. Kom, det er fremover. Døren er en stein. "

En stein. Selvfølgelig. De var i en steinbygning som smuldret opp, så hvorfor ikke en stein? Det hadde gått år siden han hadde brukt kreftene sine. Lengre enn siden han trengte et skjold. Øynene hans lukket i bare et øyeblikk mens et gyldent lys omsluttet dem. Galeron gispet med et forsøk på å holde skjoldet, "Vi må skynde oss. Skjoldet varer ikke lenge. Kroppen min kan bli helbredet, men kreftene mine er fortsatt svake. "

De løp ned i korridoren og prøvde å ikke snuble på ruskene, og kom til en vegg. Ethans øyne skannet veggen for noen tegn til en åpning, "Hvor er steinen?"

Gwydion banket på veggen. "Rommet er utenfor her. Jeg kan føle kraften. " Han banket på det en gang til. "De muret det opp. De ønsker ikke at rommet skal bli funnet. "

Ethan strammet fingrene til en knyttneve. Han hadde en oppgave. En. Redd moren til Nisha. Det var ingen måte han skulle mislykkes på. INGEN. Hans knyttneve smalt i veggen med hver litt temperament han hadde strømmet inn i stansen. Muren knuste med en stor eksplosjon.

Galeron snublet tilbake. Så sa han tørt: "Ja, du er mors sønn." Så så han ikke bare dronningen sin, men kona. Begge fanget bak en slags klar kuppel. De svarte steinene i bygningen som faller på toppen av den. Små sprekker begynte å spinne fra toppen. Hvis det knuste begge kvinnene, ville de bli drept. Sinne strømmet gjennom ham og ga ham styrke til å gjøre det som måtte gjøres. Lyn buet rundt i rommet og fikk både sønnen og Gwydion til å trekke seg tilbake. Det kunne ikke skade Eostre, men han hadde ikke tid til å forklare. Faerydae prøvde å fortelle ham noe ... Han kunne ikke høre henne. Ville ikke høre henne. Han tvang seg til å grave helt ned til kraften og ble oppslukt av lys ... i smeltet gull ... Hans skritt for alltid å smelte steinene under føttene til flytende magma.

"Kul. Nok, vi må dra. "

Ansiktet hans vendte seg mot lyden. Ikke kona hans, nei, verre. Addy. Et dypt pust og kraften lettet. "Nisha er tilbake på den måten." Fingrene hans fant hånden til Faerydae. "Jeg sa at jeg alltid vil finne deg."

"Ja, mann, det gjorde du. Selv om det tok deg lang tid. "

Da de kom tilbake, kom de inn i døråpningen akkurat i tide for å se en drage bryte gjennom toppen av bygningen. Hodet hennes smalt mot himmelen mens noe falt mellom kjevene.

Området som hadde vært hovedrommet fylt med en svarthet som ingen månefri natt kunne konkurrere med. Mørket som slukte dem som eksplosjoner, krasjer og lydene av folk som skriker i både terror og død, kom fra alle retninger. Så kom en forferdelig, forferdelig stillhet.

Da svartheten satte seg på bakken, sto Nisha foran dem. Det eneste som var igjen av den en gang storslåtte bygningen var akkurat nok av gangen som dekket den lille gruppen og en oversikt over sirkelen. Ingenting annet ... ingenting ... ikke engang en rullestein forble.

Alle de tre mennene gikk ned på det ene kneet usikre på om denne dronningen til og med ville gjenkjenne dem mens de fortsatt siver av sinne. Sakte vippet hodet til Nisha før hun smilte. "Jeg sa deg, Galeron, det eksisterer drager. Eller vil du diskutere det mer? "

Adrianna tok et lite usikkert skritt fremover. Hånden dekker munnen hennes mens tårene rant nedover ansiktet hennes. "Nisha?"

Nisha blinket en gang, ikke veldig komfortabel med å se moren gråte. "Beklager det tok så lang tid å finne deg, men far var veldig vag på detaljene." Så skjønte hun hva hun hadde gjort. "Å, åh Gwydion, jeg er så lei meg. Skal jeg bygge den opp igjen? "

Gjenoppbygge den? Han vurderte det nesten, men revurderte det. "Nei, dronningen min. Denne bygningen hadde ingen hensikt. I det minste ikke lenger. Fey faller ikke lenger fra stjernene. De ville heller ikke våge. "

"Datter, faren din?" Bekymring fylte Adriannas stemme.

"Å, Lilly og David venter på et tegn på at du er trygg. Gwydion har du noe imot å fortelle folket ditt? Jeg trenger virkelig å løslate ham før natten om mulig. "

Han nikket en gang. "Selvfølgelig, dronningen min." Så ble kroppen hans til en tåke mens han ble ført bort i vinden.

Kapittel 49:
Lilly og David

David gjesp da han plukket tennene med et bein av hva som helst skapning som hadde voktet inngangen. "Kanskje jeg kan be Nisha om å finne ut hva dette var."

Lilly blinket. "David, kjærligheten min. Hvis du ønsket å vite hva det var, burde du ha lagt igjen noe av det for identifikasjon. "

"Jeg gjorde." Holder opp beinet. "Det var for velsmakende å kaste bort."

Lilly rullet øynene mens hun sa: "Så fantastisk for deg. Nå som du har magen full, har du noen anelse om hvordan du skal passere en vegg med svarte flammer? Jeg har bare møtt dem en gang ... og Nisha var ikke i humør for å bli plaget da. Så jeg turte ikke prøve å passere. "

Da han vendte seg mot åpningen av hulen, trakk David på skuldrene. "Siden vi ikke skal passere før Nisha sender ord. Jeg skal ikke prøve. Dessuten ... "Han la hånden opp mot flammen. "Jeg kan passere uten skade."

Ved å legge hånden på hoften smalnet hun øynene. "Tror du at du kan bære Myrddin ut av hulen alene?"

"Med mindre han veier mer enn et fullvoksen troll, ser jeg ikke hvorfor ikke." David tok en pause og smilte. "Du vet at Drakens kan bære ting mange ganger vår egen vekt?"

"Selvfølgelig gjør jeg det. Imidlertid er du, min kjære, en del fey og har ennå ikke testet nøyaktig hvor mye du kan bære. Men jeg forstår ditt behov for å bevise hvor sterk du tror du er. "

Før David kunne komme med riktig respons, blåste et vindkast over ruinene av den store krigen. Sakte begynte det å danne seg svart tåke, og en mann sto foran dem.

Oppskremt Lilly blinket usikker på hva hun så var virkelig. Håpet på at hun hadde rett i hvem som nå sto foran henne, spurte hun forsiktig: "Gwydion? Det ser ut til at du har kjøtt nå? "

Han vendte seg mot Lilly. "Dronningen er raus." Så til David. "Du kan komme inn nå." Gwydion snudde akkurat nok til å se over stupet. "Så rart å være her igjen."

Lilly koblet armen til Gwydion. "Hvordan det?"

Han så ned på armen hennes og kjempet hardt for ikke å snappe den fra kroppen for å berøre ham. Så i et lavt sus som ville ha skremt noen, men tilsynelatende hans dronnings fetter, sa han: "Mange har dødd for å berøre meg."

"Hvis du prøver, er jeg sikker på at du vil leve lenge nok til at dronningen din kan få deg til å angre."

Det lave suset som ville ha skremt noen andre, men da han så det ikke engang sviktet henne, svarte han på spørsmålet hennes. "Dette var den siste kampen i den store krigen. Jeg døde her mens folket mitt døde i hjemlandet vårt. Broren min forrådte meg. Krateret der utenfor disse klippene er der alle som var her den dagen døde. Begge sider. De med Fey-blod og de uten. "

"Det var hjem her på en gang. Noen malerier forteller fortsatt om en landsby laget av is som aldri smeltet. "

Gwydion nikket. "En dag skal jeg fortelle deg om krigen. Ikke i dag. Jeg må tilbake til dronningen. Hun vet ikke hvor faren hennes er. Selv nå mangler hun følelsen av hvor folk er. Det er en ferdighet jeg trenger for å hjelpe henne med å finpusse. "

Kapittel 50:
Nisha

Ventende tålmodig så Nisha på hvordan Ethan oppmerksomt snakket med moren. Hun så bort til seg selv og smilte. "Han husker henne."

"Som han burde. Inntil den kvelden slapp hun ham utenfor synet. Ikke i ett minutt. Ikke når hun sov eller noen annen gang jeg kan huske. Hun var alltid for bekymret for at hun ville våkne, og han ville ikke være der. "

Hun vendte seg til moren og spurte: «Husker du hva som skjedde? Hvordan du kom hit. "

Adrianna kvadrer skuldrene. "Jeg vil gjerne diskutere det når faren din er i nærheten. Han har mye å forklare. " Hun snudde seg bort. "Du er langt kraftigere enn jeg trodde. Også det vil jeg diskutere med faren din. Jeg tror han har holdt ting fra meg altfor lenge. "

"Så er far? Jeg mener kraftigere da han sa at han var? Men vi kan diskutere det når han er i nærheten. Jeg er sikker på at du vil vri deg i nakken når samtalen er over. Jeg vet at jeg gjør det. "

"Aye, det har vært ganger jeg ønsket å vri halsen på ham for mange ting i løpet av disse årene. En for å la meg være alene med Dae. "

Sakte dukket Gwydion opp for henne. "Din far er i ruinene av den store krigen. En dagstur med Pegasus. "

Nisha nikket. "Ethan?"

Han vendte seg mot henne i det øyeblikket navnet hans ble talt. "Nisha?"

"Ta foreldrene våre til Spire. Jeg må hente resten av familien. Alene."

"Datter."

Selv om hun ikke hadde blitt oppvokst av kvinnen, kjente hun igjen en advarseltone. Enten kan jeg gå alene og møte deg på spiret med faren min. Eller du kan gå med meg i tide for å se ham dø. Valget er ditt, ettersom du vil kjenne ham bedre da jeg. "

Å lukke øynene Adrianna trakk seg sammen uten å nøle med å ta sin beslutning. "Reis trygt datter. Jeg vil forberede et rom for retur. Jeg er sikker på at faren din vil hvile når han kommer tilbake. "

Hennes stab materialiserte seg i hånden, ikke et pust senere. Da slutten berørte bakken, dukket døren til Under Kingdom opp. "Selvfølgelig. Eskorte dem, Gwydion? Og få noen av menneskene dine som ønsker å bli med deg, møte deg på Spire. Jeg kommer tilbake om morgenen. "

En svak bue da han svarte: "Som du ønsker min dronning."

Lilly hoppet tilbake da en døråpning plutselig dukket opp ikke på bakken, men føttene i lufta rett over dalen som gikk inn i Darke. Da Nisha dukket opp. "Du skjønner at du er i luften?"

Nisha smilte. "Kjære fetteren min, bakken eller luften er den samme for meg. Det gjør liten forskjell hvor døråpningen åpnes. " Forsiktig hoppet hun ned fra døren til bakken før hulen. "Er David fortsatt inne?"

"Han sa at han kunne bære onkel Myrddin ut. Det var for en tid siden. "

Ser på himmelen som snur seg fra dag til natt, nikket Nisha. "Vennligst vent i vognen. David vil snart være ute for å ta deg tilbake til spiret. "

Bekymret Lilly smalt øynene mot kusinen. "Nisha?"

"Jeg har ikke tid til å forklare. Når jeg kommer tilbake, kan du spørre hva du måtte ønske, og jeg vil prøve å ikke forveksle deg med svarene. Men siden i dag har vært full av uventede overraskelser, gir jeg ingen løfter. "

Med et smil sa Lilly nesten i en mumling: "Jeg vil holde deg til det."

I flere minutter passerte Nisha ikke de svarte flammene før hun visste at Lilly var trygt i vognen. En gang inne ropte hun: "David?"

"Nish ... Jeg vet ikke hva jeg skal gjøre. Jeg kan ikke ... "David så tilbake på mannen som var krøllete på bakken i så mye smerte at bare pusten forårsaket tårer.

Da hun så farens tilstand, nikket hun. Primitiva sa at han ikke ville vare lenge, men hun unnlot å nevne smertene han ville føle da han ble revet fra hverandre celle for celle. "Vennligst ta Lilly tilbake til spiren. Si ingenting om faren min. Heller ikke hans tilstand. Ikke til henne, eller til noen andre. Jeg ønsker ikke å alarmere familien. "

David så tilbake på mannen. "Men?"

Øynene hennes forandret seg bare et øyeblikk ... endret seg slik at han kunne se de dødes sjeler som skriker over endeløse kløfter. "Gå. Ikke få meg til å spørre en gang til. "

En liten sløyfe og han gled ut av døren. Han fryktet ikke fetteren sin, men fryktet heller hva dronningen av underriket ville gjøre hvis han ble presset ytterligere.

Knelende ved siden av faren hvisket hun: "Du er heldig at mor ikke bestemte seg for å bli med meg."

"Hun er trygg?" Stemmen hans hadde ikke vært så dyp i drømmen. Nei, akkurat nå hadde han liten stemme i det hele tatt.

"Selvfølgelig. Nå ... skal du hjelpe meg med å flytte deg, eller skal du få meg til å gjøre alt arbeidet selv? "

Smerten ville ikke drepe ham ... ikke så lenge hjertet ... hjertet hans ... Var et sted trygt. Ved å bruke hver eneste styrke hadde han klart å komme seg på beina. "Jeg tror ikke jeg kunne gå langt." Brannen han hadde brent, drenerte ham på en måte som den aldri hadde gjort før. På en måte at det ikke burde ha gjort det nå. Så igjen, noe annet forårsaket smertene.

Hun satte armen rundt ham, "To trinn gjennom døråpningen min, to til Spiret. Kan du klare det? "

Sinnet hans var for skyet til virkelig å bry seg om hva hun sa. "To trinn."

Da han åpnet øynene etter å ha fullført de to første trinnene, var han ikke lenger i hulen, men i en korridor laget av bein. "Datter?" Det var ikke mulig ... ennå ... Nei, han kunne ikke se hva som lå foran ham. Han kunne heller ikke tro det før det øyeblikket han måtte.

"Å, det er helt trygt for deg å være her. Her hviler du mot denne veggen. " Hun hjalp ham til bakken. "Jeg kommer tilbake om bare et øyeblikk. Bare hvile til jeg kommer tilbake. " Da hun åpnet døren, så hun Primitiva fortsatt feste sølvboksen. "Jeg sa at jeg skulle komme tilbake snart."

"Her. Ta denne elendige tingen. " Hun kastet boksen i hendene på Nisha. "Det burde aldri ha forlatt stjernebyen. Det er altfor farlig å være her. "

"Stjernebyen?" Stjernebyene?

Primitiva vinket med det som om hun hadde forklart dette flere ganger før, «Pallas, også kjent som stjernebyen. Det er den største av stjernebyene. Den huser alle hyllestkassene. Både brukt og ubrukt etter at hyllesten er sett. Eller i det minste de som har den sterkeste av Feys krefter. "

Interessant. "Jeg kommer tilbake, så kan vi snakke mer om dette."

"Bah. Å snakke er for underordnede skapninger. "

"Det kan være, men jeg liker det." Nisha snudde seg. "Siden du ikke har noe ønske om å forlate dette stedet, kommer jeg tilbake når jeg kan diskutere dette i lengden." Så var hun ute av døren. Da døren smalt bak styrken forårsaket raslingen flere av beinene som var plassert i de omkringliggende veggene. Det var da hun så på faren og forsvant boksen. "Jeg tror vi vil gi deg hjertet ditt når du ser mer hel ut."

"Moren din skal drepe meg for å la meg se ut slik."

Hjalp ham på beina, smilte Nisha mer til seg selv og til ham. "Ingen pappa, hun vil ikke, men hun vil sørge for at du blir liggende i det neste tiåret."

Øynene lukket lett. "Jeg tror ikke jeg vil like det. For mye som fortsatt må gjøres. "

Med et dypt sukk sa hun: "Veldig bra. Når vi får deg gjemt i en seng, vil vi se hva jeg kan fikse og hva som trenger å helbrede alene. "

Kapittel 38: Myrddin

Myrddin prøvde knapt å la øynene flimre. For mye innsats. Et eneste pust, og han ville forsvinne. Bare å puste var ekstremt smertefullt, og han var sikker på at vekten av huden hans ville bryte det som var igjen av beinene hans. Så kjente han noe ... Noe som banket i brystet. Hans hjerte? Men ... Nei, det kunne ikke være riktig. Kunne det?

Et fragment av et minne. Han kunne huske en ung kvinne ... Nisha ... som sto foran ham. Husket nesten at hun tok ham et sted ... noe som var latterlig fordi ingen Fey kunne transportere seg selv etter eget ønske ... og ingen ... absolutt ingen kunne lage portaler fra ett sted til et annet. Det kunne ikke gjøres ...

... Likevel ... De hadde reist fra hulen til en hall opprettet med bein.

"Enkelt, mann. Nisha er ikke dyktig nok til å helbrede kroppen din fullstendig. I hvert fall ikke ennå. Hun jobber med søsteren din for å lære hva hun må. "

Han kjente den stemmen. "Addy?"

Når hun kikket over ham slik at han ikke trengte å bevege seg, tvang hun et smil selv om øynene fortsatt var lett lukket. "Hmm. Når du er helbredet fullstendig, vil vi snakke om hvorfor du holdt så mye fra meg. "

Han trakk leppene i en tynn strek og nektet å si noe.

Sakte beveget hun seg lett fra hans side. Nok en gang satt ved siden av ham, begynte hun å snakke og holdt stemmen fortsatt stille, ennå ikke ønsket å bekymre ham. I hvert fall ikke ennå. "Lilly sier at du må spise for å gjenvinne styrke og søsteren din, Estare lager noe for deg å drikke. En tonic tror jeg. "

Nå fikk han ham til å tenke. I en overraskelse gispet han. "Estare? Er her? Det kan hun ikke være. "

Ignorerer ham Addy fortsatte: "Som din andre søster. Som vil ha en forklaring på hvordan hun har en søster som hun ikke husker. Og en rekke andre ting hun sier vil få ørene til å blære når hun er ferdig med å stille spørsmål. Eller når du svarer på disse spørsmålene nøyaktig. Ingen av dem er for øyeblikket fornøyd med deg. "

Dritt. Dette var ille. Verre om de to søstrene snakket. "Er det noen sjanse for at jeg kan sove?" Eller gjøres bevisstløs. Ja, det ville vært enda bedre. Fantastisk til og med.

En stemme fra døren. "Ikke før du drikker dette, kjære bror."

Estare. Damn det. Hun burde ikke være her. I en bro mellom våken og drømmende sikkert ... men ikke her. Hvorfor sendte Nisha henne ikke tilbake etter at de snakket? Helvete, hvorfor tok hun seg ikke tilbake ... etter å ha gjort det en gang. "Søster?"

"Du ser dårligere ut enn jeg forlot deg. Drikk nå. " Så til Addy. "Jeg vet ikke hvorfor han ikke er død. Sikkert kjenner han en trylleformular for å jukse døden og se mer presentabel ut. "

Lenende på døren åpnet Nisha seg inn i rommet: "Som dronning av underriket får jeg noen ganger velge om noen er verdig å dø." Hun gjespet søvnig. "I dette tilfellet vil jeg heller ha ham her enn et sted hvor ingen kunne avhøre ham. Dessuten forstår jeg nesten hvordan fysiologien din fungerer. Men hvis det betyr noe, skyldes noen av forholdene hans effekten av å gjemme boksen der den var. "

Estare vendte seg mot Nisha og smalnet de galakse blå øynene sine. "Du kommer til å bli en torn i min side."

"Hmm, vel siden du ikke fikk sjansen til å kjenne meg i løpet av ... hva kalte tante Celeste dem ... Ah ja, mine skumle år ... Jeg tror du kan bli kjent med meg nå som vi er like."

Estare vendte ryggen mot Nisha, og suste i brorens øre: "Dette gjør du."

Da han drakk den kule væsken, lot han øynene åpne seg og ta inn rommet. Ikke et sted han husket som var rart siden han hadde vært i alle rom i alle slottene i alle Feyen-landene. "Hvor er vi?"

"På spiret. Det er så mye mer praktisk enn en av slottene. I det minste, mens hele familien er her. " Nisha la bort til sengen og så ned på ham: "Skal jeg prøve å helbrede deg nå?"

The Spire? Hvorfor ville det være mer praktisk? Noen av slottene var større enn Spire, som ikke var mer enn et feriehus for den kongelige familien Lite og Darke. Ikke stiller det spørsmålet, men husket den andre tingen. Nisha hadde sagt prøve. Hva mente hun å prøve? Det var ingen prøver; enten kan du gjøre det eller ikke. Det var ingen mellom. Søtt mørke, måtte han lære henne hvordan hun skulle bruke alle de fantastiske gavene hun nå hadde? "Datter jeg tviler på at du vil være i stand til."

"Så får vi se." Rolig lukket hun øynene og lot seg føle. Igjen begynte hun med bein. Selv om han følte seg annerledes ... Så annerledes ut. Lange og sølvsporer av hvitt. Å, en skifter. Men ikke bare en hvilken som helst skifter, en som kan endre seg til noe som hun selv. Interessant. Deretter muskelrød med tråder av ikke sølv eller hvit, men svart sene. Fire-walker eller Spectre. Organer. To sett med lunger. En for luft den andre vann. Til slutt kjøttet. Ikke mye å gjøre, men strekke den over de nye musklene. Elfenben blandet med sølv. Svarte negler. Giftig å ta på, hvis han så valgte å bruke dem på den måten. Endelig vingene hans. Hans sanne vinger, ikke de han hadde på seg for folk å se, men et par dragevinger som nesten lignet hennes egne. Imidlertid var han dyp svart med hint av glør som glød rundt kantene.

Sakte åpnet hun øynene og smilte. "Ja, jeg tror du ser mye bedre ut i din sanne form."

Ser på fingrene hans, gispet Myrddin, "Hvordan? Dette er umulig. Du burde ikke være i stand til å bryte magien min. "

Nisha vippet hodet. "Vil du se vanlig ut?" Hun trakk på skuldrene. "Hvis du ønsker er du mer enn i stand til å transformere. Hvorfor du vil, er utenfor meg. "

Å klappe niese på skulderen hennes smilte Estare. "Han vil ikke at stjernebyene skal vite at han lever."

"Åh. Vel, det er latterlig også. Hans krefter er altfor sterke til å kunne maskeres med mindre de hele tiden er omgitt av de dødes bein. De har alltid visst at han var her. Primitiva var faktisk klar over ham i det øyeblikket han kom til Mystic Woods. "

"Primitiva?" En kollektiv gisp.

Rullende med øynene sa Nisha: "Ja. Hun lever fortsatt veldig mye, vet du. Beskyttet av meg nå. Ingen kan bruke hennes krefter eller hennes evner uten mitt samtykke. Og ingen som spør vil motta det samtykke. Det ville være altfor farlig å la noen som ikke er opplært i hennes gaver bruke dem uten sensur. "

Estare landet hardt på sengen. "Primitiva sies å være vår forfader. Hun hadde et barn i hemmelighet før hun flyktet. "

"Å, det var derfor jeg klarte å binde henne. Vi var allerede i slekt. Så interessant. Jeg burde fortelle henne det. Skal jeg kalle henne store Grand'Mere?

Nei ... det høres ikke riktig ut. Jeg vil tenke på noe. Det er rett og slett ikke riktig å kalle henne ved navn når hun er mye mer. "

Myrddin skrubbet ansiktet med hendene. "Kanskje vi bør snakke om den kvelden. Ja, jeg tror det ville være en mindre bekymringsfull samtale. " Alt var mindre bekymringsfullt enn å snakke om Star Cities. Å snakke om de som bodde der var definitivt mindre bekymringsfullt enn å snakke om Primitiva eller hennes evner.

Addy krysset armene. "Jeg lytter."

Da han satte seg forsiktig opp, pustet han dypt. "Vi visste begge om opprøret. Og for det meste ble det ivaretatt i løpet av få minutter etter ankomst. "

Nisha spurte: "Kan du fortelle meg hva som skjedde?"

Addy snudde seg mot datteren og sa bløtt: "Menneskene som bodde i nærheten av slottet begynte å sette fyr på ting. Både naturlig og ikke. Det ga ingen mening på den tiden. "

Med et nikk fortsatte Myrddin, "Edrich jobbet på slottet den gangen. Hadde akkurat begynt noen dager før. Som Daes halvbror ga vi ham arbeidet til han kunne finne noe mer passende for seg selv. Det betyr ikke noe nå, men da vi kom tilbake til slottet ventet han på oss i boligen og pludret om tull som alltid. Når maten ble tatt opp, tenkte ingen av oss mye på det. Gift ville ikke drepe oss. Så vi spiste.

Jeg er ikke helt sikker på hva som skjer videre. Men ... da jeg kom til hele rådet, bortsett fra at man var i de nedre gruvene, var det noe som hindret oss i å bruke våre krefter eller evner. Jeg tror sjaklene kom fra Mystic Woods. Galeron var ved siden av meg da.

Vi to hadde nok krefter til å komme ut av situasjonen, men siden du, min kjære kone ikke var i nærheten av oss ... heller ikke kunne jeg finne deg. Jeg ba ham ikke gjøre noe. Det var viktig at vi fant ut hvor du og Dae var. Han takket ja, og vi skjulte begge bryllupsbåndene våre. Den eneste måten for oss å finne deg hvis du bruker kameratene. " Han ventet til hun forsto at han visste om Daes magi. Da hun nikket, fortsatte han?

"I løpet av de neste dagene ... måneder ble medlemmene av rådet tatt fra gruvene. De ble matet til trollene. Jeg husker deres torturerte skrik da de ble revet fra hverandre og senere døde. " Han stoppet og prøvde hardt å huske alt. "I løpet av en av gangene det bare var Gale og meg selv, la jeg en besvergelse over ham slik at han ikke kunne bli drept. Såret ja. Men han ville ikke dø. Jeg visste at jeg heller ikke ville dø, ikke etter at Nisha ble født. "

Nisha interverde: "Du rev   ditt hjerte fra brystet og la igjen boksen for meg. Sammen med Larnas hjerte. " Hun stoppet og la til, "Jeg er ikke sikker på om jeg skulle bli imponert over at du gjorde det fordi du visste hva som skulle komme, eller bekymret for at du ikke tenkte at jeg kunne ha ødelagt begge hjerter i stedet for bare ett."

Han nikket enig. "Jeg visste at jeg ikke ville se deg vokse til kvinnen som står foran meg. Jeg kunne ha stoppet det. Moren din og jeg sammen kunne vi ha, men datteren din ville bare være et skall på hvem du er. Jeg valgte å gi deg alt du trenger. Og jeg vil ikke be noen om unnskyldning for å ha tatt den avgjørelsen. "Å sørge for at hans kone og søster forsto at han ville kjempe mot dem begge over den avgjørelsen.

Addy tok hånden. "Og det burde du heller ikke. Jeg er ikke enig i metoden din, men når jeg ser på datteren vår, kan jeg se resultatet. Og jeg er takknemlig. " Så tok hun en dypere tone, "Og du vil ikke gjøre det igjen."

"Kjære vi har bare den ene datteren. Jeg tviler på at jeg kunne holde noe fra henne. " Egentlig visste han med sikkerhet at han ikke kunne. Visste at hun så inn i øynene hennes at hun en gang før han våknet hadde blod bundet ham til henne for å forsikre seg om det. Eller i det minste prøvd å binde ham til henne. Siden det var bindingen, var den ikke fullstendig, men ville være nok der han ikke kunne holde hemmeligheter for henne. Og hadde også fordelen av at andre ikke kunne manipulere ham til å gjøre noe som kan skade henne. Vel, henne eller de som virkelig var bundet til henne.

"Vel bra fordi jeg er knapt fire hundre år gammel, og du lovet meg mer enn bare en datter. Og ikke lenger dronning, jeg trenger noe å gjøre med hele tiden. "

Nisha smilte: «Og det er min anledning til å dra. Um, tante Estare? Kommer du med meg? "

"Ja, det tror jeg. Jeg har en søster å snakke med som jeg savnet altfor lenge. "

Kapittel 51:
Dronning Nisha

Det gikk bare en håndfull dager før Nisha innkalte ikke bare foreldrene sine, men hele familien for å bli med henne i et stort mottaksrom med bare et enkelt stort bord og flere stoler holdt med det inn. Hennes plass var på toppen av bordet mens Ethan satt stille ved foten og så usikker på hvorfor han var der.

Mens familien deres arkiverte i Nisha, smilte til hver av dem. Smilte til foreldrene sine som hadde blitt fanget flere ganger i dype diskusjoner om ting som faren hennes visste utelatt lenge før de hadde giftet seg.

Smilte til alle tre tantene hennes. To hadde hun kjent ved fødselen og en som hun nettopp hadde møtt.

Men det var ikke dem hun låste øynene sammen med. Å nei, det var moren til Ethan hun snakket med først. "Lady Faerydae, som jeg allerede har snakket med faren min om noe av det han vet. Det har blitt oppmerksom på meg at han ikke har vært det eneste barnet til Star City som igjen forlater stjernen og velger å bo her. Jeg ønsker en forklaring. "

Dae så på dronningen sin, venninnen og lukket øynene. "Jeg vet at denne dagen en dag ville komme. Men før jeg snakker om alt jeg vet. Det ville være best om skaperen Primitiva ville bli med oss. Som jeg vet har hun mye kunnskap om noe av det vi trenger å snakke om. "

En gang Primitiva ble sittende ved bordet og så nærmere en ekte Feyen-kvinne i stedet for noen skapning som hun valgte å ligne på, nikket Nisha nok en gang til Dae. "Nå som vi alle er til stede og redegjør for ..."

Sakte dannet det tåke bak henne da Gwydion sto ved siden av henne. "Jeg håper du ikke har noe imot det, dronningen min, men jeg vil gjerne høre dette."

"Veldig bra, men jeg ønsker ikke at noen andre blir med oss."

Gwydion nikket bare en gang og tok et skritt tilbake. Han ville fortsatt være en del av denne samtalen, men ikke direkte involvert i det som skulle sies.

Faerydae satte blikket ikke på Nisha, men på Primitiva, og startet sin historie: "Kort tid før Myrddin kom hit, sendte min far Lord Magmas meg hit. Ikke fordi han trodde at jeg ville oppsøke noen Fey som faktisk kunne vite sannheten om hvordan vi kom til dette stedet. Men heller, for som kvinne er jeg uverdig til å styre Pallas i hans sted.

"Etter å ha sett i det minste noe av historien til dette stedet, tok jeg det jeg kunne og oppsøkte min eneste levende slektning. Dronning Alista. Etter å ha forsikret henne om at jeg ikke hadde til hensikt å overta landene hennes, gjorde hun meg til en dame i retten, selv om jeg ikke var mer enn et barn etter standardene her. "

Nå så hun på Myrddin. "Vi visste at dagen ville komme at du ville oppsøke henne eller datteren. Så, til tross for hennes oppførsel den gangen, visste hun hvem du var og hvor du kom fra. Vi visste begge at når du ankom, ville starten på den siste krigen begynne. "

Primitiva løftet hånden litt for å bli gjenkjent. "Skal jeg stole på at Magnar ikke lenger bor i noen av de kjente stjernebyene?"

"Magnar og bruden hans dro til en ubebodd stjerne for mer enn tre tusen år siden. Ingen av dem har blitt sett siden. "

Lilly så forvirret byste spurte høflig, "Um, unnskyld meg, men hvem er Magnar? Og hvorfor er han viktig? "

Sittende tilbake i setet sukket Primitiva, usikker på hvordan hun skulle forklare noe. "Han og jeg på en gang var de eneste levende skaperne. Det siste av løpet vårt av Fey. Bruden hans er datteren min. Før jeg dro spurte jeg bare en ting om ham, det var å holde henne i live med mindre hun ble for plagsom. Vi visste begge at den dagen ville komme når ting i Star Cities ville bli ustabile igjen. Vi visste begge at en stor krig ville brygge og vekke de stille. Når vi visste dette, bestemte vi oss for lenge siden for å gjøre det vi trengte for å sikre at vi ville være her når det gjorde det. "

Nisha løftet hodet. "Kan noe stoppe krigen fra å noen gang starte?"

"Nei, barnet mitt. Det som er sett fra en skaper kan aldri endres. Vi kan kanskje forhindre at det skjer i en dag eller til og med år, men vi klarer ikke å stoppe det. Men vet dette, stol aldri på de som styrer stjernebyene. Ingen som ikke er blod for deg. Hver vil si at de står sammen med deg. Hver vil kjempe og til og med dø for å vise sin lojalitet mot deg.

Men de har alle en ting til felles. De vil alle ... kreve ... kraften til Pallas. Og de vil stoppe for ingenting for å få det. "

"Og Magmas som styrer Pallas nå? Hva med han?"

Primitiva smalnet øynene og la ut et lavt tordnende sus. "Før dette er gjort, vil jeg se ham død."

Når hun så seg rundt i rommet, nikket Nisha. "I så fall, Galeron, jeg vil at du skal sitte som nestleder i mitt råd og være kaptein for vaktene mine. Eller i det minste de som lever. Papa, vennligst godta stillingen som første stol og vær min kontakt mellom Lunaista og meg selv. "

Begge mennene nikket for å forstå hva som skulle komme, ville være langt verre enn den store krigen.

Fortsettende så Nisha ned på bordet. "Gwydion, jeg vil at du skal sitte som fjerde stol og overta ansvaret til krigerne i underriket. Deres ferdigheter vil være nødvendig i dagene kommer. "

"Selvfølgelig, dronningen min. Kan jeg foreslå å be Freya igjen ta stillingen som kaptein for elitevaktene? "

"Gjør som du vil." Den til mannen hennes. "Ethan, du vil sitte som tredje stol på rådet. Som det har vært en tradisjon så lenge jeg kan huske. "

Primitiva så på Nisha og smalnet øynene. «Jeg vet om andre som vil ha nytte av deg i ditt råd. De var min klarerte først. Alle, bortsett fra en, lever fremdeles. "

"Veldig bra. Jeg oppfordrer deg til å finne dem slik at de kan hjelpe meg med å forstå og forberede meg på at kommer. " Nisha spurte: "Nå som jeg har tre Star City Fey som sitter ved dette bordet, vil en av dere være så snill å bli en raseri til hans tidligere jeg?"

I et øyeblikk ble Primitivas øyne lyse. "Ari? Fant du min Ari? Er han trygg etter all denne tiden? "

"Han er. Og jeg vil satse på at han gjerne vil være noe mer enn en stol. "

Epilog

Ethan krøllet seg rundt Nisha. Hans arm vokste seg tung rundt henne. I det minste begynte han å bli fornøyd med å sove ikke bare i en seng, men i en seng der hun var. En gang så forsiktig flyttet hun seg under armen, ennå ikke klar til å sove. Foreløpig ikke klar til å bukke under søvnen til tross for sen time.

Hun gled ut for sengen og tok tak i den blå silkehuskjortelen, og tenkte på alt som hadde skjedd på så kort tid.

Den siste måneden hadde hun prøvd å lære lovene til ikke bare Darke, men også til Feyen. Prøver å finne ut hvilke lover som var der av en grunn og hva som måtte fjernes. Mer enn det prøvde hun å finne ut hvordan man kunne stoppe en krig der utallige liv ville gå tapt.

Et dypt pust, og hun trakk et mykt deksel over skulderen til Ethan og smilte. I det minste sov han kontinuerlig. Den siste måneden hadde han også forandret seg så mye. Håret hans, som bare hadde en fingerbredde da de møttes første gang, var nå lenge nok til at fingrene kunne kamme seg gjennom det. Huden hans, selv om den var melkeblek, begynte å få glitrende gnister sporadisk i hele kroppen. Men det var hans tillit som var den største forandringen. Ikke lenger var han redd for å snakke ... redd for å bli straffet for noe lite. Å nei ... nå ville han utfordre omtrent alt med mindre han hadde funnet på det.

Så mye som moren hans. En kvinne som hun også begynte å respektere og lære mer om.

Så igjen, Ethan lærte at med mindre hun hadde tatt en avgjørelse og ikke spurte om råd, var det ikke nødvendig eller ønsket. Hans far, som medlem av hennes domstol ... hennes andre stol faktisk ... ikke bare ville han utfordre noe, det var hans jobb, og han hadde pervers glede av det. Mellom de tre hadde hun lært å kurve hva hun ønsket å gjøre med det som var mulig uten å skremme alle. Ikke at hun var fornøyd med det.

Hun snek seg bort til skrivebordet, og la den luke opp igjen en ny lovbok. "Hvordan kunne ett land leve under så mange latterlige lover?" Hun mumlet for seg selv mens hun leste gjennom siden. Halvparten fristet til å erklære det meste av lovene arkaisk, lukket hun boken før hun gjorde noe hennes råd måtte trenge å diskutere.

Ikke at det skulle diskuteres mye om noe ... ikke når faren hennes var hennes første leder og styrte over rådet ... noe hun noen ganger angret på siden han hadde en ikke-tull holdning til noe. Og ikke siden han nå også hjalp henne tante Estare med å omstrukturere sitt eget lille rike som bare besto av en enkelt by. Å nei, hun kom ikke til å presse ham siden han var det eneste medlemmet i rådet som ikke virkelig var bundet av henne ... og ville heller aldri vurdere det. Delvis ja. Nok til at hun sørget for at han ikke holdt ting fra henne ... men hun hadde funnet ut etter at han ble helbredet at hun ikke kunne binde noen til henne som var så nært knyttet til henne. Det var også grunnen til at bindingen med Lilly fungerte bare så bra.

Selvfølgelig kunne han ha fortalt henne det før hun hadde prøvd å se hva omfanget av hans krefter var. Eller hadde prøvd å lære hvor kraftige hans evner ville være. I stedet hadde han knurret mot henne for å prøve. Så hadde dratt til tantens stjerneby for å holde henne fra et foredrag, han var sikker på at hun bare ville ignorere.

Og i sannhet, hvis han hadde prøvd, ville hun ha ignorert ham fullstendig ... bare fordi hun kunne.

"Nisha?" En sliten stemme ringte fra sengen.

Da han kom tilbake til ham, satt Nisha på kanten av den store sengen fremdeles nær nok til å berøre ham. "Du burde sove."

Øynene hans var ennå ikke åpne. "Jeg var. Du tenker for høyt. "

"Jeg var ..." Hun tok en pause og presset leppene sammen. Nok en endring som Ethan hadde gått gjennom; hans evner eller krefter begynte å vise seg. Uten opplæringen han burde hatt siden fødselen, var disse evnene både skremmende og spennende. "Jeg visste ikke at jeg var det."

"Det er lettere å ikke høre når jeg er våken. Men jeg ønsker meg søvn nå. "

Hun bøyde seg og kysset tempelet hans, noe han begynte å la henne gjøre uten å tippe. "Jeg kunne finne på en fortryllelse slik at du kan kontrollere den mens du sover?"

Nå åpnet øynene hans da han studerte henne. "Jeg vil heller at du sover mens jeg gjør det."

"Det er bare så mye å gjøre ... og ..."

"Nisha, du har flere århundrer på å få alt du vil skal gjøres ... slik du vil ha det. Det trenger ikke gjøres i kveld. Og å ha gjort samtaler med faren din når han ikke er her for å diskutere dem ordentlig med deg ... vil ikke hjelpe noe. "

Han hadde rett. Hun visste det, men med de andre stjernebyene som stritter over ... uansett hva de stritter over. Hennes tante Estare forberedte seg på krig siden hun var sikker på at det kom til å bryte ut hvert øyeblikk ... og Eostre var opptatt med å prøve å gjenoppbygge sin sivilisasjon i Mystic Woods mens de fremdeles tjente henne ... Ingenting var så enkelt som det så ut. "Jeg vet. Jeg tror jeg ville ha det bedre hvis faren min ikke hadde bestemt meg for å komme tilbake til Lunaista akkurat nå. " Eller føler det bedre at han hvis han ikke hadde bestemt seg for å dra dit i stedet for å diskutere ting med henne.

"Moren din er her. Og du har Galeron. "

"Du kan kalle ham faren din."

Øynene hans smalt inn i små spalter: "Han burde ha sendt meg til å leve tanten din til det moren din ante hadde blitt tatt vare på."

"Ethan, valget var ikke hans. Det var min fars; som du allerede vet. "

Sakte satte han seg opp. Svart ild som brenner i øynene. "Jeg vet. Jeg tror fortsatt ikke han vet så mye som han hevder. "

Hun la hånden forsiktig på kinnet og hvisket: "Du kan ta det opp med faren min når han kommer tilbake."

"Hvorfor, når han vil gjøre meg til en stol?"

Vanskelig å være uenig i det etter å ha funnet ut at det var han som gjorde utallige andre raserier. Hardere fremdeles var det faktum at faren hennes allerede hadde gjort ham, mannen hennes, til en kommode fordi han snakket for mye. Nei, ikke snakke, men stille spørsmål. "Han vil ikke gjøre deg om til en stol. Jeg har allerede diskutert at han ikke har lov til å gjøre det mot noen i familien. "

"Vil han lytte?"

"Han vil eller jeg vil sende ham til å diskutere ting med Primitiva." Og det var noe hun kunne gjøre. Faktisk var det noe hun allerede hadde gjort en gang. Verken Primitiva eller faren hennes hadde gledet seg over møtet. Faren hennes mindre etter at han fant ut at han ikke kunne dra med mindre hun ... dronningen av underriket ... så ønsket det. Moren hennes på den andre hadde trodd det var en storslått idé å la ham være der til han lærte å ikke holde livsforandrende hemmeligheter.

"Hun vil drepe ham."

"Nei, men hun ville få ham til å ønske at han aldri fikk øye på henne. Av egne grunner finner hun de fleste menn under seg. Men siden den eneste hun kunne ha giftet seg før høsten var en som ønsket seg krefter for seg selv ... Jeg tror hun har en god grunn."

"Jeg tror jeg uansett vil holde meg borte fra henne." Han la seg ned og sørget for at hodet hvilte på fanget hennes. "Du burde legge deg nå."

"Åh?"

"Hmmm. Du har en lang dag i morgen hvis vi fortsatt skal besøke byen Manticora. Og se hva som kan sette rettigheter og hva du trenger hjelp med."

"Ja, jeg tror du har rett. Jeg trenger min styrke i tilfelle vi kommer over noen av vannboerne som har angrepet dem som bor på landet."

Ethan gjespet. "Bare husk at de bare angriper fordi landboerne forurenser innsjøen."

Før hun kunne si noe, var rommet fylt med et sterkt rødt lys som smeltet sammen i en gylden stråle. Da sto tanten ... men ikke solid ... rett før sengen. "Estare?"

Lysvingene hennes blusset ut. I en stemme som kunne ha vært laget av vann, sa Estare, "Det har startet. Krigen til mitt folk. Og muligens din død."

Om forfatteren

Med sin første bok som ble nominert til både Top Female Author Award 2017 og Summer Indie Book Award 2017, har MLRuscsak fortsatt serien med "The Fallen" og jobber for tiden med den tredje boka i serien.

Bor i Richland county, Ohio, hun bor sammen med sin autistiske datter. Dette er forfatterens oase.

For mer informasjon, vennligst følg henne på https://www.facebook.com/AuthorMLRuscsak

eller

Finn eksklusiv informasjon om Lite og Darkes verden på www.TrientPress.com

Og se etter

M.L.Ruscsak